Jürgen Bücker

Wer die Hölle fürchtet, kennt das Büro nicht!

Jürgen Bücker

Wer die Hölle fürchtet, kennt das Büro nicht!

Roman

Die Bibliografische Information der Deutschen Bibliothek
Die Deutsche Bibliothek verzeichnet diese Publikation in der Deutschen Nationalbibliografie; detaillierte bibliografische Daten sind im Internet über http://dnb. ddb. de abrufbar.

ORIGINALAUSGABE

Einbandmotiv: Jürgen Bücker
Einbandgestaltung, Satz & Lektorat: Andrea Stangl, Paderborn
Herstellung und Verlag: Books on Demand GmbH, Norderstedt
www. bod. de

ISBN 978-3-8423-2468-8

Inhalt

In dieser Geschichte
geht es um Personen und Handlungen,
die natürlich frei erfunden sind.
Sollte Euch vielleicht doch die eine oder andere Person
erstaunlich bekannt vorkommen, kann das nur daran liegen,
dass es wohl in jeder Firma einen Kollegen gibt,
auf den die überzeichnete Beschreibung meiner Charaktere
passen könnte. Ihr könnt Euch ja einfach Eure Kollegen
in diese Geschichte hineindenken, dann wird es sicher noch
amüsanter für Euch.
Doch in Wirklichkeit kann es solche merkwürdigen Figuren
ja gar nicht geben, oder …?

Es ist Zeit!

Zeit für die ungeschminkte Wahrheit! Die Wahrheit über eine Spezies, die zwar nicht vom Aussterben, wohl aber von der Bedeutungslosigkeit bedroht wird: der kaufmännische Angestellte!

Wo er früher noch lustig im Büro und auf Betriebsfeiern herumtollte, sieht man ihn heute nur noch verbissen mit hochgezogenen Schultern die doppelte Arbeit in der Hälfte der Zeit bewältigen.

Doch haltet aus, ihr Gebeutelten: Ihr seid nicht allein!

Morgenstund'…

»… wird die Bundesregierung neben diesen 400 Milliarden …«
Mein Gott, welcher Sadist hat bloß den Radiowecker erfunden? Noch im Halbschlaf tastet meine Hand ungelenk nach dem »Aus«-Schalter – und streift dabei das Tuning-Rad: Der Empfang wechselt auf eine unbesetzte Frequenz und es dringt ein Knattern aus dem Lautsprecher, als wenn jemand direkt neben meinem Bett einen Durchbruch mit dem Presslufthammer anlegt.
Aber der Sadist hat natürlich ganze Arbeit geleistet: Er hat nicht nur diesen Wecker erfunden, er hat auch den »Aus«-Knopf so klein und unerreichbar wie möglich angesetzt.
Glückwunsch, Mistkerl!
Nachdem ich gefühlte zehn Minuten an meinem Wecker rumgefingert habe, gibt er schließlich auf und verstummt.
Wie ein Blinder tappe ich durchs Schlafzimmer – Beleuchtung kommt für meine Augen jetzt noch nicht in Frage – und hoffe auf einen unfallfreien Weg.
Die Hand links an die Wand, nach vier Schritten rechts abbiegen, und jetzt Vorsicht, denn zur Linken müsste irgendwo der Kerzenleuchter stehen.
Rums!
Sag ich ja!
Kerzenleuchter werden sowieso überbewertet; ich habe jedenfalls noch keine Frau mit romantischem Candle-Light rumgekriegt.
Also lass ich ihn liegen und nehme mir vor, ihn heute Abend wieder aufzurichten – oder zu entsorgen, je nach Laune.
Im Bad angekommen, wird erst mal die Blase entleert, und langsam macht das Leben wieder einen Sinn!
Nach der Dusche fühle ich mich fast schon gut gelaunt (trotz des Blickes in den Spiegel) und entschließe mich aufs Neue, aus diesem Burschen optisch das Beste rauszuholen.
Der Body ist ja okay, aber es könnten etwas mehr Haare sein. Wie

beim Fleischer: »Darf's noch etwas mehr sein – vielleicht etwas mehr Haupthaar und ein paar Koteletten?« Also heißt es, die verbliebene Haarpracht möglichst effektiv und zonendeckend auf dem Schädel zu verteilen, ohne albern auszusehen. Den Scheitel kurz über dem Ohr ansetzen und die Strähnen dann einmal über den Schädel kleben käme für mich nicht in Frage!

Das ist es ja, was Leute mit vollem Haar nie kapieren: dass wir haartechnisch Unterpriviligierten immer mehr Zeit mit der »Frisur« benötigen als sie. Wenn ich komplett zugewachsen wäre und meine Haare von selbst liegen würden, wär ich auch in zwei Minuten fertig. So bedarf es jedoch eines hohen Maßes an Kreativität und Zeit, bis man zu einem halbwegs befriedigenden Ergebnis gelangt.

Und wie ich so vor mich hin föhne und mich frage, ob die Menge der Haupthaare wohl im umgekehrten Verhältnis zum Intellekt steht (die meisten Dichtbehaarten sind doch blöde, oder nicht?), überlege ich mir, was heute wohl auf der Arbeit auf mich wartet.

Das Ergebnis ist wie immer: nichts Besonderes!

Und dann kommt unweigerlich der nächste Gedanke: Soll es das dann gewesen sein? Immer der gleiche Trott, tagein, tagaus. Ich frage mich, ob Hegel oder Einstein auch morgens beim Föhnen schon zu philosophieren angefangen haben.

Wohl eher nicht, denn so, wie Einstein aussah, hat der sich in seinem Leben niemals geföhnt! Gab es da überhaupt schon einen Föhn?

Einstein scheint meine Haarpracht-Intellekt-Theorie zu widerlegen, doch Ausnahmen bestätigen bekanntlich die Regel.

Na, was soll's, verlege ich das Philosophieren lieber auf die Zeit des Bild-Zeitung-Lesens auf der Toilette, wie die meisten Kollegen es tun.

Meine Frisurbemühungen sind endlich von Erfolg gekrönt, und bei großzügigerer Betrachtung ist das Haupthaar auch nicht ganz so licht, wie ich es in meiner ersten Aufsteh-Depression gesehen habe.

Jockel, du bist ein Teufelskerl!, grinse ich mein Spiegelbild an und schneide noch ein paar Grimassen, bevor ich gut gelaunt in die Küche taper. Ich bin wohl doch kein Morgenmuffel.

Während der Kaffee durchläuft, hole ich mir meine eiskalten Brote aus dem Kühlschrank; eins natürlich mit der berühmtesten Nuss-Nougatcreme der Welt: Nervennahrung!

Die Brote sehen jetzt schon etwas vermanscht aus – kein Wunder,

wenn man sie schon am Abend vorher schmiert –, aber das spart mir morgens wichtige Minuten! Denn wie wir ja alle wissen: Morgens zählt *jede*.
Ein Blick auf meine Brote in der hellblauen Tupperdose zieht mich wieder etwas runter: Lecker sieht anders aus!
Na, was soll's, der Kaffee wird schon drüber weghelfen, und zur Not gibt's eben mittags Fritten.
Doch leider habe ich beim Kaffee statt zwei Pads nur eins genommen und genauso schmeckt die Plörre auch.
Das muss ein Zeichen sein! Und das Zeichen sagt: ab zum Bäcker!
Ich schnappe mir meine Zeitung und fahre los.

Mehrfach belegte frische Brötchen in allen Variationen lassen mein Herz wieder höher schlagen (diese emotionalen Berg-und-Tal-Fahrten am frühen Morgen machen einen ganz fertig!) und ich lehne zufrieden an meinem Stehtisch: ein großer, leckerer Kaffee, die Zeitung und ein Käsebrötchen, was will man mehr?
Da quietschen Reifen vor der Tür und ein Dachdecker-Kleinlaster wird direkt vor der Tür sportlich abgestellt.
»Drei Kaff' unne Bild!«, tönt der Erste schon von draußen. Er ist ein recht athletischer Typ mit blond gesträhnter Kurzhaarfrisur, die ihm am ersten Tag sicher etliche markige Kommentare seiner Kollegen eingebracht hat.
Mit »Na, ihr Takkos!«, fällt seine Begrüßung für mich genauso rätselhaft wie kurz aus: Was, zur Hölle, ist ein Takko?
Blondie sackt einen Kaffee und die »Bild« ein und fläzt sich an den Stehtisch neben mich.
»Habt ihr auch Bier?«, tönt der zweite Dachdecker mit einer Stimme, als hätte er die ganze Nacht durchgesoffen – ist wahrscheinlich auch so. Er ist dunkelhaarig mit Seitenscheitel und Schnäuzer und trägt eine dicke Brille. Was mich am meisten beunruhigt, ist allerdings sein Blick: Es liegt irgendetwas Psychopathisches in ihm.
»Biste bekloppt, Helge? Es ist früh am Morgen, da wird nicht gesoffen!«, rügt ihn der Erste.
»Mann, Takko, sollte 'n Witz sein!«, antwortet Helge sehr unglaubwürdig und lässt ein hyänenhaftes Lachen hören (ich sag ja: Psychopath!).
Schließlich kommt auch der Letzte in die Bäckerei, ein Typ mit schul-

terlangen, gelockten dunkelblonden Haaren und einem verschmitzten Grinsen.
»Na, Mädels, alles frisch bei euch?«, begrüßt er als Einziger die Bäckerei-Angestellten.
»Morgen, Kurt! Ja, ja, muss ja!« und »Klar, und bei dir?« sind die freundlichen Antworten. Eindeutig ist Kurt der Favorit der Damen. Er scheint nicht nur so eine Art Vormann von den beiden anderen zu sein, sondern hat offensichtlich auch ein Mindestmaß an Manieren – das kommt an!
Er schaut beim Vorbeigehen auch kurz zu mir rüber und grüßt mit einem Nicken; ich erwidere.
Ich tue so, als wäre ich nicht da, und vertiefe mich mit konzentriertem Blick in die Zeitung. Ich habe schon an so manchem sozialen Brennpunkt genug Zeit verbracht, um zu wissen, wann man sich in eine unauffällige vegetative Lebensform zu verwandeln hat.
Helge indes hat sich von diesen merkwürdigen schwarzen Zeichen – genannt Buchstaben – nicht ablenken lassen, sondern direkt zur ›Fleischseite‹ weitergeblättert.
»Boah, kuck dir die Alte von Basti-Schweini an: hat *die* Möpse!«
Dass er nicht die Zeitung vollsabbert, ist alles.
»Nicht schlecht, aber haste mal die Braut von diesem Holland-Takko gesehen? Wie heißt die noch?«
Langsam begreife ich, woher Takko seinen Namen hat.
Derweil schaut Kurt zu mir und meiner Zeitung herüber. »Hast du mal den Sportteil über?«
Aufgrund meiner locker-sportlichen Klamotten bin ich offensichtlich sofort als ›Duz-Kumpan‹ eingestuft – oder gibt es kein ›Sie‹ im Handwerk?
Jetzt heißt es vorsichtig sein bei der Antwort! Ein schnippisches »Seit wann duzen wir uns?!« könnte zu einem sofortigen Satz warme Ohren führen, zumindest jedoch zu einer Drohung oder Beleidigung! Ein zu brüderliches »Logo, gib mich mal eben die Okken-Seite!« könnte als Verarschung aufgefasst werden und hätte wohl die gleichen Konsequenzen.
Ich entscheide mich für ein – hoffentlich – neutrales »Kein Thema!« und reiche ihm den Sportteil rüber.
»Van der Vaart, richtig!« Takko ist endlich wieder der Name seiner

Favoritin eingefallen. »Die hab ich neulich im Fernsehen gesehen, Maann, war die scharf!«
Helge lässt wieder sein zustimmendes Kichern hören.
»Aber wisst ihr, wen ich noch schärfer finde?«
Natürlich lässt Helges Einsatz nicht auf sich warten. »Nä, wer denn?«
»Nutella Wersatsche, oder wie die heißt.«
Kurt guckt angeekelt von seinem/meinem Sportteil hoch. »Das ist nicht dein Ernst! Die mit den Schlauchbooten im Gesicht?«
Takko japst vor Lust fast auf. »Jaa! Stell dir das mal vor: Wenn die dir einen bläst, dann kommen dir die Eier als Leuchtkugeln wieder aus den Augen raus!«
Helge, der gerade einen Schluck Kaffee nimmt, kann sich nicht beherrschen und spuckt seinen Schluck als Sprühnebel wieder aus, gefolgt von seinem grausigen Hyänengelächter.
Das Grinsen vergeht mir, als ich sehe, worauf Helge gerotzt hat: mein Sportteil!
Kurt ist ebenfalls aufgebracht. »Ey, du Wildsau! Jetzt hast du meine Hand angespuckt und den Sportteil versaut! Der gehört nicht mal mir!«
Helge guckt mit einem boshaften Blinzeln zu mir rüber. »Der soll sich man nich' gleich anstellen!«
Ich schaue nur kurz rüber und zucke mit den Schultern, als Zeichen, dass das ja nicht so tragisch ist. Wegen eines versifften Sportteils fange ich bestimmt keinen Streit mit einem unberechenbaren Gehirnamputierten an!
»Was habt ihr aber auch am frühen Morgen schon für herbe Sprüche drauf!«, mahnt Kurt seine Flachzangen ab. »Wenn ihr man auf dem Job auch immer so voll da wärt!«
Takko grinst verlegen. »Also, ich fand den Spruch gut.«
Das ist für Helge, der zu einem weiteren Schluck angesetzt hatte, zu viel. Er muss wieder kichern und versucht, sich diesmal mit der Hand den Mund zuzuhalten. Mit dem Ergebnis, dass der Kaffee durch seine Nase auf meinen Sportteil rinnt.
»Mann, mit euch kann man auch nirgends hingehen!« Kurt ist echt sauer. »Zwei Typen, eine Gehirnzelle, das kann ja nicht gut gehen! Los, wir hauen ab – arbeiten!«
Missmutig wegen des unterbrochenen Frühstückes trollen sich die

beiden, wobei Helge mir noch einen Blick zuwirft, als wenn ich schuld daran wäre.
Kurt legt mir mit spitzen Fingern den durchtränkten Sportteil auf den Tisch und schaut mich verlegen an.
»Ääh, danke!«
»Keine Ursache«, kriege ich gerade noch heraus, wobei ich mit hochgezogenen Augenbrauen auf die Zeitungsreste starre, die sich durch Helges Rotz schon zu zersetzen scheinen.
Auf halber Strecke durch die Bäckerei dreht Kurt noch einmal um und kommt zu mir zurück. »Nix für ungut! Der Helge ist manchmal ein wenig abgedreht. Ist mal vom Dach gefallen, seitdem ist er manchmal etwas hohl. Deswegen nennen wir ihn auch Helge, unser Hohler. Aber wie gesagt: eigentlich nur 'ne arme Sau!«
Er kramt in seiner Hosentasche und legt einen Euro auf den Tisch.
Als er meinen verständnislosen Blick bemerkt, erklärt er: »Für den Sportteil! Wenn du ihn auswringst, hast du sogar noch 'nen kleinen Kaffee dabei.« Grinst und verschwindet mit einem »Tschüss, Mädels!«.
Tja …
Und ich wollte gerade alle Dachdecker über einen Kamm scheren! Da gibt's offenbar genauso schwarze Schafe und Normalos wie überall sonst. Schau an, schau an …

Fahrn, fahrn, fahrn auf der Autobahn …

Nach diesem Zwischenfall mache ich mich auf den Weg zur Arbeit – mal eben flotte 60 Kilometer! Ja, wirklich: 60! Sechs – null. Wie beten uns unsere Häuptlinge immer vor: flexibel sein für den Arbeitsmarkt! Nun, ich bin flexibel; flexibel, wie es flexibler kaum noch geht! Mit dem Ergebnis, dass ich anderthalb Stunden jeden Tag im Auto sitze und nach vier Jahren über 100 000 Kilometer auf der Uhr habe. Spritverbrauch und Wertverlust kneifen in beide Backen, aber Hauptsache flexibel! Fehlt nur noch, dass meine Flexibilität mit einer PKW-Maut »belohnt« wird.

Um die Kosten halbwegs aufzufangen, habe ich eine Fahrgemeinschaft mit Peer gegründet, der auf halber Strecke zwischen mir und meiner Arbeit wohnt. Die eine Woche fahre ich, die andere lasse ich meinen Wagen bei ihm stehen.

Diese Woche bin ich dran mit Fahren. Der Weg zur Arbeit ist mir schon so in Fleisch und Blut übergegangen, dass ich ihn gar nicht mehr bewusst fahre. Als ich neulich die gleiche Strecke aus privaten Gründen fuhr, wäre ich um ein Haar bei Peer abgefahren, um ihn einzuladen. Wenn das so weiter geht, werde ich die Strecke noch fahren, wenn ich schon lange in Rente bin.

Peer ist ein netter Kerl, knapp 1,90 Meter groß, mit dunklen, leicht grau melierten Haaren (*vollen* Haaren, wie mir immer wieder auffällt. Wo bleibt da die Gerechtigkeit?).

Während ich auf ihn warte (ich warte eigentlich immer: Entweder bin ich zu früh oder er zu spät), blättere ich noch einmal die Zeitung durch, aber irgendwie kann ich mich nicht recht konzentrieren. Ich lasse die Politik – das regt mich nur auf – und andere Reizthemen weg und gehe gleich zum Weltspiegel mit Cartoon und Horoskop über. In letzter Zeit habe ich mir angewöhnt, mein Horoskop zu lesen – sollte mir das zu denken geben?

Als ich so vor mich hin grübele, wird die Beifahrertür aufgerissen und Peer grinst mich herausfordernd an.

»Morgen!«, schreit er in einer Lautstärke, als wollte er einen Seniorenbus auf Rheumadeckenfahrt begrüßen. Aus einem Grund, den ich nie begreifen werde, ist das sein Markenzeichen geworden: die fast gebrüllte Begrüßung à la Peer!

Er ist weder selbst taub, noch arbeitet er mit Gehörgeschädigten zusammen; vielleicht kommt das noch aus seinem alten Job, wo er in einem Großraumbüro gearbeitet hat und sich gegen stimmgewaltige Kollegen behaupten musste.

Ich werfe ihm meine Zeitung auf die Knie und starte die Karre.

»Was war denn das wieder für ein Scheiß?«

Da war sie: seine erste Frage!

Oh ja, wir reden miteinander in unserer Fahrgemeinschaft. Nicht so wie manche, die dumpf vor sich hin brüten und genauso gut eine Fahrgemeinschaft mit einem Dummy haben könnten. Und nicht nur das: Wir unterhalten uns auf höchstem Niveau, nicht nur so ein Kleinscheiß. Wir kennen uns inzwischen so gut, dass wir überflüssige Einleitungen einfach weglassen, sodass andere Mitfahrer bei unseren Unterhaltungen wohl kaum folgen könnten. Beispiel gefällig:

»Na, mal wieder da gewesen?«

»Ja, allerdings! Und feurig wie die Chili!«

»Kann ich mir vorstellen! Schwarz und ›B‹ ist ja auch schön!«

»Kann man wohl sagen! Aber schön vorsichtig, bitte!«

Dass wir uns über unseren letzten Restaurantbesuch beim Griechen unterhalten haben, bei dem die wohlproportionierte, schwarzhaarige Bedienung arbeitet, der man besser nicht im Beisein der eigenen Freundin gegenübertritt, weil diese sonst die Sabberspuren bemerkt, wird wohl den meisten verborgen bleiben.

Heute ist Peers Vorlage wie folgt: »Was war denn das wieder für ein Scheiß?!«

Das ist selbst für mich ein harter Brocken. Jetzt heißt es, Gehirnzellen anschmeißen: Was kann er damit meinen?

Den Banken-Crash? Nein, zu unwichtig.

Meine fehlgeschlagenen Tapezierversuche? Kann er nicht wissen!

Aah: Der VfL hat verloren. Das muss es sein!

Ich starte einen Antwort-Versuch: »Auswärts kriegen die einfach nichts geschissen!«

»Aber gleich so deutlich?«

Bingo!

»Ich kapier' das einfach nicht!«, grantelt Peer weiter und stöbert in meiner Zeitung. »Wo ist denn der Sportteil?«
Oh, oh!
»Den hab ich heute nicht dabei!«
Schön aufs Fahren konzentrieren!
»Wie, du hast ihn heute nicht dabei! Aber du hattest ihn?«
»Ja, aber ich hab ihn beim Bäcker weggeworfen.«
»Beim B…? Wieso denn das?!«
»Erschien mir vernünftiger.«
Trotz meiner Konzentration auf die Fahrbahn sehe ich aus den Augenwinkeln, wie Peer der Unterkiefer runterklappt und er mich fassungslos anstarrt. Nur stockend findet er seine Muttersprache wieder.
»Es … es erschien dir vernünftiger, den Sportteil beim Bäcker wegzuwerfen?« Peer zweifelt offenbar an meinem Verstand. »Hast du gesoffen?«
»Nein!«, entgegne ich, schon etwas gereizt.
Da hellt sich seine Miene plötzlich auf und er grinst mich an. »Du willst mich verarschen!«
»Nein, echt! Das ist 'ne lange Geschichte.«
Und Peers Antwort ist natürlich genau so, wie ich es befürchtet habe: »Ich habe Zeit!«

»Dann muss ich mir heute also die ›Bild‹ ausleihen und damit auf den Topf?« Peer ist schon ein wenig enttäuscht von dieser Alternative.
»So sieht's wohl aus! Aber an deiner Stelle würde ich *nur* mit dem Sportteil auf Toilette gehen, und zwar gut sichtbar, sonst könnten einige Kollegen da vielleicht etwas missverstehen, und das könnte richtig peinlich werden.«
»Wenn *du* wüsstest, was ich schon alles auf der Toilette entdeckt habe …«
Peer und ich arbeiten nicht in der gleichen Abteilung, was für das Erlangen neuer Informationen durchaus nützlich ist: Der eine hört hier etwas, der andere dort …
Und Wissen ist Macht, das gilt ja für kaum jemanden so, wie für den kaufmännischen Angestellten im Gefahrendschungel einer Firma, wo jeder möglichst unwissend gehalten werden soll.
Nachdem wir uns mit unseren Tür-Biepern den Weg in die

›Empfangshalle‹ erobert haben, stehen wir kurz vor Beginn unserer alltäglichen Arbeitszeit; jetzt gilt es nur noch, die Stempeluhr gnädig zu stimmen.
Für einen aufstrebenden Industriebetrieb gehört es sich natürlich, technisch immer auf der Höhe des Geschehens zu sein, und so haben wir unsere alte Stempeluhr – unseren »einarmigen Banditen« – ersetzt: gegen eine neue Stempeluhr. Jubel!
Musste man früher die Stempelkarte reinstecken, einen Hebel an der rechten Seite runterdrücken und die so gestempelte Karte wieder herausnehmen, so kann man heute seine Stempelkarte reinstecken, und wie von Magie wird die Karte nun selbstständig gestempelt und man kann sie wieder herausnehmen. O Wunder der Technik!
Vielleicht schaffen wir es ja irgendwann, die elektronische Zeiterfassung einzuführen, doch man kann nicht alles haben! Es hält sich auch hartnäckig das Gerücht, dass der Erhalt unserer Stempeluhr auf rein kaufmännischen Überlegungen beruht: Es waren gerade noch die letzten 200 000 Stempelkarten für dieses veraltete System für einen Schnäppchenpreis zu haben! Na dann …
Da ist er also: der Start des neuen Arbeitsstages!
Es geht gleich schon mit einer Entscheidung los: Treppe oder Fahrstuhl? Bei meinem Glück heute entscheide ich mich für die Treppe: Im Fahrstuhl bleibe ich garantiert stecken! Außerdem ist die Treppe natürlich auch aus rein gesundheitlichen Gründen vorzuziehen: gut für den Kreislauf, hält fit und hilft – vielleicht – gegen die sich anbahnende Wampe.
Mit Optimismus und frischem Elan geht es gleich die ersten Stufen hinauf – bis ich stolpere. Mich schmeißt es nach vorne und ich kann gerade noch verhindern, dass mir die Treppenstufen einen 90-Grad-Winkel in mein Gesicht stanzen.
Doch meine tolle Reaktion hat eine Nebenwirkung: Zwar konnte ich den Sturz mit den Händen abfangen, doch um die Finger meiner rechten Hand hatte ich noch den Ring vom Autoschlüssel! Ein stechender Schmerz fährt durch die Knöchel meines Mittel-,Ring-und kleinen Fingers und ich schreie auf.
»Hey, Mann, alles in Ordnung?«, ruft Peer besorgt.
Blöde Frage! Klar, ich schreie nur aus Therapiezwecken!
Doch natürlich ist Peers Besorgnis ernst gemeint.
»Weiß nicht …« Ich blicke auf meine Finger, die meiner Meinung

nach schon anschwellen und sich verfärben. Da ich jedoch ein kleiner Hypochonder bin, zeige ich sie erst einmal Peer, der sie relativ desinteressiert mustert. Dann kann es ja nicht so wild sein, wie ich es mir schon fantasiere.

»Kannst du die Finger bewegen?«

Ich mache kraulende Bewegungen, und trotz des Schmerzes scheint die Motorik nicht eingeschränkt. »Ja, geht wohl. Ich schätze, das gibt nur ein paar blaue Flecke und das war's!« Jetzt nur nicht das Weichei geben!

»Okay, dann mal bis heute Mittag! Ich würd's aber trotzdem kühlen – sicher ist sicher!«

»Jau, mach ich! Bis denn!«

Die hohe Kunst des Anmeldens

Frisch im Büro, mach ich erst mal das Licht an – ich bin fast immer der Erste in unserem Dreier-Büro – und starte mit der Computer-Anmeldung.

Da sich im Computer unserer Firma Geheimnisse von unschätzbarem Wert befinden, ist natürlich eine entsprechende Sicherung eingebaut, mit insgesamt drei Passwort-Abfragen. Da ist nicht mal eben husch-husch ein Passwort ausdenken – bzw. drei –, und gut ist! Nein, nein, mein Freund!

Denn auf zweien der drei Systeme muss man das Passwort nach drei Monaten ändern, und damit fangen die Probleme an.

Als ich frisch in der Firma anfing, dachte ich: Hey, mein Name ist Programm, also nehme ich ›Sexmachine‹!

Doch das war leider zu lang (*Bitte nur acht Zeichen eingeben*) und ›Sexmacho‹ war auch schon vergeben – ich weiß bis heute nicht, von wem.

Da ich zu dieser Zeit meine pornografische Phase hatte, wollte ich auf ›Blowjob‹ wechseln, doch auch das schien mir nicht die richtige Wahl: Zum einen hätte ich mir alle drei Monate ein anderes Ferkelwort ausdenken müssen (ob meine sexuelle Fantasie da auf Dauer hätte mithalten können …), zum anderen kamen mir Zweifel, ob meine Passwort-Wahl im Falle des Vergessens bei einer Nachfrage in der EDV-Abteilung so gut ankommen würde. Und Vergessen wäre ja immer einmal möglich, gerade bei drei verschiedenen Passwörtern nach dreiwöchigem Sommerurlaub. Ich kenne Kollegen, die man nach dem Urlaub quasi neu anlernen muss!

Also blieb ein möglichst sechsstelliges Wort, an das man hinten zwei Zahlen zum Hochzählen dranhängen konnte. »Aber bloß nicht die Kindernamen oder Geburtstage!«, hat mir der EDV-Freak noch eingebläut, »die werden als Erstes geknackt!«

Deshalb entschied ich mich für … ha, ha, von wegen! ☺

Beim Anmelden merke ich schon, dass meine Showeinlage im Treppenhaus doch nicht ohne Folgen geblieben ist: Mittel- und Ringfinger sind blau angelaufen und nicht voll beweglich. Das ist für mich umso dramatischer, als ich nicht zu den Zehn-Finger-Tippern gehöre, sondern maximal sechs Finger bei meinem ›System Adler‹ (dreimal kreisen, dann zustoßen) unabhängig von den anderen bewegen kann. Wenn mir nun davon sogar noch zwei ausfallen: nicht auszudenken! Ich überlege mir, was das wohl für meinen ›Schnitt‹ bedeutet! Das ist nämlich so: Bei uns wird jede Woche schön gezählt, wie viel Arbeit man bewältigt hat. Wenn diese Zahlen dann zu sehr von dem Abteilungsdurchschnitt oder dem Wunschdenken des Abteilungsleiters abweichen, kann es sein, dass man einen Vier-Augen-Termin beim Abteilungsleiter oder sogar beim Geschäftsführer bekommt, mit der ›Bitte‹ um Besserung …

Und während ich so über ein System nachgrübele, wie ich mit weniger Fingern mehr Leistung heraushole, kommt Tiger ins Büro gestürmt, mein Büro-Wohni. Tiger ist noch ein paar Jährchen älter als ich, aber mindestens ebenso fit. Er joggt wie ein Wilder und hat schon so einige Marathons hinter sich. Nachdem er nun auch das Rauchen eingeschränkt hat, ist er noch einmal fünf Minuten schneller und dementsprechend noch motivierter, sich weiter fit zu machen. Wenn ihr irgendwann einmal einen dunkelblonden, drahtigen Typ auf der linken Autobahnspur laufen seht, seid sicher: das ist Tiger!

Wie immer begrüßt er mich mit einem Knurren, aus dem man mit Mühe ein »Morgen« interpretieren könnte. Mit einem Puls wie nach einer Druckbetankung springt er regelrecht in seinen Stuhl und setzt seinerseits zur Anmeldung an.

Tiger ist ein liebenswerter Fast-Choleriker, der seinen Spitznamen seiner Nebentätigkeit verdankt – er montiert in seiner Freizeit das Produkt unserer Firma: Küchen.

Und wir Proleten – natürlich aus einer Bierlaune heraus – haben uns den Grund, weshalb Tigers Nebenjob so gut läuft, bildlich genauso vorgestellt, wie primitive Lebensformen das eben unter Alkoholeinfluss tun: »Wir wetten, du montierst nackt. Sonst ist dein Erfolg nicht zu erklären! Und das Einzige, was du dabei anhast, ist bestimmt eine Unterhose mit Tiger-Muster, und die trägst du auf dem Kopf!«

In der Kneipe hatten wir uns darüber beömmelt, und wenn man sich

unseren hageren, schüchternen Tiger dabei vorstellt, ist es wirklich lustig.
Inzwischen ist es nicht mehr ganz so witzig, aber der Spitzname ist geblieben.
Tiger ist bei uns der Stuben-Älteste und hat daher auch manchmal Berührungsängste mit der Technik, und so dauert es normalerweise auch nicht lange, bis er sich bei der Anmeldung oder sonst wo vertippt, eine Fehlermeldung bekommt und dann wie ein Rohrspatz auf die »Scheiß-Computeranlage« schimpft.
So ist es auch heute: keine dreißig Sekunden, und das Unheil nimmt seinen Lauf …
»Verdammte Scheiße! Was ist das denn wieder für ein Murks mit dieser Schweine-Anlage!« Die meisten Kraftausdrücke habe ich wegen der Zensur durch schwächere ersetzt oder sie sind – Gott sei Dank – wegen Tigers Wolldecke im Mund eh unverständlich. Es gibt niemanden, der so herrlich fluchen kann, ohne dass man ein Wort versteht!
Ich stehe auf und gehe mit erhobenen Zeigefingern auf Tiger zu.
Er unterbricht seine Hasstirade und schaut mich skeptisch an. »Was soll das denn werden?«
Ich schaue ihn durchdringend an. »Konzentrier dich, Tiger! Schau mir in die Augen! Und nun schau auf meine Fingerspitzen! Und jetzt … einatmen und Luft anhalten …«
Er macht es tatsächlich! Habe ich solche Macht in meiner Stimme? Vielleicht sollte ich in Amerika TV-Priester werden und mir eine goldene Nase verdienen.
Die Spannung ist kaum noch auszuhalten. Ich durchbohre Tiger quasi mit meinem Blick.
»Und nun … beobachte meinen Finger!«
Mit meinem Finger schwebe ich kurz über Tigers Tastatur – begleitet von seinem Blick mit einer Mischung aus Misstrauen und Verwunderung – und aktiviere seinen Nummernblock.
»Voilà!« Ich drehe mich wieder um und gehe locker mit einem Grinsen und immer noch erhobenen Fingern auf meinen Platz. Gerade in diesem Moment geht die Tür auf und unser Dritter im Bunde, Jaques, schlurft mir entgegen.
»Moin, Jockel, Moin, Tiger! Na, mal wieder abgestürzt?«, grinst er Tiger an.

»*Ich* stürze wenigstens nur am Computer ab«, kommt Tigers Konter, »du säufst dich ja jedes Wochenende ins Koma, machst halb blind mit irgendwelchen Gesichtsbaracken rum und kotzt zur Krönung ein Taxi voll. Da stürze ich lieber *hier* ab!«
»Für Punkt drei gibt's keine Beweise, das weiß ich nicht mal selber genau«, kichert Jaques gut gelaunt zurück. Dann fällt sein Blick auf meine Finger.
»Au, Mann, was hast du denn mit deinen Pfoten gemacht?«
Ich schaue mir Mittel- und Ringfinger der erhobenen Hand an und muss Jaques Recht geben: Beide sehen übel aufgequollen aus.
»Ich wollte heute Morgen im Treppenhaus einen kleinen Stunt hinlegen, hat leider nicht geklappt.«
Jaques schaut mich beschwörend an. »Da würde ich auf alle Fälle mal ganz ruck-zuck die Sache kühlen gehen, sonst kannst du das Pellen für die nächsten Tage vergessen! Oder bist du beidhändig?«
Wenn Jaques montags morgens so wahnsinnig drauf ist, dann war das Wochenende in Sachen Girls aufreißen ein voller Erfolg! Wenn wir da mal ein wenig nachbohren, bekommen wir bestimmt einige nette Geschichten zu hören …
Jaques ist eigentlich ein ganz Netter und unser Firmen-Beau. Die Azubinen sind hin und weg bei seinem Anblick, und auch einige der etwas ›gestandeneren‹ Damen bekommen ein Glitzern in den Augen. Mit seinen 1,85 Metern und dem vollen, mit Gel nach allen Seiten abstehenden Haar macht er ja auch gut was her. Nur hätten sich seine Eltern Gedanken machen sollen über den harmonischen Gleichklang von Vor- und Nachnamen, denn Jaques heißt mit Nachnamen Meyer! Das klingt so ein bisschen wie gewollt und nicht gekonnt, wie Jimmy Gonzales oder Wilson Blue! Fehlte nur noch, dass der Vorname wie bei den Beckhams mit dem Ortsteil der Zeugung kombiniert würde! Wie würde David's Sohn wohl heißen, wenn er gerade auf seiner *Deutschlandreise* spitz auf Victoria gewesen wäre? Bottrop Beckham? Na, sei es, wie es sei, Jaques ist auf jeden Fall ganz okay.
Bevor ich zu weiteren medizinischen Maßnahmen wegen meines Fingers schreite, möchte ich es doch noch einmal so versuchen und tätige vorsichtige Fingerübungen an der Tastatur.
Der Erfolg hält sich in Grenzen und die Schmerzen nehmen noch zu. Langsam werde ich sauer über meine eigene Schusseligkeit und will

schon in Tigers Verwünschungen einstimmen, als erneut die Tür regelrecht aufgeschlagen wird.

Interne Stellenausschreibung

»Morgään!«
Im Rahmen steht – fast wie bei einem Auftritt von John Wayne – unser guter Kumpel und Kollege Hackfresse, mit bürgerlichem Namen Nils. Er ist mal gerade 1,70 Meter und dabei fast so breit wie hoch, mit dunklen Locken und gut gelauntem Blick.
Seinen Spitznamen hat er nicht etwa wegen seines Aussehens, sondern weil er uns einmal in einer ›Hier möchte ich nicht tot übern Zaun hängen‹-Kneipe vor einer Naht von einer ganzen Bande Landeier bewahrt hat. Wir hatten uns nach einem Kurztrip ans Meer in der nächstbesten Kneipe zum Auftanken niedergelassen und beobachteten amüsiert fünf hirntote Eingeborene, von denen jeder einen Stiefel vor sich stehen hatte. Die Burschen, offenbar durch unser blödes Grinsen provoziert, standen auf und kamen zu unserem Tisch. Wir waren nur zu dritt, denn Nils war quasi direkt aus dem Auto heraus in die Kneipentoilette gesprungen.
»Ey, was guckst du so?! Passt dir irgendwas hier nicht?!«, eröffnete der Wortführer der Eingeborenen die Konversation.
Blitzschnell leuchtete uns ein, dass wir wohl ein wenig zu auffällig gefeixt hatten, und sofort waren wir kleinlaut um Schadensbegrenzung bemüht.
»Nee, du, da hast du wohl was miss…«
Weiter kam ich nicht.
»Hää?! Seit wann duzen wir uns, du blöder Sack?!«
Ich hatte schon eine Entgegnung auf der Zunge, doch ein kluger Mann weiß, wann er den Mund zu halten hat. Stattdessen tönte das Alphamännchen weiter.
»Was wollt ihr überhaupt hier? Ihr kommt doch gar nicht von hier!«
Ganz klar auf Krawall gebürstet, der Knabe.
Wir sahen schon unser Leben an unserem geistigen Auge vorüberziehen, als jemand dem dicken Anführer von hinten auf die Schulter

tippte: Nils war von der Toilette gekommen. »Gibt's hier ein Problem, Hackfresse?«
Niemals werde ich diesen Satz vergessen, und der Respekt, den ich in diesem Moment vor Nils hatte, wuchs ins Unermessliche. Was für ein Auftritt! Was für ein Schneid! Ich konnte kaum glauben, was ich da gerade gehört hatte.
Jemand anderem ging es wohl genauso. Der dicke Primat drehte sich zu Nils um und holte wutschnaubend mit der Faust aus.
»Wie hast du mich genannt, du …«
Diesmal wurde der Dicke unsanft unterbrochen, denn Nils hatte ihm mit der rechten Hand blitzschnell in den Schritt gegriffen, während er Dumpfbacke mit der Linken am Kragen hielt.
»Ham'se dir schon mal die Eier auf links gedreht?«, fragte Nils drohend und drückte ordentlich zu.
Ein Aufstöhnen und ein entsetztes Kopfschütteln waren die einzigen Schockreaktionen, deren der Dicke fähig war, während sowohl uns als auch seiner Combo vor Erstaunen der Unterkiefer wegkippte.
»Und? Willste mal ausprobieren, wie sich das anfühlt?« Nils funkelte den Dicken mit einem so mordgierigen Blick an, dass diesem Angst und Bange wurde. Als Antwort kam wieder ein Kopfschütteln, diesmal von einem Schluchzen begleitet. Der Dicke nahm wohl innerlich schon Abschied von seinen Nüssen.
»Tja, dann wär's doch eigentlich das Beste, wenn ihr euch hier ruckzuck verpisst und uns in Ruhe unser Bier trinken lasst, oder?«
Zur Bekräftigung seiner Worte knetete Nils noch einmal hingebungsvoll die Kronjuwelen.
Der Schwachmat heulte auf und machte seinen Kumpanen ein Zeichen in Richtung Ausgang. Als Gehorsam gewohnte Nicht-Denker ließen die sich das nicht zweimal zeigen und rannten aus der Kneipe.
Der Dicke sah ihnen sehnsüchtig hinterher und versuchte dann seinen Mitleid erheischendsten Blick an Nils.
Der guckte ihn noch einmal strafend an und schubste ihn zur Tür.
»So, und jetzt sieh zu, dass du Land gewinnst, Dickwurst!«
Im taumelnden Schweinsgalopp – da schien wohl etwas zwischen den Beinen richtig weh zu tun – hoppelte der Dicke zur Tür.
Nils drehte sich zu uns um und fragte im gleichgültigsten Ton der Welt: »Hattet ihr schon ein Bier für mich mitbestellt?«

Nach einigen Sekunden der Verblüffung brach dann der Jubel los.
»Wir werden jetzt ein Jahr lang immer für dich mitbestellen, Alter, und zwar umsonst! Mann, das ging ja gar nicht!«
»Ist das gerade tatsächlich passiert?« Ich konnte es nicht fassen und ahmte noch einmal Nils nach: »Gibt's hier ein Problem, Hackfresse?«

Seit dieser Zeit heißt Nils für uns nur noch Hackfresse, und er trägt diesen Namen auch wie einen Orden, denn er weiß, dass er unseren höchsten Respekt ausdrückt.
Nun steht er also in unserer Bürotür und dröhnt seinen Morgengruß, was Tiger wieder zu einer Schimpfkanonade nötigt, aus der undeutlich die Worte »Scheiß-Anlage« und »Drecksding« herauszuhören sind.
»Hey, Alter, was gibt's Neues?«, frage ich.
Das ist nicht einfach so eine Floskel bei Hackfresse, nein: Er ist das lebende Nachrichtensystem der Firma, quasi die Fleisch gewordene Rohrpost.
»Wisst ihr schon, dass ihr Verstärkung bekommt?«
Hackfresse setzt sich auf einen Stuhl in der Büroecke – im toten Winkel der Bürotür, denn man weiß ja nie, wer neugierig die Nase hereinsteckt – und genießt die Aufmerksamkeit, die seine Neuigkeit bei uns erweckt hat.
Frischfleisch!
Neue Kollegen, gerade weiblichen Geschlechts, sind immer gern gesehen. Und je hübscher, desto besser!
»Wie jetzt! Hier, für uns?«
»Nicht direkt für euch, werdet bloß nicht größenwahnsinnig! Als Assistentin der Abteilungsleitung! Ist ja auch am schwarzen Brett ausgeschrieben, wie sich das gehört!«
Hackfresse grinst schelmisch dabei, und wir ahnen, dass es in diesem Fall Diskussionsbedarf geben könnte.
»Wie, das war unten ausgehängt?« Jaques ist echt überrascht.
»Ja, soll auch so sein!«, meldet sich Tiger und bringt sein Wissen ein: »Erst einmal muss ausgehängt werden, um zu schauen, ob die Stelle nicht auch intern vergeben werden kann.«
»Rrrrichtig!«, äfft Hackfresse den Paul Panzer nach. »Und dass ihr den Aushang nicht gesehen habt, kann daran liegen, dass er optisch nicht sooo prickelnd positioniert war. Ist aber bestimmt purer Zufall.«

Wieder grinst er uns verschwörerisch an. »Und wie der Zufall so will, habe ich gerade eine Kopie des Aushanges dabei!«

Bei diesen Worten faltet er einen DIN-A4-Zettel auseinander und wirft ihn lässig auf unseren Schreibtisch.

Wie die Geier stürzen wir uns darauf und lesen gierig die Stellenausschreibung. Fast gleichzeitig stoßen wir alle ein empörtes »Was?!« aus.

»›Vorausgesetzt werden Sprachkenntnisse in Englisch, Spanisch, Französisch und Russisch!‹ Was soll das denn? Wer das kann, wird Generalsekretär bei der UNO und nicht Sachbearbeiter in diesem Schuppen. Warum nicht gleich Türkisch, Chinesisch und Kisuaheli dazu?«

Hackfresses Grinsen scheint eingestanzt zu sein. »Endlich habt ihr's kapiert.«

»Wer soll sich denn darauf bewerben? Das ist doch unmöglich!«, regt sich Tiger noch einmal auf.

»Eben! Das ist doch der Witz an der Sache: Die Beschreibung ist extra so gefasst, dass sich niemand aus dieser Firma bewerben kann! Und jetzt meine Master-Frage: Warum ist das wohl so?«

»Weil einer unserer Häuptlinge schon jemanden für diesen Job hat«, antworte ich frustriert.

»Bingo! Es ist zwar schade, dass diese Person keine Ahnung von dieser Branche hat, aber das muss man ja auch nicht, wenn jemand seine schützende Hand über einen hält.«

»Keine Ahnung von der Branche?« Wieder kommt unser Aufschrei im Chor. (Vielleicht sollten wir mal Gotthilf Fischer anrufen?)

»Haben die 'ne Ahnung, wie lange es dauert, hier jemanden vernünftig einzuarbeiten?« Tiger ist entrüstet.

»Das hatten die schon nicht, als Christel in Mutterschutz ging, und das war ja nun auch eine ganz spontane Geschichte, die die Geschäftsführung nicht ahnen konnte: So eine Geburt kommt ja immer sehr überraschend«, sage ich resignierend.

»Einarbeitung kriegst du doch hier sowieso nicht!«, kontert Jaques. »Du kannst doch froh sein, wenn du als Neuer deinen Kollegen überhaupt vorgestellt wirst! Und dann gleich Assistent der Abteilungsleitung!«

Dieser Punkt scheint Jaques besonders anzufressen. Will *er* vielleicht … Will ich nicht vielleicht auch?

Grübelnd setze ich mich wieder auf meinen Platz.

Die Sachbearbeitung ist ja ganz nett und abwechslungsreich, aber wirklich Geld verdienen kann man hier nicht. Wenn ich überlege, dass ich mich hier mit mehreren Software-Systemen auskennen muss, zusätzlich noch die Produkte mit all ihren Innovationen zu beherrschen und dann Kundenkontakt in Fremdsprachen habe, ist meine Gehaltsabrechnung echt ein Witz. Und als i-Tüpfelchen ist noch die Wochen-Arbeitszeit gestiegen, natürlich ohne entsprechende Gehaltsangleichung.
Vielleicht ist es tatsächlich Zeit für einen Wechsel; entweder eine höhere Gehaltsstufe oder ein neuer Laden. In eine andere Firma zu wechseln, ist in der heutigen Zeit nicht immer ganz einfach – wer zuletzt kommt, geht zuerst! Aber wenn es einem wirklich gar nicht mehr gefällt? Das Vorhandensein einer Perspektive wäre ein Grund zum Bleiben und zur Motivation, aber wenn da gar nichts passiert?
Vielleicht erst mal schauen, was so alles möglich ist …

Die Mittelfinger-Affäre

Wie ich so vor mich hin grübele, klopft es an der Tür und Frau Lingemann steckt ihren Kopf ins Büro.
Frau Lingemann ist in der Buchhaltung und hält sich für überaus wichtig. Ich glaube, diese Spezies ist in jeder Firma mindestens einmal vorhanden, bei Euch auch? Ihr tatsächliches Alter ist schwer zu schätzen, da sie nicht ›normal‹ auf die Sonnenbank geht, sondern Extrem-Toasting betreibt und dadurch eine schwer definierbare Hautfarbe besitzt. Um bräunungsbedingte Hautrisse unkenntlich zu machen, trägt sie eine nougatfarbene Spachtelmasse auf, die eben dieses Alterschätzen so schwierig macht. Wahrscheinlich jedoch 55-plus. Ich halte sie für eine Person, deren Intellekt mehr mit den neuesten Modefarben und Erbsenzählen beschäftigt ist als mit komplexeren Vorgängen. Daher ahne ich, dass es sich bei ihrem Besuch nur um eine Lappalie handeln kann.
»Herr Beck, Ihnen gehört doch der schwarze Opel, richtig?« Scheinheilig lächelt sie mich an.
Hackfresse, der im toten Winkel sitzt, macht mit den Händen eine Bewegung, als wenn er einen Fußball aufpumpen will.
»Jaaa?« Ob sie meinen lauernden Unterton bemerkt?
»Ich habe gerade gesehen, dass Sie sich ja ziemlich eng an mein Auto herangeparkt haben. Wenn Sie Ihren Wagen bitte mal umparken könnten …?«
Lappalie, sag ich ja! Aber mein Finger puckert, meine Karriere ist fraglich und ich bin in übler Laune: schlechter Zeitpunkt!
»Warum?«
Frau Lingemann stutzt. Sehe ich da kleine Risse in ihrer Spachtelfront?
»Wie ›warum‹! So, wie Sie da stehen, kann da niemand ausparken!«
»Alles eine Frage der Fähigkeiten«, entgegne ich kühl und wende mich desinteressiert schon halb ab.
Jetzt bröckelt die Fassade! Die Mundwinkel ziehen sich à la Angela nach unten, das falsche Lächeln ist wie weggewischt. Für einen

Moment funkelt sie mich aus wütenden Augen an und ich warte auf einen Zornesausbruch.
Doch dann knallt sie nur die Tür zu und ist verschwunden.
»Respekt!«, grinst Hackfresse mich an, »das war gar nicht übel! Hätte ich dir gar nicht zugetraut. Hätte von mir sein können, der Spruch.«
»Ach, an den Meister kann ich doch nicht heranreichen! Du weißt doch: oft kopiert, aber nie erreicht!«
»Na, wenn das kein schönes Schlusswort ist für mich hier! Ich werde weiterziehen in die anderen Büros. Die Welt braucht mein Wissen!«
»Jau, hau rein! Und sicherlich bis bald!«

Jaques grinst mich an. »Das war wirklich nicht schlecht!« Im Hintergrund höre ich Tiger irgendwas wie »Längst überfällig« murmeln. »Aber um noch mal auf deinen Mittelfinger zu sprechen zu kommen: Halt den lieber mal unter kaltes Wasser, sonst schwillt der dir noch an wie ’ne Gurke.«
Ich betrachte meinen Finger argwöhnisch und muss Jaques Recht geben: Die Form hat sich schon leicht verändert. Also ab auf Toilette!
Nach fünf Minuten habe ich meinen Finger dermaßen gekühlt, dass er schon weh tut. Super! Das kann doch alles nicht wahr sein! Zeit, die Prozedur abzubrechen und einfach zu hoffen …
Während ich meinen Finger beim Abtrocknen hängen lasse, bemerke ich, wie er wieder zu puckern anfängt. Als ich das Handtuch aufhänge, wird das Puckern schwächer. Als Gelegenheitsgucker aller möglichen Arzt-und Krankenhaus-Serien fällt mir als Hobby-Chirurg die Diagnose nicht schwer: Finger unten: Puckern! Finger oben: *kein* Puckern!
Nach einer letzten Kaltwasser-Kur für meinen Finger mache ich mich wieder auf den Weg in mein Büro.
Die folgenden Ereignisse würde ich im Nachhinein eher als eine Verkettung unglücklicher Umstände betrachten. Es fängt damit an, dass auf dem Weg ins Büro der Mittelfinger beim Gehen hängt (was auch sonst: Soll ich mit erhobenen Armen wie ein jubelnder Fußball-Fan durch die Gänge tapern?) und sich schon bald das unangenehme Puckern einstellt.
In diesem Moment tritt Frau Lingemann aus ihrem Büro auf den Flur, sieht mich und bleibt mit giftigem Blick an der offenen Bürotür stehen.

Wir haben Blickkontakt – und leider hat mein Gehirn seinen Befehl an den Arm *Bei puckerndem Finger denselben heben!* nicht mehr storniert. Ergebnis: Unsere Blicke treffen sich, und als ich auf gleicher Höhe mit ihr bin, hebe ich den Mittelfinger!!
Im ersten Moment denke ich, dass Frau Lingemanns Gesicht auseinandersplittert, doch dann japst sie nur nach Luft und rettet sich in ihr Büro.
Entsetzt starre ich auf meinen Mittelfinger und kann schließlich den Befehl *Absenken* an meinen Arm weitergeben.
Als ich verstört aufschaue und überlege, ob ich ihr hinterherlaufen und alles erklären soll, sehe ich Hackfresse eine Bürotür weiter stehen, mit großen Kugelaugen und absolut sprachlos. Dann hebt er langsam den Daumen.
»Alter, du hast wirklich Eier! Das war ganz großes Kino! Ich glaube, ich habe meinen Titel ›Coolste Sau der Firma‹ gerade an dich verloren! Ich hätte mir aber auch keinen würdigeren Nachfolger vorstellen können. Ich bin stolz auf dich!«
Mit diesen Worten klopft er mir auf die Schulter und wünscht mir viel Glück. Irgendwie habe ich das Gefühl, dass das gerade Geschehene in Windeseile durch die ganze Firma getragen wird.
Dabei hatte ich es tatsächlich gar nicht so gemeint: Mein Körper gehorchte mir in diesem Moment einfach nicht mehr! Mit einem mulmigen Gefühl gehe ich zurück in mein Büro und sage erst mal gar nichts.
Es dauert keine zehn Minuten, bis das Telefon klingelt. Im Display sehe ich den Namen »Hr. Horst«: unser Geschäftsführer!
»Oh, oh! Sollten deine Park-Rangeleien Wellen geschlagen haben?«, bemerkt Jaques, der – wie alle hier im Büro – in seinem Display sehen kann, wer gerade anruft. Wenn man von Herrn Horst angerufen wird, ist das zu 99 Prozent Scheiße.
Vielleicht ja das eine Prozent, denke ich nur und hebe nach einem kurzen Räuspern energisch ab.
»Beck! Guten Morgen!«
»Horst hier, auch guten Morgen, Herr Beck! Könnten Sie bitte einmal in mein Büro kommen?«
»Kein Problem, bis gleich!« Nach dem Grund frage ich erst gar nicht.
»Danke! Wiederhören!« Klick.
Tiger meint, mir seelische Unterstützung zukommen lassen zu

müssen. »Du, wenn das nicht so gut läuft: Kann ich dann dein cooles Mousepad haben?«
»Drecksack!« Ich grinse zerknittert und mache mich auf den Weg. Manchmal ist auch der ›coolsten Sau der Firma‹ nicht zum Feixen zumute.
Als ich in das Chefsekretärinnen-Büro komme, werde ich sofort von einer »Ich bin wichtig!«-Atmosphäre umfangen. Andrea begrüßt mich ebenfalls mit einem aufmunternden »Oh-oh!« Ja, das braucht man: nette Kollegen, die einen aufbauen.
»Kann ich rein?«, frage ich dann auch gleich unterwürfig.
Andrea nickt, und so klopfe ich und trete energisch ein.
Sofort bestätigt sich meine Befürchtung: Frau Lingemann sitzt an dem Besuchertisch und tötet mich schon mit Blicken. Herr Horst bleibt an seinem Schreibtisch sitzen – schließlich muss man mir noch einmal klar die Firmen-Hierarchie vor Augen halten – und zeigt auf den Stuhl gegenüber von Frau Lingemann.
»Guten Morgen, Herr Beck! Ich denke, Sie können sich vorstellen, warum Sie hier sind?«
Am besten, ich entschärfe die ganze Geschichte ein wenig. »Ich schätze, es hat mit dem Missverständnis zwischen Frau Lingemann und mir zu tun?«
Doch mein Beschwichtigungsversuch misslingt und die alte Schachtel legt gleich richtig los. »Dieser Mensch hat mir meine Fähigkeiten abgesprochen und mich danach mit einer Geste auf das Übelste beleidigt!«
Das gibt's doch nicht! Passend zum weinerlichen Ton hat sich die alte Schrappe doch tatsächlich eine Träne abgedrückt!
»Mooment! Das habe ich so überhaupt nicht gesagt!«
»Was?! Jetzt wollen Sie auch noch leugnen, Sie feiger …«
»Ich habe lediglich gesagt, dass das Ein- und Ausparken neben meinem Auto eine Frage der Fähigkeiten ist; nicht, dass ich Ihre Fähigkeiten als Buchhalterin anzweifele!«
»Ach, nun versuchen Sie doch nicht, sich hier herauszureden! Und was war das mit Ihrer Handbewegung? War das vielleicht auch ganz anders gemeint?«
Verdammt! Eigentlich wollte ich durch ein Zerreden der Park-Äußerung möglichst lange von der viel ernsteren Geschichte ablenken …

Aus den Augenwinkeln bemerke ich, wie Herr Horst sich bei Frau Lingemanns schriller Stimme die Schläfe hält. Haben wir gestern etwa ein bisschen zu viel Halali gehabt? Vielleicht ist das ja meine Chance: einfach die Alte mit ihrer Gießkannenstimme weiterlamentieren lassen, bis dem Chef die Birne platzt.
»Sie werden mir das vielleicht nicht glauben, Frau Lingemann«, ihr Blick verrät mir, dass ich mir das »vielleicht« hätte sparen können, »aber das ist tatsächlich so!«
Zur Demonstration hebe ich noch einmal meinen geschwollenen Finger, was Frau Lingemann sofort zu einem »Da! Schon wieder!« veranlasst.
Nachdem mir nun auch Herr Horsts angewiderter Blick seine Aufmerksamkeit bestätigt, versuche ich zu erklären.
»Ich habe mir meinen Finger heute morgen geprellt und muss ihn ab und zu heben, damit das Blut nicht so hereinläuft und das Pochen aufhört. Dieses Fingerheben war nicht mehr als ein dummer Reflex.«
»Ein dummer Reflex?!«, keift die Lingemann dazwischen. »Wenn Sie mich sehen, ist also Ihr erster Reflex, den Mittelfinger zu heben?!«
Langsam geht sie mir auf den Zwirn. Bei Horst ist es wohl ähnlich, denn er bequemt sich mit beschwichtigenden Gesten hinter seinem Schreibtisch hervor und setzt zu einem seiner berüchtigten Monologe an.
»Wie Sie ja wissen, ist Montagmorgen, und bekannterweise ist dies ja auch die Zeit, wo einem der Start in die Arbeitswoche etwas schwerer fallen kann. Da bewertet man leicht schon einmal Dinge falsch oder interpretiert etwas in Vorkommnisse hinein …«
Frau Lingemann scheint zu ahnen, in welche Richtung die Reise geht, und ihre Augen verengen sich zu Schlitzen.
»Darüber hinaus hat ein Unternehmen wie das unsrige genug andere Probleme, die zwingender sind als dieses … ich nenn' es einmal Missverständnis! Daher denke ich, dass es das Beste ist, wenn wir hier den Ball flach halten, die Sache als Irrtum betrachten und mit dem nötigen gegenseitigen Respekt wieder unserer Arbeit nachgehen!«
Dabei lächelt er uns an und zeigt eindeutig, dass er einen versöhnlichen Händedruck erwartet.
Einen Händedruck! Ha! Wenn wir schon mit »Ball flach halten« bei den Fußball-Weisheiten sind, dann käme dieser Händedruck jetzt der Situation nach einer Blutgrätsche mit gekonterter Kopfnuss gleich:

Jeder Spieler will den anderen am liebsten massakrieren, doch der Schiri sagt nur: »Habt euch lieb und gebt euch die Hand!« Das hat schon bei Zidane nicht geklappt, und Frau Lingemann ist noch um Klassen heimtückischer als Materazzi!
Der blanke Hass springt mir nach dieser für sie unbefriedigenden Lösung entgegen, und so abgelenkt begehe ich einen verhängnisvollen Fehler: Ich reiche ihr meine Hand zur offiziellen Versöhnung – blöderweise jedoch die mit dem verletzten Finger!
Die Chance lässt sich das Biest natürlich nicht entgehen und drückt extra fest und lange zu. Es kostet mich alle Beherrschung, weiter zu lächeln und ihr nicht durch einen Schmerzensschrei ihren Triumph zu verschaffen.
Beim Verlassen des Büros hält mich Herr Horst noch einmal zurück.
»Dass so etwas nicht noch einmal passiert, Herr Beck!«
Ich betrachte besorgt meinen Finger und murmele geistesabwesend: »Nein, nein! Natürlich nicht!«
Als ich bei Chefsekretärin Andrea vorbeischlurfe, hüpft sie mir in den Gang hinterher. Ihre Neugier und ihr Mitteilungsbedürfnis bezüglich vertraulicher Informationen sind legendär. Ich entscheide mich, durch einige geschickt gestreute Gerüchte an meinem Mythos zu arbeiten.
»Was war denn mit Frau Lingemann?«
»Sie hat sich über mich beschwert.«
»Wieso das denn?«
»Wegen sexueller Belästigung!«
Andrea bleibt abrupt stehen und die Kinnlade fällt ihr runter.
Wenn schon »Sau der Firma«, dann richtig!

Am Morgen 'nen Joint …

Wieder im Büro angekommen, erwartet mich die nächste Überraschung: Mein Bildschirm, Stuhl und Tastatur sind weg!
Ich muss wohl ziemlich blöde geguckt haben, denn im nächsten Moment höre ich schon das Wiehern von Zombie, unserem EDV-Freak.
»Hackfresse hat mir von deinem Showauftritt mit Frau Lingemann erzählt. Da dachten wir alle, dass dein Arbeitsplatz jetzt überflüssig wäre!«
Die beiden anderen stimmen in sein Gewieher ein, nur ich gucke noch ein wenig bedröppelt; ist alles ein bisschen viel für einen Montagmorgen.
Zombie bemerkt das und spricht mir Trost zu. »Keine Bange, Alter, ich knips dir das alles ruckzuck wieder an. Ihr habt nur 'ne neue Telefonanlage bekommen, und da bot sich der Gag einfach an! Ich hol dir auch gerade deinen Stuhl aus dem Aufzug.«
Aus dem Aufzug? Eigentlich wollte ich ja noch etwas niedergeschlagen sein, doch bei Zombies verrückten Ideen kann man keine schlechte Laune mehr haben!
Zombie ist sowieso ein Phänomen. Er ist genau so, wie man sich einen Computerfreak vorstellt: schlaksig, dünn, bleich wie die Wand und mit Ringen unter den Augen, als wenn er jede Nacht mit LAN-Partys durchmacht. Aber das Unglaubliche ist, dass er immer gut drauf ist, und zwar ohne zu nerven! Ich habe Kolleginnen, die sind auch immer gut drauf, aber nur deshalb, weil sie zu blöde sind, schlecht drauf zu sein. Und das nervt!
Schon hören wir unter Bürostuhlrollen-Getöse, wie Zombie sich nähert. »Schumacher müsste nun überholen, ihm bleibt nur noch diese Kurve, doch Häkkinen macht innen dicht und … hoppla, Frau Lingemann, war das Ihr Fuß?«
Wir schauen uns alle entgeistert an. Das fehlte jetzt noch! Da kommt

Zombie auch schon feixend um die Ecke gejagt, den Stuhl wie ein Lenkrad vor sich her schiebend.
»Reingefallen!«, wiehert er uns an.
Ich schüttele lachend den Kopf. »Nur Bekloppte hier!«

Leider bleibt meine gute Laune nicht lange erhalten: mein Finger! Ich muss schließlich eine Pause machen und betrachte ihn ausgiebig von allen Seiten. Er hat inzwischen eine leicht gurkenartige Form angenommen und die Farbe passt teilweise auch schon dazu.
»Ich hoffe, du meinst das nicht persönlich«, grinst Jaques mich an. Ich habe bei meinen Betrachtungen gar nicht bemerkt, dass ich ihm den Stinkefinger gezeigt habe. Doch dann stiehlt sich Sorge in seinen Blick. »Weißt du was? Geh doch einfach mal zu Hannes! Der hat doch immer allen möglichen Kram dabei, bestimmt auch ein Schmerzmittel.«
»Zu Hannes? Ich weiß nicht …«
Hannes ist der letzte überzeugte Verfechter des Hippie-Lebensstils und läuft auch entsprechend rum: Gesundheits-Sandalen, lila Schlabberhose, formloser Pulli (selbst geklöppelt) und die blondgrauen Strähnen zu einem Pferdeschwanz zusammengebunden. Es gibt Gerüchte, dass Hannes für das Aussterben von mindestens drei Käfer-Arten verantwortlich ist, da er seinerzeit alles geraucht hat, was ihm vor die Tüte kam. Und das waren wohl eine ganze Zeit lang Käfer: »Wegen des Aromas!«
Ich habe keine Ahnung, ob all diese Geschichten der Wahrheit entsprechen; ich weiß nur, dass, wenn nur zehn Prozent stimmen, er der wildeste Kiffer nach Cheech und Chong sein muss. Ihn zu konsultieren wäre für mich wirklich der letzte verzweifelte Ausweg.
Doch eine Stunde später stehe ich in Hannes' Büro, umgeben von einem leicht süßlichen Duft. Das Rauchen in den Büros ist zwar verboten, aber trotzdem hält sich dieser Geruch bei Hannes permanent – wahrscheinlich durch seine Klamotten.
»Moment noch, bin gleich so weit!«
Hannes stiert begeistert auf eine Internetseite, auf der eine Rundreise durch Indien angepriesen wird. Das gibt mir Zeit, mich ein wenig umzuschauen.
Hannes hat ein Einzelbüro – kein Wunder bei diesen Ausdünstungen! Abgesehen davon ist es auch so anstrengend, mit Hannes in

einem Büro zu sitzen. Er verflucht pausenlos die Regierung, besonders die amerikanische, und erzählt vom guten, alten Woodstock, wo noch Harmonie gelebt wurde. Dass es dort nur 60 Toilettenhäuschen für Hunderttausende von Leuten gab und die Umgebung entsprechend aussah, hat er sich wohl weggekifft. Einige empfindliche Gemüter haben sich auch schon an seinem ›Make love, not war‹-Poster mit einem riesigen Penis gestört, das an die Innenseite der Bürotür gepinnt ist. Den künstlerischen Gesamteindruck runden zwei Frank-Zappa-Poster ab, die ich hier besser nicht beschreibe.

Während mein Blick noch über die reichhaltige Gummibaum-Formation schweift (sind das dahinter etwa Cannabis-Ableger?), hat Hannes endlich Zeit.

»Jockel, du alter Revoluzzer! Habe schon von deiner Aktion mit Frau Lingemann gehört, Glückwunsch! Endlich mal jemand, der sich gegen das Establishment auflehnt! Dich hätten wir damals gebrauchen können!«

Versteht ihr jetzt, was ich mit ›anstrengend‹ meine?

»Tja, bei meinem ganzen Auflehnen hätte ich mich man nicht so doll auf meinen Mittelfinger lehnen sollen!« Als Erklärung stecke ich meinen Problemfinger vor.

»Oops! Das sieht ja schlimmer aus als im heftigsten Trip! Erinnert mich an einen Blutegel, den ich mal rauchen wollte: ging gar nicht!«

»Hast du vielleicht irgendein Schmerzmittel?« Bloß schnell das Thema wechseln und nicht ablenken lassen!

Fachmännisch betrachtet Hannes meinen Finger. »Tja, da wirst du mit einem einfachen Aspirin wohl nicht mehr klarkommen! Wusstest du, dass Aspirin eigentlich als Massen-Wahrheitsserum von den Nazis angedacht war? Na, erzähl' ich dir vielleicht ein anderes Mal. Für deinen Finger habe ich da allerdings etwas …«

Hannes nimmt sein Lederhalsband ab, an dem ein Schlüssel baumelt, und öffnet eine Schublade. Kurz vorher wirft er noch einen verstohlenen Blick aus seinem Bürofenster in den Flur.

Oh Mann, jetzt geht's ins Illegale! Hoffentlich komme ich aus dieser Nummer wieder raus! Leichte Panik erfüllt mich. »Du, vielleicht versuche ich es erst noch mal mit Dolormin oder Bädern.«

»Blödsinn! Was glaubst du, was für eine Scheiße in dem Zeug ist?!«

Weniger als in deinem Zeug, denke ich bei mir, traue mich aber nicht, es auszusprechen.

»Hier! Das ist 100 Prozent homöopathisch, aber hilft wie Hammer!«
Hannes hält mir zwei Kugeln entgegen, die wie grüner Karnickeldreck aussehen. »Eine jetzt und eine vorm Schlafengehen! Und morgen ist die Welt wieder rosarot! Oder du kommst noch mal vorbei.«
Unsicher nehme ich die Dinger an mich. »Danke, Hannes! Wie … ääh …«
»Einfach mit reichlich Flüssigkeit runterspülen. Warte mal!«
Wieder öffnet er eine seiner Schubläden und grinst mich triumphierend an. »Hier, das ist echter Jasmin-Tee, ohne Zusatzstoffe! Nimm dir gleich die erste Pille! Den Rest kannste behalten.«
Es gibt Tage, da bleibt einem nichts erspart. Das mir, wo ich der Tee-Hasser schlechthin bin und in meiner Jugend nur Tee getrunken habe, wenn ich mich bei einer Magenverstimmung übergeben wollte.
»Danke, sehr großzügig! Ich weiß das zu schätzen …«
Ich blicke auf die 0,5-Liter-Plastikflasche mit Jasmin-Tee: Wenn da nicht alle möglichen Aroma- und Farbstoffe drin sind, fress ich 'nen Besen!
Doch Hannes ist unbeirrbar. »Nun los, hau weg!«
Hannes ist echt begeistert, mir so helfen zu können, und erwartet voller Vorfreude meinen Getränketest.
Ich nehme mir vor, den Karnickelschiss mit so viel Flüssigkeit wie möglich herunterzuspülen, aber der Geschmack des Tees macht mir einen Strich durch die Rechnung und ich muss nach vier Schlucken absetzen.
»Wahnsinn, was?«, strahlt Hannes mich an.
»Das kann man wohl sagen«, kann ich gerade noch herauspressen.

Drei Frauen und ein Dödel

In meinem Büro angekommen, sind mir die bewundernden Blicke der Kollegen sicher: Wer sich traut, Zeugs von Hannes einzuwerfen, verdient Respekt. Gleichzeitig zeugt das natürlich auch von höchster Verzweiflung, sodass sich einige mitleidige Blicke beimischen.
Nachdem ich den Tee unauffällig auf der Toilette entsorgt habe, sitze ich nun feist in meinem Bürostuhl und werde langsam träge.
Eine Kollegin aus unserem ›Kompetenz-Büro‹ kommt hereingeschneit: Rosa. Kompetenzbüro deshalb, weil sich dort neben Rosa noch zwei andere Kolleginnen um eine Gehirnzelle balgen. Mindestens zwei davon sind absolut lern-resistent, sodass man es bisweilen nicht leicht hat, bei einem Lern-Vermittlungsversuch nicht die Contenance zu verlieren.
Normalerweise bin ich Rosa gegenüber sehr aufmerksam, denn Dummheit schützt ja vor Heimtücke nicht. Doch diesmal scheine ich durch Hannes' Wundermedizin ein wenig beeinträchtigt zu sein.
»Ich habe hier einen Fall, da hat der Kunde was Falsches bestellt. Jetzt will er, dass wir kostenlos gegen den richtigen Artikel austauschen! Was würdest du da machen, Jockel?« Rosa schaut mich mit unschuldigen Kulleraugen an.
»Hätten wir die Falsch-Bestellung merken können?«
»Ja! Wir haben es gemerkt und sogar eine Rückfrage gefaxt – allerdings nicht über diesen Artikel!«
Ich sehe sie verständnislos an und sie erklärt weiter: »Auf unserem Fax war der Artikel sogar mit einem Hinweis gekennzeichnet, aber es befanden sich noch drei weitere Fragen auf diesem Fax, die davon wohl abgelenkt haben.«
Ich grunze vor mich hin. »Dann wird es auf jeden Fall darauf hinaus laufen, dass wir die Sache komplett übernehmen dürfen, achte drauf! Ich fände es ja richtig, die Sache 50:50 abzurechnen: Schließlich kann der Kunde ja lesen, und wenn er sich die Auftragsbestätigung angeschaut hätte, wäre ihm das bestimmt aufgefallen. Aber wir sind

ja immer so nett, dass solche Geschichten komplett Fehler des Sachbearbeiters sind, der dafür noch zusammengeschissen wird! Mitdenken vom Kunden kann ja auch keiner verlangen!«
Bei solchen Themen kann ich mich immer herrlich in Rage reden.
»Also würdest du das Ganze ohne Berechnung neu liefern?«, fragt Rosa nervig.
»Nein, würde ich nicht! Aber ich muss ja!«
Rosas Gesicht ist ein einziges Fragezeichen. »Ääh, wie jetzt: mit oder ohne Berechnung?«
So langsam platzt mir der Kragen. »Mann, fax doch zurück: Eigentlich ohne Berechnung, jedoch nach Einspruch von Herrn Beck mit 50 Prozent berechnet! Lass dir einfach 'nen Kringel vom Häuptling geben!«
Rosa zuckt nur mit den Schultern und trollt sich.
Jaques sieht mich stirnrunzelnd an. »Pass auf, Alter, die geht genau mit diesem Satz zum Fax!«
Hannes' Medizin entfaltet ihr ganzes Können und ich fühle mich warm und geborgen in meinem Stuhl. »Quatsch, so blöd kann selbst Rosa nicht sein.«
Ich werde später noch an diese Worte denken …

Die Rückfahrt entwickelt eine ganz neue, entspannte Qualität: Angedröhnt von Hannes' Teufelszeug, verliert der Autobahnverkehr für mich seine ganze Hektik und ich übe mich in neuen Fahrtechniken: den Autobahnzubringer im zweiten Gang mit gleichzeitigem Kramen nach einer CD hochjagen, anschließend den LKW rechts über den Standstreifen überholen und dabei ›Highway to Hell‹ bis zum Anschlag aufreißen und den Sound mit Headbanging unterstützen. Oder den beiden freundlichen Herren mit Migrationshintergrund im BMW hinter mir freundlich zuwinken, wenn ich den Sattelschlepper mit 95 Sachen überhole und ich von der Lichthupe halb blind bin.
Ja, alles ist auf einmal viel leichter und flockiger! Und aufregender. Ein Autobahnschmarotzer mit gelb-schwarzem Nummernschild und Wohnwagen fährt absichtlich Schlangenlinien, damit ich ihn nicht überholen kann. Normalerweise würde mich das zur Weißglut treiben, doch heute zeige ich nur auf meinen Fußball am Innenspiegel und tue so, als ob ich ihn rammen wollte. Und was soll ich sagen: Die Gesichtsfarbe wird richtig käsig.

Wahrscheinlich habe ich im Moment die Zurechnungsfähigkeit eines Lötkolbens, aber ich fühle mich gut. Dass mir keiner was gegen Hannes und seine Tränke sagt!

Zu Hause angekommen, nervt mich meine Vermieterin mit Treppenhaus-Dienst, und zu meiner großen Enttäuschung merke ich, wie meine Laune wieder sinkt. Schade eigentlich!
Aber Hannes sagte ja: »Vor dem Schlafengehen noch eine!«
Gesagt, getan.
Doch kaum habe ich mir den zweiten Köddel mit etwas Wasser reingetan (das ging geschmacklich schon besser), da meldet sich meine Türklingel.
Nanu? Ich habe mir schon den Schlafanzug zurechtgelegt, ein cooles Teil mit Snoopy drauf. Wer kann das sein?
Ich tapse zur Wohnungstür, und dort steht – Carola!
Carola ist seit kurzem meine Freundin und eigentlich auch eine ganz Nette. Sie steht mit ihren rot getönten Haaren im Türrahmen und sieht mich erwartungsvoll an. »Können wir?«
Der Hannes-Hammer zeigt schon seine Wirkung, denn ich merke, wie ich Probleme bekomme, mich zu konzentrieren.
»Ich verstehe nicht …«
Carolas Gesicht verfinstert sich. »Mann, Jockel, jetzt sag nicht, du hast es vergessen!«
»Ööh, wenn ich ehrlich bin …«
»Wir wollen heute zu der Dosen-Party! Die anderen sitzen schon im Auto!« Welche anderen? Welches Auto? Hä? »Und du hast ganz fest versprochen, dass du mitkommst! Und wenn ich sage, ganz fest, dann bedeutet das auch ganz fest!«
Carola wirft mir einen Blick zu, der eindeutig sagt: Kneife jetzt, und du wirst sehr, sehr lange Zeit keinen Sex haben!
Ich gebe mich geschlagen; wahrscheinlich auch, weil ich langsam wieder eine urgemütliche Stimmung bekomme. Super-Zeug!
»Ich hol nur gerade meine Jacke, dann bin ich so weit!«, flöte ich Carola entgegen.
Carolas Skepsis legt sich, als ich pfeifend die Treppe runterhoppel und dabei blöde Verse schmettere:
»Alles im Lot auf'm Boot,
alles in Butter auf'm Kutter!«

»Alles klar mit dir?« Ein wenig scheint ihr meine gute Laune doch verdächtig zu sein.
»Logo, und selbst? Wer kommt denn noch so mit?«
»Martina und Claire.«
Martina! Dieses Miststück! Normalerweise reicht die Erwähnung ihres Namens schon aus, mich auf die Palme zu bringen. Martina ist eine kleine, mit sich selbst unzufriedene Intrigantin, die alles unternimmt, um Leute schlecht zu machen und einzuschüchtern. Sie ist heimtückisch und unberechenbar und … ach, ich könnte die Liste ewig weiterführen!
Doch mit meinem zweiten Hannes-Spezial sieht das Ganze nun etwas entspannter aus.
Da ich sehr harmoniebedürftig bin, bin ich den Auseinandersetzungen mit Martina meist aus dem Wege gegangen, was manchmal nicht so einfach war, da wir leider auch in derselben Firma arbeiten.
Doch heute wird es anders kommen! Es ist Zeit, das kleine Miststück in die Schranken zu weisen und ihr zu zeigen, wo der Hammer hängt. Ich denke, ich werde heute ein Exempel statuieren!
Caro schaut mich erstaunt an. Natürlich weiß sie, wie es um Martina und mich steht. Dass ich bei der Erwähnung ihres Namens nicht wie üblich in die Luft gehe, überrascht sie. Dass ich sogar lächele, macht sie schließlich misstrauisch.
»Ist wirklich alles in Ordnung bei dir? Du machst mir heute so einen … merkwürdigen Eindruck!«
»I wo, alles paletti! Ich freue mich nur, mal so einen großen Betrieb wie den Dosenladen kennenzulernen. Wird bestimmt interessant!«
Wir haben inzwischen den Wagen erreicht, und ich darf sogar vorn neben Caro sitzen. Erstaunlich, denn meist macht sich Martina auf dem Beifahrersitz breit und pupst vor sich hin, bis man im Fond grün anläuft. Sollte es doch noch ein schöner Abend werden?
Martina ist die Degradierung auf die Rückbank offensichtlich auf die Laune geschlagen, denn sie zetert gleich los: »Das wurde ja auch mal Zeit! Hast wohl den Termin verpennt, was?«
Normalerweise würde es jetzt schon richtig abgehen, doch heute ist eben nicht normalerweise. Heute bin ich die Ruhe selbst.
»Du hast fast Recht, meine Liebe. Die Arbeit war heute aber auch so was von anstrengend, da brauchte ich ein kurzes Time-out.«
Diesen netten Ausdruck erwähne ich für Claire, die bisher passiv

neben Martina gesessen hat. Claire findet es toll, möglichst viele Anglizismen und andere Fremdwörter zu benutzen, um möglichst cool oder gebildet daherzukommen. Für sie wäre eigentlich Franjo Pooth der ideale Freund gewesen, aber der ist ja schon anderweitig involviert.

Martina setzt indessen zu ihrem nächsten Giftpfeil an. »Ja, ich habe schon von deinem anstrengenden Tag gehört!«, legt sie los und wendet sich an meine Freundin: »Weißt du eigentlich, Carola, dass dein Freund auf der Arbeit andere Frauen belästigt?«

Schau, schau, so erfahre ich doch sogar noch einige nützliche Dinge über die Informationswege innerhalb der Firma! Die stille Post ist schon was Feines.

Carola schaut mich ungläubig an. So etwas scheint sie mir denn doch nicht zuzutrauen.

»Ich glaube, da haben dich deine Kaffeetanten wohl nicht ganz richtig informiert, meine Liebe! Das war lediglich ein Missverständnis, wie dir auch Herr Horst bestätigen kann!«

»Ein Missverständnis? Ha! Das hat Frau Lingemann aber ganz anders erzählt! Und hör auf mit diesem ›meine Liebe‹!«

»So, so, Frau Lingemann.«

Meine Position festigt sich immer mehr und ich beginne die Diskussion zu genießen. »Was sagtest du, wie alt ist Frau Lingemann noch mal?«

Martina merkt, dass ich sie in die Ecke der Unglaubwürdigkeit dränge, und will entkommen.

»Wie alt? Was weiß ich? Ich habe doch nicht alle Geburtstagstermine …«

»Du hast doch neulich erst eine Mail rumgeschickt, die besagte, dass sich jeder gegen einen Beitrag von 2,50 Euro – abzugeben bei dir – an dem Geschenk für Frau Lingemanns 55sten Geburtstag beteiligen kann. Kann man also davon ausgehen, dass Frau Lingemann so ungefähr 55 ist?«

Die Schlinge zieht sich weiter zu und Martinas Fluchtversuche werden haltloser. »Mein Gott, als wenn ich jede Mail, die ich verschicke …«

Zuckersüß unterbreche ich sie. »Du glaubst also tatsächlich, dass ich meine Beziehung zu Carola wegen einer 55-jährigen abgetakelten

Fregatte aufs Spiel setzen würde? Schau dir Carola an. Glaubst du, Frau Lingemann hätte gegen diese wundervolle Frau eine Chance?«
Zack, Falle zu! Wenn sie dagegen was sagt, putzt sie gleichzeitig Carola runter.
Aus dem Fond höre ich Martinas schweren Atem, doch ihr schmutziges Mundwerk bleibt geschlossen. Wie schwer ihr das wohl fallen mag?
Ich lächele selbstzufrieden und genieße den ungläubigen Blick von Carola. Ja, so kann's gehen!
Doch Martina wäre nicht das Miststück, wenn sie sich so schnell geschlagen geben würde.
»Ist ja auch egal. Aber nun tu mal nicht so, als ob du dich jeden Tag tot arbeiten würdest! Du hängst doch den ganzen Tag nur mit deinem Hintern vorm PC und tickerst was ein.«
»Machst du nicht genau das Gleiche, nur in einer anderen Abteilung?«, zwitschere ich. »Davon abgesehen, kann man sich nicht jeden Tag tot arbeiten, das geht von der Logik her nicht.«
Martina kocht wie ein isländischer Geysir. »Erstens kann man das gar nicht vergleichen …«
»Nein, natürlich nicht!«, höhne ich dazwischen.
»… und zweitens studiere ich per Abendschule noch Wirtschaftswissenschaften und habe bald meinen Bachelor!«
Claire erwacht bei diesem Wort aus ihrer Lethargie.
»Bätschloch? Klingt wie eine Geschlechtskrankheit«, ätze ich. »Was man sich heutzutage alles in der Abendschule holen kann …«
Claire grinst schadenfroh, Carola kann sich das Lachen auch kaum noch verkneifen, und Martina explodiert.
»Du blöder Mistkerl, was nimmst du dir eigentlich heraus? Am liebsten würde ich dir jetzt …«
»Wir sind da!«, unterbricht Carola, froh, dass es im Auto nicht zu Mord und Totschlag kommt.
Was für ein Triumph! 2:0 für mich, und ich fühle mich wie ein junger Gott.
Und irgendwie habe ich das Gefühl, dass ich das noch toppen kann.

Amok in Dosen

So eine Dosen-Party ist noch dröger, als ich es mir vorgestellt habe. Wobei ich hier nicht von diesen Abenden in privater Runde mit all den entzückenden Nachbarinnen spreche, die sich wie verrückt über ein Plastikstück Industriemüll freuen, das dann als Gastgeschenk unter dem Namen ›Orangenschäler‹ großmütig verschenkt wird. Nein, diese Dosen-Party ist das Treffen aller Vertreter, unter gleichzeitiger Zurschaustellung der unglaublichen Produktpalette und großzügigerweise auch für ›normale‹ Besucher. Wobei am liebsten natürlich Frauen gesehen werden, die mit einer Karriere als Dosen-Tussi liebäugeln. Da wird dann gerne vom Firmenwagen gesprochen, der je nach Umsatz in allen möglichen Größen winken soll. Für einen Jetta reicht es angeblich schon, den Teil der Milchstraße vorne links mit den nützlichen Pausenbrot-Dosen auszustatten; sicherlich ein Produkt, das bei allen dort heimischen Lebensformen als unbedingtes ›Muss‹ angesehen wird.
Aber vor dem Höhepunkt der Party – ich hoffe ja auf ein halb nacktes Bunny, das aus einer rosa Dose hüpft – schlendern wir noch einmal die Stände mit den neuesten Neuheiten ab, und selbst Martina vergisst ihren Frust und bleibt begeistert vor ein paar Plastikteilen stehen, deren Zweck sich mir einfach nicht erschließen will.
Entzückt deutet sie mit ihren Wurstfingern auf die Auslage. »Guck mal, jetzt gibt's die auch in Petrol! Und in Mauve!«
Claires Antennen registrieren wieder Fremdwörter und sie schaltet von Standby auf Online.
Hier muss ich einmal ein paar weitere Worte zu Claire sagen. Claire ist eigentlich keine Schlechte. Sie hat bloß das Pech, durch ihre Eltern auf diese »Ich-bin-was-Besseres«-Schiene gedrückt worden zu sein. Deshalb auch dieses Fremdwort-Getue: Edle Abstammung und edler Geist zeigen sich schon am Sprachgebrauch! Bla-Bla! Claire ist sogar recht hübsch, und wenn ihr mal eine ordentliche Gehirnwäsche verpasst würde, wäre sie bestimmt ein echter Hauptgewinn. Aber leider

hat sich das noch niemand getraut, und so harrt sie auf den Moment, endlich wachgeküsst zu werden.
Doch zurück zu Petrol, Mauve und Aubergine. Ich entschließe mich, Martinas gute Laune mit frechen Kommentaren wieder ein bisschen zu zügeln. »In Petrol? Wo? Hinter den grünen?«
»Das *sind* die grünen, du Blödmann!«, faucht Martina. Selbst Carola schaut mich ein wenig ärgerlich an.
Hallo?! Ich bin ein Kerl! Einfach gestrickt, unsensibel und mit klaren Denkkonzepten: Grün ist Grün, Rot ist Rot, Blau ist Blau! Da ist kein Raum für Differenzierungen mit Fantasienamen. Überhaupt: Müssen es denn solche schrägen Bezeichnungen sein?! Ich habe einen Freund, Holger mit Namen, der wurde beim Kotzen immer richtig fies grün. Warum nicht einfach diesen Grünton ›Holger‹ nennen statt ›Petrol‹ oder sonst wie? Na, lässt sich global wohl nicht so gut vermarkten.
Natürlich muss ich einen Teil meiner Gedanken trotzdem als provokante Aussage zur Diskussion stellen, schon allein, um Martina weiterzuärgern.
»Dadurch, dass man ›Grün‹ mit einem Mal ›Petrol‹ nennt, werden die Plastikdosen aber auch nicht wertvoller«, insistiere ich.
»Nicht einfach *Plastikdosen*!«, schaltet sich mit einem Mal eine Gebietsleiterin ein, die den Rest des Gespräches mitgehört hat. FR. MEYER, GEBIETSLEITUNG SÜD, steht auf ihrem Anstecker.
»Diese Dosen sind qualitätsgeprüft und haben eine lebenslange Garantie!«, verkündet sie voller Stolz. Sie ist mir auf Anhieb unsympathisch. »Das heißt, falls in zehn oder fünfzehn Jahren oder später irgendetwas kaputt gehen sollte, bekommen Sie sofort von uns anstandslos und kostenfrei Ersatz!«
›Auch bei einem atomaren Overkill?‹, liegt es mir schon auf der Zunge, aber ich will es nicht übertreiben. Wahrscheinlich erzählt sie mir sonst auch noch, dass ihre Dosen der einzige strahlungsfreie Artikel auf diesem Planeten sein werden.
»Ich habe schon verstanden, danke!«, sage ich stattdessen. »Aber dafür muss ich auch sicherlich richtig tief in die Tasche greifen, oder?«
»Das ist alles relativ! Wenn Sie sich zum Beispiel dieses formvollendete lunch-bag anschauen (Claire zuckt wieder), dann sind Sie mit 18,50 Euro dabei!«
Frau Meyers Gesicht ist voller Zuversicht und Selbstzufriedenheit. Schade, dass ich das zerstören muss.

»Also erst einmal ist das ’ne Brotdose und kein lunch-bag, und zum anderen kriege ich die bei Aldi für drei Euro! Und wenn das Ding nach zehn Jahren kaputt ist, kaufe ich mir einfach ein neues und kann mir dann noch die Farbe aussuchen!«
Frau Meyers Lächeln ist wie weggewischt: ein Ungläubiger!
»Nun, Sie werden schwerlich Aldi-Qualität mit der unsrigen vergleichen können …«
»Warum nicht? Soviel ich weiß, lassen Sie doch auch in Taiwan produzieren.«
»Das ist so nicht richtig, junger Mann«, sagt sie streng. »Und wenn Sie einmal auch vom optischen Aspekt ausgehen wollen …«
Bei diesen Worten treibt sie uns in eine Ausstellungsküche, die von Dosen-Ware nur so verseucht ist. Die Mädels bekommen jedoch alle sofort feuchte Augen. Frau Meyer reißt triumphierend eine Hängeschranktür auf. »Na, wie sieht das aus?!«
In dem Schrank steht eine Dose über der anderen, vollgestopft bis oben hin.
»Scheiße sieht das aus!«
Mein Satz schlägt ein wie eine Bombe. Frau Meyer gefriert das Lächeln im Gesicht, den Mädels geht es nicht anders und Martina japst sogar kurz auf. Dem Hausfrauen-Rudel, das sich uns in Erwartung einer tollen Demonstration angeschlossen hat, stockt der Atem. Es ist mucksmäuschenstill und somit der beste Moment, noch einen draufzusetzen.
»Ist doch wahr! Man kann doch gar nicht sehen, was in all den Dosen drin ist, die sind doch fast alle undurchsichtig!«
Frau Meyers Ton wird schärfer. Solche Publicity braucht sie wirklich nicht, vor allem, wenn vielleicht noch ein paar Ober-Dosen zuschauen!
»Das ist auch nicht nötig, da eine gute Hausfrau sowieso weiß, wo alles ist«, presst sie hervor. »Ich nehme an, Sie verbringen nicht viel Zeit in der Küche, junger Mann?«
Ihr sarkastischer Ton lässt Martina zustimmend nicken, doch ich lasse mich nicht beeindrucken. Wenn jemand persönlich wird, gehen ihm die Argumente aus: Also ist Frau Meyer kurz vor der Kapitulation!
»Mag sein, mag sein. Aber, mal so eben über den Daumen gerechnet: Wie viel kosten wohl all diese Dosen, die sich in diesem Hängeschrank befinden? 400 Euro? 500? Ich frage nur, weil … vielleicht stehe ich ja

irgendwann einmal vor der Entscheidung: Soll ich mir jetzt eine neue Küche kaufen, oder doch lieber ein paar Ihrer Dosen? Der Preis wäre ja der gleiche.«

Madame wird langsam böse. »Ich glaube, es ist ganz egal, was ich Ihnen erzähle! Ich werde das Gefühl nicht los, dass Sie nur hergekommen sind, um hier rumzustänkern!«

»Na, na! Nur weil Sie hier die Gebiets-Dose sind, haben Sie noch lange nicht das Recht, so mit mir zu reden!«

Frau Meyer geht zur Schnapp-Atmung über, doch bevor etwas Ernsteres passieren kann, mischt sich so eine Art Ordner ein und schiebt sie weg. Ein zweiter, der mit MÜLLER beschriftet ist, wendet sich an mich: »Ich denke, es ist besser, wenn Sie gehen! Wir wollen keine unnötigen Komplikationen hier ...«

Doch in diesem Moment ertönt ein Gong. Die große Versammlung fängt an! Die darf ich nicht verpassen!

»Recht haben Sie«, pflichte ich daher Herrn Müller bei, »und deshalb gehe ich jetzt noch kurz zu der Versammlung und dann war's das auch schon.«

Müller würde mich am liebsten gleich rausschmeißen, aber einige der Hausfrauen sind mit ihren Ehemännern gekommen, und die stehen klar auf meiner Seite.

Müller knurrt mich noch einmal kurz an und trollt sich dann.

Na dann: auf zur Versammlung!

In einem großen Konferenzsaal sitzen wir in einer der ungezählten Stuhlreihen und harren der Dinge, die da kommen mögen. Madame hat uns etwas weiter hinten platziert, denn schließlich sind wir ja nur einfache Besucher und gehören nicht zu dem Ameisenheer der Dosen-Abend-Tanten – obwohl ich an Carolas und Martinas Augen erkennen kann, dass sie sehr gerne zu ihnen gehören würden. Claire dagegen hat wieder auf Stand-by geschaltet und sucht nach etwas, das ihre Aufmerksamkeit auf sich ziehen könnte. Kein leichtes Unterfangen hier!

Wie nicht anders zu erwarten, startet Martina mal wieder eine Verleumdungskampagne gegen meine Person und ich kriege mit, dass sie Carola so etwas wie »... kann man nirgendwo mithin nehmen!« ins Ohr raunt. Carola zeigt sich jedoch abwehrend gegenüber dieser hässlichen Propaganda. Wie lange noch?, frage ich mich: So eine

Dauerbeschallung zeigt doch bei den meisten Leuten irgendwann Wirkung. Vielleicht ist das ja mal ein guter Test für die Belastbarkeit unserer noch jungen Beziehung …

Inzwischen ist irgendeine Dosen-Braut unter donnerndem Applaus an das Rednerpult getreten. Bei Dose's Faible für ausgefallene Nachnamen heißt diese bestimmt Schmidt oder Schulz.

Während die Dose mit ihren Lobeshymnen über die Firma anfängt, mache ich es wie Claire und schalte in den Energiesparmodus. Nur einmal schaue ich kurz zu Martina rüber, weil ich spüre, wie sie mich hasserfüllt anstarrt. Ich streiche lasziv mit meiner Zunge über meine Oberlippe und hebe die Brauen. Entsetzt und hochrot wendet sich das Miststück ab und ich falle wieder grinsend in meine »Sinn-des-Lebens«-Gedanken.

Doch leider währt die Pause nicht lange, denn ein erneuter Applaus kündigt eine weitere Sensation an.

»Nun möchte ich alle Mitarbeiterinnen, die für uns tätig sind, bitten, sich von ihren Plätzen zu erheben!«, verkündet die Sprecherin feierlich.

Wird jetzt gesungen? Vielleicht die berühmte »Ode an die Dose«?

Doch es kommt viel besser!

»Und nun setzen sich bitte alle Mitarbeiter, die ein Monatsziel bis 400 Euro erreicht haben!«

Ich staune! Das ist ja wie damals in der Schule im Lateinunterricht: Da wurden bei der Klausuren-Rückgabe auch erst die Sechsen zurückgegeben. (Jetzt glaubt aber nicht, dass ich verrate, wie schnell ich meine Klausur wieder bekam …)

Sehe ich da einige Tränchen glitzern in den Augen derer, die sich nun hinsetzen müssen? Nur Mut, Mädels, das nächste Mal läuft's besser! Auf jeden Fall bemerke ich, dass sich bei allen, die stehen bleiben dürfen, durch die stolzgeschwellte Brust die Körbchengröße um eine Nummer erhöht. Auch ein schöner Nebeneffekt …

»Und nun setzen sich bitte alle, die ein Monatsziel bis 600 Euro erreicht haben!«

Wieder die gleiche Reaktion: hängende Schultern und wachsende Möpse. Der einzige Unterschied besteht darin, dass sich nun einige der »Stehengebliebenen« gegenseitig mit zusammengekniffenen Augen fixieren, nach dem Motto: »Na, Baby, wie lange kannst du noch mithalten?«

Die Sache fängt an, mir Spaß zu machen. Hier kriegt man Psychologie am lebenden Objekt in seinen ganzen Facetten geboten. So manch ein Verhaltensforscher früherer Jahrhunderte hätte sich die Lippen nach einer Eintrittskarte zur Dosen-Party geleckt.
Und es geht munter weiter: »Nun bitte die Damen mit einem Monatsziel von bis zu 800 Euro!«
800 Scheine! Sapperlot! Dass man mit einem bisschen Plastik so einen Stiefel reißen kann, ist für mich kaum vorstellbar. Ein wenig ärgere ich mich, weil ich nicht selbst auf diese Idee gekommen bin.
Natürlich wird die ganze Geschichte mit respektvollen Applaus sowohl der Mitarbeiter als auch der Besucher honoriert. Claire und ich stellen dabei die unrühmlichen Ausnahmen, die schon von den Nebensitzen kritisch beäugt werden. Claire rafft sich nach einem Anschubser von Martina noch zu einem lustlosen Dreier-Klatscher auf. Ich hingegen reagiere bei solchen Herdentrieb-Aktionen sowieso erst recht störrisch.
Schließlich ist die 1000er-Marke erreicht und die beiden einzig verbliebenen Damen ernten trotz allen Neides frenetischen Applaus und viele »Oohs« und »Aaahs«! Auch Carola hat jetzt die Faszination ergriffen und sie klatscht begeistert mit.
Frau Schmidt versucht, die Spannung in bester DSDS-Manier bis ins Unendliche zu verlängern.
»Jetzt fragen wir uns natürlich, wie hoch die Monats-Höchstleistung wohl sein mag und wer sie erbracht hat!« Jetzt fehlt nur noch ein Trommelwirbel, aber an so ein Instrument hat wohl niemand gedacht. Vielleicht geht es ja auch mit zwei extra großen Dosen?
Dann kommt mein großer Auftritt. »Ich setze 20 Euro auf die Dicke!«, rufe ich voller Wetteifer nach vorn.
Totenstille.
Dann drehen sich alle zu mir um.
Ich fühle mich plötzlich, als wenn ich auf einer Scientology-Veranstaltung nach einer Quittung für meine gerade übereigneten Besitztümer gefragt hätte.
Alles blickt mich giftig an; alle bis auf Claire, die amüsiert den Fortgang der Situation erwartet, und ein paar Männer, die genug Eier haben, um mir vor den Augen ihrer Frauen ein Zeichen zu geben: Top, die Wette halte ich!
Ich sehe, wie Frau Meyer an Frau Schmidt herantritt und ihr etwas

ins Ohr flüstert. Nach Schmidts kurzem Nicken huscht Frau Meyer zurück an den Bühnenrand und instruiert mit wenigen Worten den dort wartenden Herrn Müller. Der guckt nur kurz auf und unsere Blicke treffen sich. Trotz der Entfernung meine ich Mordlust in seinen Schweinsäuglein aufblitzen sehen zu können.
Und er macht sich auf den Weg zu mir!
Die hohe Kunst des Überlebens ist es, zu wissen, wann man sich zurückziehen muss. Daher erhebe ich mich flugs und spreche meine wie betäubt dasitzenden Begleiterinnen an.
»Tja, ich glaube, ich habe genug gesehen! Und wenn es am schönsten ist, soll man ja bekanntlich gehen! Ich warte dann im Auto auf euch.«
Mein Abgang ist etwas überstürzt, doch Herr Müller hat schon einiges an Boden gut gemacht und ich bin mir nicht sicher, ob ich ohne Ellenbogenchecks durch den weiblichen Pöbel gelange. Doch mit einem lauten »Vorsicht, heiß und fettig!« bahne ich mir tatsächlich blitzschnell eine Schneise durch die Damen – vielleicht klappt dieser Spruch ja auch nur bei Hausfrauen: Die wissen, wovon ich dabei rede!

Es dauert nicht lange, bis meine Mitfahrerinnen zusteigen und die Luft richtig dick wird. Vor allem Martina geht ab wie ein Schnellkochtopf.
»Bei einer Dosen-Veranstaltung rausgeschmissen! So dermaßen bin ich noch nie blamiert worden!«
Auch Carola ist ziemlich angefressen. »Musste das denn wirklich sein? Mir ist ja egal, ob du Dosen nun magst oder nicht, aber sich so zu benehmen und dann auch noch die Frau zu *beleidigen*!«
»Aber die *war* doch dick! Die hat wahrscheinlich in ihren ganzen Superdosen nur Pralinen drin.«
»Ach, Jockel, nun hör doch mal auf! Das war echt daneben!«
Und Martina setzt natürlich noch nach: »Ich sag ja, den kannst du nirgendwo mithinnehmen. Das ist ein einziger Kruton!«
»*Kretin*, wenn schon«, schaltet sich plötzlich Claire ein. Habe ich doch noch eine Sympathisantin?
»Ach, ist doch egal! Er ist auf jeden Fall unmöglich!«, faucht Martina.
Ich stecke mir demonstrativ beide Finger in die Ohren und singe: »La, la, la, la!«, worauf sich nur noch Martinas Mund bewegt.
Mit einem Seitenblick erhasche ich Carola, die mich enttäuscht anschaut und dann den Kopf schüttelt. Egal, da muss sie jetzt durch!

Endlich hört das Genöle auf.
Doch kaum habe ich die Ohren entstöpselt, kommt von Martina das nächste »Idiot!«.
Langsam werde ich richtig wütend auf diese Bratze. Du willst Zugabe? Na gut. Aber erst muss ich eine Kleinigkeit erledigen.
»Kannst du mal anhalten? Ich muss pissen!«
Carola verdreht die Augen und fährt rechts ran.
Martina giftet erneut: »Ich sag's ja: einfach nur primitiv!«
Ich habe bei diesen Worten die Tür schon auf, aber das kann ich natürlich nicht auf mir sitzen lassen. Ich drehe mich noch einmal zu den beiden im Fond um.
»Na, wie sieht's aus, Girls? Möchte eine von euch mitkommen, zum Abschütteln?« Dabei mache ich mit der Hand eine eindeutige Bewegung.
Martina schreit ein »Iiih, du Sau!«, Claire muss sich ein Grinsen verkneifen und Carola schlägt mit der Stirn aufs Lenkrad.
»Das hast du doch jetzt gerade nicht gesagt, oder?«
»War doch nur 'ne Frage! Und wenn Martina noch ihre süße Dose …«
»Es reicht!« Carola ist echt stinkig und ich beeile mich, aus dem Wagen zu hüpfen.
Nachdem ich ein geeignetes Plätzchen gefunden habe, gebe ich extra für Martina noch eine kleine Vorstellung: »Oooh! Aaah! Ja, das ist gut!«
Was ich als Nächstes bemerke, ist allerdings nicht so gut: Die Wagentür wird zugeschlagen, der Motor heult auf und sie fahren los. Ich versuche noch, schnellstmöglich zur Straße zurückzuhüpfen, doch die Rücklichter sind gerade hinter der nächsten Kurve verschwunden. Meine Fantasie untermalt das Ganze noch mit einem hexenhaften Martina-Lachen.
Da stehe ich nun: allein gelassen von der Freundin, mitten in der Wildnis. Die Dunkelheit ist schon hereingebrochen, und sicher machen sich bald die ersten nachtaktiven Fleischfresser auf die Jagd.
Ich schnappe mir einen Ast als Wanderstab und mache mich – wilde Verwünschungen über Frauen vor mich hin murmelnd – auf den Weg zu meiner Höhle.

Smelly Eddy

Der Heimweg zieht sich zu Fuß doch etwas weiter, als ich es erwartet habe. Das liegt wohl hauptsächlich daran, dass die blöde Dosen-Veranstaltung im Industriegebiet stattgefunden hat und sich hier nachts natürlich keine Autofahrer auf der Suche nach Zerstreuung herumtrollen. Irgendwo hier soll es zwar eine Art Schwulenstrich geben, aber ob mir das in meiner momentanen Situation helfen würde, wage ich zu bezweifeln.

Na, immerhin habe ich das Wäldchen jetzt hinter mir. Nie zuvor ist mir aufgefallen, wie verdammt dunkel es sein kann, so komplett ohne Straßenbeleuchtung. Hätte noch gefehlt, dass ich mich hier lang mache und meine Kleidung versaue! Oder mich verletze!

Das bringt mich wieder zu meinem Mittelfinger. Ich bin erstaunt über sein Aussehen: natürlich noch dicker als der andere, aber keine Schmerzen. Sollte Hannes' Zaubertrank so gut sein? Seine berauschende Wirkung hat auf jeden Fall schon nachgelassen (für Carola vielleicht etwas zu spät …), das bemerke ich an meiner schwindenden Stimmung bei jedem Meter, den ich zurücklegen muss.

Endlich ein bekanntes Geräusch: ein LKW-Motor! Ich drehe mich um und erblicke eine ganze Reihe von Lampen und Lämpchen, die nicht bloß zu einem LKW gehören, sondern zu einem richtig fetten Truck. Sofort fällt mir ein US-Thriller mit einem psychopathischen Truckfahrer ein, der seinen ahnungslosen Mitfahrer erst häckselt und dann vergräbt. Aber so astrein sehe ich mit meinem Wanderstab ja auch nicht aus! Vielleicht besser schnell entsorgen, bevor der Fahrer *mich* für einen Psychopathen hält und weiterfährt.

Gesagt, getan und mein freundlichstes Lächeln aufgesetzt (in der Hoffnung, dass es im Scheinwerferlicht nicht zur Teufelsfratze verzerrt wird!). Ich hüpfe herum und wedel mit den Armen wie der freundliche Osteuropäer an der roten Ampel beim ungefragten Windschutzscheiben-Waschen.

Zu meiner unbändigen Freude verlangsamt der Truck mit pfeifenden

Geräuschen die Geschwindigkeit, bis er schließlich mit einem fetten Ächzen neben mir stehen bleibt. Durch die reflektierende Scheibe kann ich so gerade einen Schatten erkennen (einen sehr großen sogar), der mir signalisiert, die Beifahrertür zu öffnen. Erleichtert hüpfe ich die beiden Stufen herauf und reiße die Tür auf.
Im selben Moment bereue ich es auch schon, denn mir wird klar, dass dieser Fahrer niemals Angst vor psychopathischen Anhaltern haben muss. Er hat sich nämlich eine künstliche Knoblauch-Atmosphäre geschaffen, die nicht nur Dracula, sondern auch Freddy Krüger oder gar das Alien in die Flucht schlagen würde.
Sofort stelle ich auf Mundatmung um, damit ich mich nicht spontan übergebe. Doch nachts hier am Arsch der Welt ist nicht der Augenblick, zimperlich zu sein und wegen ein paar Giftgasen auf die Mitfahrt zu verzichten.
Auf dem Fahrersitz begrüßt mich das Fleisch gewordene Klischee des Truckerfahrers: offenes Karohemd, unter dem ein Unterhemd mit Bierbauch hervorblitzt, Truckerkappe auf dem Kopf, dunkle fettige Haare und Vollbart.
»Hi! Ich bin Eddy! Willste mitfahren?«
»Ja, das wäre super! Wenn's nichts ausmacht, meine ich!«
»Was sollte es denn ausmachen?! Spring rein und sach mal, wie de heißt!«
›Jockel‹ erscheint mir mit einem Mal ein wenig zu spießig neben dem coolen Eddy, und so entscheide ich mich für die englische Abwandlung.
»Joe! Vielen Dank noch mal!«
Ich gurte mich an, und dabei fällt Eddys Blick auf meinen angeschwollenen Mittelfinger.
»Ey, du bist aber keiner von dem Straßenstrich da hinten, oder?«
Offensichtlich hat Eddy seine eigenen Ansichten zu gleichgeschlechtlichen Beziehungen, denn er taxiert mich mit einem bösen Blick.
»Um Gottes Willen, nein!«, beeile ich mich zu sagen, »ich bin so was von hetero!«
»Was? Is' das ansteckend? Dann schmeiß ich dich sofort wieder raus!«
»Nein, nein, ich meine, ich stehe nur auf Frauen.«
»Na, dann is' ja gut! Von Krankheiten hab ich nämlich genug!«
Und bevor ich mich dagegen wehren kann, da ich diesem Bären in

seinem eigenen Truck kaum das Wort verbieten kann, bekomme ich seine Krankengeschichte zu hören.
»Es is' nämlich so, dass ich schon länger derbe Kopfpiene habe. Das kommt vom langen Fahren ohne Pause, bin nämlich schon seit 31 Stunden auf'm Bock. Da kriegste nachher 'nen Tunnelblick und musst dich tierisch anstrengen, ausse Augen zu gucken. Und daher kommt dann die Kopfpiene!«
Eine Diagnose, wie sie Professor Brinkmann nicht treffender hätte stellen können. Im Prinzip kann ich mich beglückwünschen, dass Eddy *neben* mir gehalten und mich mit seinem »Tunnelblick« nicht gleich umgesemmelt hat. Ob ich jetzt tatsächlich besser dran bin, auf dem Bock mit einem völlig übermüdeten Fahrer, der jederzeit wegknacken kann, bleibt abzuwarten.
Doch vielleicht kann ich ja was dagegen tun! Ich krame in meiner Hosentasche und finde die letzte von Hannes' Wunderpillen.
»Probier das mal! Bei mir hat das super geholfen!«
Eddy beäugt die Pille und stöbert zwischen drei Thermoskannen herum.
»Du weißt ja sicher, wie man unsere Thermoskannen auch nennt?«, grinst Eddy mich an.
Ich schaue ihn nur wortlos an und hoffe, dass er sich detailliertere Erklärungen erspart.
Die Beherrschung seines Fahrzeuges geht gerade gegen null, da er wie verrückt an den Kannen herumhantiert und nur gelegentlich einen Blick auf die Straße wirft, um die ungefähre Richtung beizubehalten. Ich hoffe inbrünstig, dass nicht Bambi oder ein anderes Lebewesen so unvorsichtig ist, heute Nacht diese Straße überqueren zu wollen.
Endlich entscheidet sich Eddy, öffnet eine der Kannen zwischen seinen Beinen und wirft die Pille ein, mit was für einer Flüssigkeit auch immer.
Dann leert er die Kanne auf ex, und nach einem langen Rülpser setzt Eddy schließlich doch noch zu der Erklärung an. »Also: Unsere Thermoskannen nennen wir auch ›Fernfahrer-Pussy‹! Weißt du auch, wieso?«
Ich habe keine Ahnung, aber ich bin auch nicht in der Stimmung für irgendwelche ekeligen Erklärungen, deshalb versuche ich es mit Bluffen: »Ach ja! Jetzt, wo du's sagst, fällt's mir wieder ein!«
»Geil, nä? Hä, hä, hä, hä!«

Eddys wilder Lachanfall verdichtet noch die Knoblauch-Atmosphäre, und ich stehe vor der Wahl: Steige ich jetzt in halbwegs normalem Gesundheitszustand aus und nehme einen langen Fußweg im Dunkeln in Kauf oder riskiere ich eine Weiterfahrt, bei der ich Eddy vermutlich bald den Wagen vollkotze?
Der Weg ist zwar noch weit, aber ich tendiere immer mehr zu der Wander-Alternative. Vielleicht sollte ich es mal ganz vorsichtig durch die Blume versuchen. Doch Eddy übertönt meine taktischen Überlegungen.
»Mann, das ist ja ein Teufelszeug! Ich fühl' mich echt schon besser! Wo krieg' ich so was her?«
Jetzt heißt es vorsichtig sein! Bloß nichts sagen, sonst bringt Eddy es fertig und steht morgen auf der Arbeit bei mir auf der Matte. Genau das Richtige für mein Image!
»Weiß ich auch nicht genau, war ein Geheimtipp.«
»Schade. Ist echt super, das Zeug!«
Wie super das ist, merke ich an Eddys Fahrweise, die, gelinde gesagt, immer sportlicher wird. Zusammen mit seinen Ausdünstungen ergibt dies eine Mischung, die für einen Nicht-Suizidgefährdeten nicht mehr bekömmlich ist. Zeit, zu handeln!!
»So, hier kannst du mich rauslassen«, sage ich so beiläufig wie möglich, »jetzt hab ich's nicht mehr weit!«
Eddy schaut sich um, so weit dies bei der herrschenden Dunkelheit überhaupt möglich ist. Weit und breit keine Wohnhäuser, bis hin zur Erdkrümmung.
»*Hier*? Hier ist doch nix.«
»Doch, doch, da hinten.« Ich zeige vage in nordwestliche Richtung. »Ist echt nur ein Katzensprung!«
»Das ist echt am Arsch der Welt hier! Aber gut, musst du wissen …«
»Ja, ist schon okay.«
Ich öffne bereits die Tür und lege noch einmal mein charmantestes Lächeln auf. »War echt nett von dir, mich mitzunehmen! Nochmals vielen Dank!«
»*Ich* habe zu danken. Das ist wirklich ein scharfes Zeug! Ich glaube, da könntest du echt 'ne Mark mit machen. Warte ma.«
Eddy kramt in seiner Mittelkonsole und hält mir dann – ich fass' es nicht! – eine Visitenkarte hin:

Smelly Eddy
und Freunde
Probleme jeglicher Art?
Ruf Eddy,
der kann's richten!

Ich starre die leicht fettige Pappe an.
»Du hast eine Visitenkarte?!«
»Jau! Coole Sache, was? Eine alte Perle von mir kam mal ganz günstig an die Dinger ran, da hab ich gleich für mich und meine Trucker-Kumpel welche machen lassen.«
Eddy ist super-stolz und fühlt sich wie ein Geschäftsmann. Mich erinnert der Text eher an AC/DC: *Dirty Deeds Done Dirt Cheap* …
»*Smelly Eddy* …«, setze ich vorsichtig an.
»Ja, das bin ich! *Smelly* heißt, ungefähr übersetzt, *riechender*. Ab und zu esse ich nämlich schon mal ganz gern etwas Knoblauch.«
»Tatsächlich?« Welch charmante Untertreibung! Wie wär's mit *Skunkie Eddy*? »Und die Probleme jeglicher Art?«
»Ja, wir machen alles! Neulich ham wir bei 'nem Umzug geholfen. Dann haben wir schon vor 'ner Firma mitdemonstriert und den Chef beschimpft … alles eben!«
Ich stecke die Visitenkarte in mein Portemonnaie.
»Hört sich interessant an, Eddy. Ich muss jetzt zwar los, aber wer weiß, vielleicht komme ich noch mal auf deine Dienste zurück.«
»Wär mir ein Vergnügen, Joey! Und einen haste ja sowieso noch gut bei mir. Also, hau rein und bis die Tage!«
Der Truck setzt sich in Bewegung und Eddy lässt zum Abschied die 200-Watt-Hupe hören. Sollte hier im Umkreis von drei Kilometern wider Erwarten doch jemand wohnen und bereits geschlafen haben, steht er jetzt senkrecht im Bett.
Ich stehe auf der verlassenen Straße und schaue an mir herunter.
So, nun bin ich also *Joey*! So schnell holt man sich einen Spitznamen. Fehlt nur noch ein entsprechendes Adjektiv davor, aber mir will keines einfallen – vielleicht auch besser so …
Wieder mache ich mich zu Fuß auf den Weg, nur diesmal in besserer Stimmung. Es ist zwar noch eine Ecke bis zu Hause, aber jetzt kann den guten Joey nichts mehr schocken!

Gespräch mit Herrn Groß

Zuhause angekommen, fällt mir sofort mein Handy ins Auge: Hätte ich das nicht zu Hause vergessen, wäre mir so einiges erspart geblieben, denn ich hätte mir frühzeitig ein Taxi bestellen können. Andererseits hätte ich dann nicht Eddy kennen gelernt, und das ist ja dann doch ein unverzichtbares Highlight gewesen.
Ich habe eine Nachricht, Klasse! (Ich liiiebe SMS!)
Von Carola, oh, oh! (Ich fürchte SMS!)
Mit einem unguten Gefühl rufe ich die Nachricht auf.

> *Hallo Jockel. Heute ist mit aufgefallen, was ich schon länger hätte wissen sollen: wir passen einfach nicht zusammen! Ich mache zwar ungern per SMS Schluss, aber wenn ich dich angerufen hätte, hätten wir wahrscheinlich ewig diskutiert und ich hätte mich am Ende überreden lassen. Sei also bitte nicht böse und lass uns Freunde bleiben.*
> *Gruß Carola*
> *PS: Martina hat damit nichts zu tun.*

Ich weiß nicht so recht, wie ich mich fühle. Soll ich enttäuscht oder am Boden zerstört sein? Keine Ahnung. Ich schätze, Hannes' Pillen und die außergewöhnliche Situation lassen mich gar nicht richtig erfassen, was los ist. Vielleicht sehe ich ja morgen klarer.
Aber eins weiß ich jetzt schon: Die Mistzicke Martina blutet dafür noch!

Am nächsten Morgen komme ich ein wenig verkatert zur Arbeit. Zwar war meine Nachtwanderung über gefühlte fünfzig Kilometer sehr erfrischend, aber die ein oder andere Substanz aus Hannes' Wundermittel fordert am nächsten Tag ihren Tribut.
Entsprechend fallen dann auch die Sprüche aus, die ich ernte.

»Mann, so ätzend sah ich ja noch nicht einmal aus, als ich Neujahr im Vollrausch ins Waschbecken gepinkelt habe«, macht Jaques mir gleich Mut. »An deiner Stelle hätte ich mir erst mal irgendwelche Cremes unter die Augen geschmiert!«
»Hab ich doch«, ist meine lahme Erwiderung.
»Mann, du siehst aus wie ’ne weggeworfene Aktentasche!«
»Danke für die Aufmunterung!«
»Immer wieder gerne!«
Irgendwie habe ich das Gefühl, mich rechtfertigen zu müssen. »Ich kann dir sagen, wenn *du* so etwas erlebt hättest wie …«
Ich werde unterbrochen, von Hannes, der putzfidel in unser Büro platzt. »Moin zusammen! Ich wollte mal sehen, wie’s unserem Kranken geht. Na, alles frisch?« Er grinst mich erwartungsvoll an und scheint meine abgewrackten Gesichtszüge gar nicht zu bemerken.
»Hannes, ich weiß nicht, aus welchem afghanischen Bio-Labor du das entwendet hast, aber die Wirkung ist gleichermaßen faszinierend wie entsetzlich!«
»*Entsetzlich?* Kann gar nicht sein, ich habe das an zwölf weißen Mäusen getestet, und sieben erfreuen sich noch bester Gesundheit!«
Ich schaue Hannes geschockt an, und da muss er auch schon losprusten. »War ein Scherz, Mann! Das Zeug ist wirklich koscher! Damit kannst du nur was kaputt machen, wenn du zu viel nimmst oder andere Medikamente eingeworfen hast. Die vertragen sich nicht alle!« Er wirft einen Blick auf meine Hand. »Aber deinem Finger geht’s schon wieder prima, oder?«
»Ich muss zugeben, dass die Schmerzen so gut wie verschwunden sind und die Schwellung auch abklingt. Aber schau mich an, ich habe Augenringe wie Horst Tappert!«
»Dann hast du garantiert Alkohol miteingeworfen, stimmt’s?«
Ich erinnere mich an den netten Sekt-Empfang bei den Dosen-Torten und wie ich dort zweimal zugeschlagen habe.
»Das war minimal.«
»Ha, wusste ich’s doch! Zusammen mit Alkohol, egal wie viel, wird das Zeug unberechenbar – und der Konsument meistens auch.«
Tja, das kann ich wohl Wort für Wort bestätigen. Da fällt mir siedend heiß ein, dass ich nicht der Einzige bin, der diesen Zaubertrank probiert hat: Eddy habe ich ja auch etwas abgegeben, und ob der unbedingt sorgsam mit Alkohol-Konsum umgeht? Ich überlege

kurz, ob ich heute im Radio irgendetwas von einem Amok laufenden Truckerfahrer gehört habe, und bete, dass Eddy sich nicht noch einen Schluck Mördersaft aus seinen ominösen Thermoskannen gegönnt hat. Wer weiß, vielleicht jagt Eddy jetzt mit Tränensäcken bis zum Knie nonstop Richtung Shanghai!

»Hast du da eigentlich noch mehr von? Nicht, dass ich was davon haben wollte …«, frage ich scheinheilig.

Hannes grinst. »Auf den Geschmack gekommen, was? Nee, du, tut mir leid! Ich züchte das Grünzeug dafür selbst, und die Mengen, die da rauskommen, sind nicht so riesig. In vier Wochen werd' ich wohl wieder ein paar fertig haben.«

»Tja, bis dahin werde ich mich wohl von dem ersten Gebrauch erholt haben und … oops!«

Das Telefon klingelt und ich entdecke im Display den Namen von Herrn Groß, unserem Abteilungsleiter. Auch nicht unbedingt ein gutes Zeichen, da wir nicht immer die gleiche Meinung über moderne Leibeigenschaft haben. Misstrauisch hebe ich ab.

»Beck, guten Morgen!«

»Morgen, Herr Beck! Könnten Sie bitte einmal in mein Büro kommen? Vielen Dank!«

Aufgelegt.

Oh, oh! Wenn nicht gleich am Telefon zur Sache gekommen wird (»Sagen Sie, wissen Sie schon etwas von den neuen Aufträgen von Soundso?«), dann ist das immer ein schlechtes Zeichen.

»Nanüchen! Du wirst doch nicht wieder über Frau Lingemann hergefallen sein?«, feixt Hannes.

Ich erhebe mich und stiefel los. Erste Regel: den Chef nie warten lassen!

»Und wenn er dich auf dein Äußeres anspricht, sag ihm, das liegt daran, dass du dich für die Firma aufopferst!«, ruft mir Hannes noch hinterher, und ich höre, wie im Büro Gelächter losbricht.

Schön, wenn man zur allgemeinen Belustigung beitragen kann …

Im Büro sitzt schon Rosa aus dem Kompetenzbüro. Was hat das jetzt wieder zu bedeuten? Immerhin kann ich sexuelle Belästigung mit Sicherheit ausschließen; das würde kein Richter der Welt nach einem Blick auf Rosa ernsthaft in Betracht ziehen.

Das ernste Gesicht von Herrn Groß verheißt nichts Gutes, und seine stumme Aufforderung, Platz zu nehmen, auch nicht.
Herr Groß schiebt mir ein Fax an einen Kunden zu.
Bevor ich es überhaupt lesen kann, fängt Groß mit dem Verhör an.
»Herr Beck, haben Sie unserem Kunden gesagt, dass wir ihm Ihrer Meinung nach schon genug haben durchgehen lassen?« Groß' Ton allein zeigt schon, dass er selbst auf jeden Fall von meiner Verfehlung überzeugt ist. Das macht mich schon ein wenig böse.
»Nein, natürlich nicht! So etwas kann man einem Kunden gegenüber nicht äußern!« (Auch wenn es genau so ist, füge ich in Gedanken hinzu.)
Groß nickt in Richtung Rosa. »Aber Frau Landknecht gegenüber haben Sie das geäußert?«
Ich zucke mit den Schultern. »Dass ich mich ihr gegenüber sinngemäß vielleicht so geäußert habe, kann wohl sein.«
Mir ist immer noch nicht klar, worum es hier eigentlich geht. Aber offensichtlich habe ich genau die Antwort gegeben, die Groß erwartet hat, denn er verfärbt sich leicht rötlich.
»Dann lesen Sie mal das Fax, das wir unserem Kunden als Antwort auf seine Reklamation geschickt haben!«
Erst jetzt erkenne ich den Wisch wieder: Das war die Sache, zu der Rosa mich interviewt hat, als ich mit meinem Finger zu kämpfen hatte.
Ich überfliege Rosas Antwort, bis ich bei ihren letzten Sätzen ankomme:

> »... müssen wir eine kostenlose Erstattung leider ablehnen; lediglich ein Sonderrabatt von 50 % wäre im Bereich des Möglichen. Im Übrigen ist Herr Beck der Meinung, dass wir Ihnen schon genug haben durchgehen lassen und dementsprechend alle nun folgenden Reklamationen genauestens prüfen werden.«

Mir bricht der Schweiß aus. Geschockt und wahrscheinlich sehr blass blicke ich von Rosa zu Herrn Groß und wieder zurück.
»Das ist doch jetzt nicht dein Ernst!«, wende ich mich entsetzt an Rosa. »Du kannst doch nicht tatsächlich dieses Fax an den Kunden geschickt haben!«

Rosa schaut mich mit unschuldigen Rehaugen an. »Aber genau so hast du es mir doch gesagt!«
Ich werde wütend bei so viel Blödheit. »Ja, ich habe es *dir* gesagt, aber das bedeutet doch nicht …«
»Herr Beck, Sie müssen jetzt nicht Frau Landknecht hierfür verantwortlich machen!«, unterbricht mich Groß. »*Sie* sind schließlich derjenige mit der langjährigen Berufserfahrung, während Frau Landknecht ja erst seit einem guten Jahr in der Abteilung ist!«
»In der Abteilung schon, aber sie hat in dieser Firma immerhin schon eine dreijährige Ausbildung durchlaufen, und ganz egal ob man in der Abteilung ist oder nicht: mit etwas gesundem Menschenverstand …«
»Fakt ist, dass Sie solche Äußerungen nicht tätigen dürfen!«, unterbricht mich Groß schon wieder. Ich hasse das! »Vor den Kunden sowieso nicht, aber auch nicht gegenüber Kolleginnen, die noch nicht so erfahren sind!« Und total dämlich, ergänze ich in Gedanken.
»Damit vermitteln Sie hier eine ganz falsche Philosophie im Blick darauf, was wir von unseren Kunden halten!«
Jetzt werde ich richtig zornig. »Immerhin haben Sie, Herr Groß, dann die gleiche Philosophie wie ich, zumindest zeitweise: Ich habe Sie nämlich auch schon auf dem Flur über diesen Kunden herziehen hören, und ich glaube nicht, dass Sie vorher überprüft haben, ob irgendwelche ›unerfahrenen‹ Kollegen in der Nähe waren …«
Jetzt wird Groß richtig laut. Man kennt das ja: Fehlende Argumente werden gern durch Lautstärke ersetzt.
»Nun werden Sie mal nicht unverschämt, Herr Beck! Ich weiß immer noch ganz gut, was ich gesagt und getan habe, und *das* habe ich *bestimmt* nicht gemacht!«
Doch jetzt bin ich zickig und empfinde es als unter meiner Würde, einfach zurückzuziehen.
»Oh, da waren noch einige andere Kollegen anwesend, die können wir fragen …«
»Herr Beck! Ich habe keine Lust und auch keine Zeit, das mit Ihnen jetzt auszudiskutieren. Achten Sie gefälligst in Zukunft auf Ihre Äußerungen! Danke!«
Und damit schmeißt er uns raus.
Das kann er. Einfach so. Er sitzt leider am längeren Hebel.

Die faule Pogge

Ich habe dazu ja meine ganz eigene Ausführung der Chaos-Theorie, angeglichen an den Mikrokosmos Firma:
Eure Heiligkeit, der Firmen-Oberchef, steht nach feuchtfröhlicher Nacht zu ruckartig auf und stößt sich am Bettpfosten den kleinen Zeh. Der Schmerz sucht sich ein Ventil in Form von schlechter Laune. Diese wird umgehend in der Firma auf die Abteilungsleiter verteilt: Der Chef will ja nicht der Einzige sein, der schlechte Laune hat. Die Abteilungsleiter, Allesamt Buckelprofis vom Feinsten, haben nur das Ziel, beim Boss gut auszusehen, damit sie nicht geärgert werden. Ob der Anschiss hierbei von einem geknautschten Zeh oder eigener Unfähigkeit herrührt, ist uninteressant, Hauptsache, er wird an die Untergebenen weitergegeben. Und sollte es in der Abteilung Probleme geben, werden sie totgeschwiegen, denn man will ja nicht, dass oben jemand aufhorcht: »Wie, im Export läuft es nicht rund?! Hat da jemand seine Abteilung nicht im Griff?!«
So wird aus einem kleinen Zeh ein großer Anschiss.
So weit meine Theorie.
In der Praxis sieht es so aus, dass ich inzwischen sehr gereizt durch die Gänge tiger. Rosa ist sicherheitshalber frühzeitig auf den Damen-Pott abgebogen.
Kann man wirklich so blöde sein?
Schwere Frage, die mich einige Sekunden abwägen lässt. Doch nein, Rosa nicht: Bei Rosa ist das Kalkül und Heimtücke! Sie hat zwar auch ihre Defizite, doch dermaßen bräsig ist sie nicht. Ich würde sie eher noch für die Fitteste aus dem Kompetenzbüro halten. Deswegen: ganz klar Heimtücke!
Als wenn das alles nicht reicht, kommt mir auf dem Weg ins Büro auch noch Martina entgegen. Erst grinst sie mich schadenfroh an, doch als sie meinen mordlüsternen Blick sieht, quetscht sie sich eng an die gegenüberliegende Wand und sieht zu, dass sie Land gewinnt.

Gut so! Ein weiterer Termin beim Chef wegen Mord im Affekt macht sich auch nicht so gut in meiner Personalakte …

Im Büro werde ich natürlich gleich mit Fragen überhäuft.
»Na, wie is' gelaufen?«, will Jaques wissen.
»Geht so, hab schon mal mehr gelacht.«
»Nun erzähl mal, was war denn los?«
Ich atme tief durch. Eigentlich habe ich keine Lust, diesen ganzen Mist noch einmal runterzubeten, aber vorher kriege ich ja eh keine Ruhe. »Ach, Rosa, diese Beule, hat ein Fax an unseren Kunden geschickt und draufgeschrieben, was ich von seinen Geschäftspraktiken halte.«
»Oh, Mann, wie kann man nur so blöde sein?!«
»Eben, kann man nicht! Das war genau kalkuliert von Rosa.«
»Echt, meinst du? Wieso sollte sie das tun?«
»Vielleicht, weil ich ihr in ihrer Azubi-Zeit mal ein bisschen das selbständige Arbeiten zwangsweise beigebracht habe. Dieses ›Kannst du mir nicht mal gerade‹-Gefasel ging mir auf die Eier! Da hab ich ihr zu verstehen gegeben, dass sie sich ihr Zeugs gefälligst selbst raussuchen soll. Das hat auch einen besseren Lerneffekt. Das sah aber Madame wohl anders und hat mir das übel genommen.«
»Komisch, ich komme mit ihr eigentlich immer ganz gut zurecht«, grübelt Jaques.
»Kein Wunder, sie würde dich ja auch am liebsten gleich hier im Büro bespringen. Aber ich möchte nicht wissen, was sie so von sich gibt, wenn sie außer Hörweite ist. Ich halte die für echt hinterfotzig!«
»Hey, hey«, meldet sich Tiger auch mal wieder, »ich als Stuben-Ältester dulde solche Kraftausdrücke nicht!« Dabei grinst er unverhohlen.
»Ha, das sagt der Richtige!«, kontere ich, »*du* bist doch dafür berühmt, dass du der einzige Monteur nördlich der Alpen bist, der nackt montiert! Nur mit Cowboy-Stiefeln und deinem Makita-Schrauber im Anschlag!«
In unser Gegröle muss Tiger einstimmen, und er hat ernste Schwierigkeiten, sein Dementi vorzubringen.
»Das … das ist eine üble Verleumdung! Ich habe niemals so montiert, nicht mit Stiefeln. Ich hatte immer Birkenstocks an!«

Anja kommt herein, die »Gewinnerin« unserer internen Stellenausschreibung: Kenntnisse in Englisch, Französisch, Spanisch und Russisch! Da steht sie nun, unser Universal-Sprachgenie. Eigentlich schade, dass wir beim ersten Besuch eines spanischen Kunden einen Dolmetscher heranziehen mussten, da Anjas Sprachkenntnisse wohl doch nicht so prickelnd waren, vermutlich wegen eines schrecklichen Akzents. Für ein knackiges »Hasta la vista, Baby!« hätten meine Kenntnisse auch noch gereicht – und bestimmt ganz nebenbei noch lässig das Eis gebrochen. Aber was soll einen so etwas schon kratzen, wenn man vom Junior-Chef persönlich eingestellt wird und die Lizenz zum Rumdoofen bekommt, obwohl man nicht mal aus der Branche kommt? Aber wer weiß: Wahrscheinlich hätte es diese Stelle gar nicht gegeben, wenn der Kumpel vom Junior-Chef nicht noch eine Mitarbeiterin unterzubringen gehabt hätte. So ist das eben: Die oberen Etagen sind eine einzige große Familie – stellst du meinen Neffen ein, nehme ich deinen Schwager! Da soll noch jemand sagen, heutzutage käme das Familiäre in den Firmen zu kurz.
So steht die geniale Anja nun in unserem Büro und fixiert mich. Kein gutes Zeichen, denn Anja hat sich innerhalb einer Woche schon einen massiven Ruf als Arbeits-Allergikerin geschaffen. Alles, was sie irgendwie abgeben kann, stößt sie wie ein falsch gepolter Magnet von sich. Selbst Aufgaben, die ausdrücklich ihr Gebiet sind – immerhin ist sie wegen ihrer Kompetenz gleich eine Hierarchie-Stufe höher eingestellt worden –, schiebt sie schnellstmöglich auf andere ab. Diese Schmarotzer-Philosophie stößt zwar allen auf, etwas sagen mag aber keiner. Selbst unser rückgratiger Abteilungsleiter nicht, denn Anja steht schließlich unter dem Protektorat vom Junior.
So sind es also die Wenigsten, die diese faule Torte mal abwatsch'n.
»Jockel, ich habe hier zwei Mails, kannst du dich mal darum kümmern? Danke!«
Spricht's, grinst blöde und dreht sich schon zur schnellen Flucht um. Doch mein Tag ist viel zu beschissen, als dass ich heute alles klaglos über mich ergehen lasse.
»Warte mal gerade, Anja! Was ist das denn überhaupt?«
Mir ist eigentlich schon klar, was ich da in den Händen halte, aber ich möchte gern Anjas Version hören.
Anja erklärt so beiläufig wie möglich: »Das sind zwei Mails von

deinem Kunden. Das müsstest du heute noch bearbeiten, denn die brauchen heute die Antwort!«
Ich schaue mir die Mail noch einmal genauer an. Sie ist von meinem Kunden, aber an Alf gerichtet.
Alf ist in unserer Firma so etwa das, was der Virginian auf der Shiloh-Ranch war: Vormann! Er ist weisungsbefugt und kann mir sagen, was ich zu tun habe. Das muss aber nichts Schlechtes bedeuten, denn Alf ist von all unseren Vorgesetzten derjenige, der dem gemeinen Sachbearbeiter noch am meisten hilft und dessen Probleme verstehen kann. Andere Vorgesetzte – so wie Anja – haben entweder nie eine Ahnung gehabt oder sich inzwischen so weit von der »Basis« entfernt, dass sie unsere Arbeit gar nicht mehr zu würdigen, geschweige denn nachzuvollziehen wissen.
Bis auf einige kurzzeitige Ausraster ist Alf also echt ein Netter, der sich für die Firma wirklich aufopfert, gleichzeitig aber auch Untergebene ordentlich behandelt. Dazu kommt noch Alfs kerniges Aussehen, denn mit seinem breiten Schädel hat er durchaus Ähnlichkeit mit Yul Brynner.
So, die Mail ist also tatsächlich von meinem Kunden, und sie bitten um schnellstmögliche Antwort. So weit alles klar.
Durch einen Zufall habe ich allerdings mitbekommen, wie Alf Anja darum gebeten hat, während seines Urlaubes seine Sachen zu übernehmen. Ist ja auch ganz normal: Die Vorgesetzten vertreten sich gegenseitig, und die Sachbearbeiter natürlich auch. Ich erinnere mich sogar noch, dass Alf speziell auf die zu erwartende Mail von diesem Kunden hingewiesen hat und Anja um umgehende Erledigung gebeten hat. Und der Inhalt dieser Mail ist normalerweise auch nur für die Erledigung durch den Vorgesetzten gedacht – *ich* habe damit nichts zu tun!
Dementsprechend äußere ich mich auch.
»Also, wenn ich mich recht erinnere, Anja, hatte Alf *dich* gebeten, das zu erledigen, stimmt's?«
»Du musst das ja nur eben auswerten und zurückmailen, keine große Sache«, antwortet Anja, ohne auf meine Frage einzugehen.
»Na, wenn es keine große Sache ist, kannst du das ja *eben mal* selber machen!«
Irgendwie wird die Atmosphäre im Büro drückender, und obwohl die

Kollegen so tun, als ob sie konzentriert arbeiteten, wird das typische Tastatur-Klicken weniger.
Anja wechselt die Tonlage und macht auf herrisch.
»Was stellst du dich denn jetzt so an? Ist das *dein* Kunde oder nicht?«
»Natürlich ist das mein Kunde. Aber ich weiß, dass Alf *dich* darum gebeten hat! Außerdem muss ich hier fleißig in den Computer tippen, sonst stimmen meine Arbeitszahlen nicht und ich bekomme Ärger!«
»Nun stell dich mal nicht so an. Auf diese zwei Mails wird es ja wohl nicht ankommen!« Inzwischen ist Anja beim Schreien angekommen: Wenn man keine Argumente hat, muss man es eben durch die Lautstärke versuchen. Ich bleibe natürlich möglichst ruhig, wie es so mein Naturell ist.
»Es geht mir auch nicht um diese zwei Mails, Anja, sondern ums Prinzip. Ich mache Vertretung für Tiger, und du machst Vertretung für Alf. Ich mach ja auch nicht Vertretung für Herrn Horst, oder?«
»Mir ist egal, für wen du alles Vertretung machst!«, kreischt Anja. »Die Sachen müssen heute beantwortet werden, und *ich* werde es nicht tun!«
Sie dreht sich auf ihren polternden Absätzen um, ruft beim Rausgehen noch irgendwelche Kommentare über mein unverschämtes Auftreten, und zwar laut genug, damit man es im Abteilungsleiter-Büro auch ja hören kann, und schlägt die Tür zu. Rums!
»Was hat *die* denn?«, ist der einzige Kommentar, der mir in dem Moment einfällt. Ich würde im Traum nicht darauf kommen, so eine arme Show hinzulegen.
Tiger geht es genauso, er tippt sich nur kopfschüttelnd an die Stirn. Und auch Jaques schaltet sich nun ein.
»Das hab ich schon von fast allen gehört: dass sie bloß keinen Deut zu viel arbeiten und alles abgeben will.«
»Die Alte kotzt mich an«, bringe ich nur raus.
Und während wir noch so vor uns hin diskutieren, wie daneben solch ein Benehmen ist, kommt Irmgard ins Büro.
»Was war das denn für ein toller Auftritt? Den hat man ja bis vorne ins Büro gehört!« Dort sitzt Irmgard nämlich in ihrer Funktion als Sekretärin von Herrn Groß.
»Das war wahrscheinlich auch Sinn der Übung«, entgegne ich säuerlich.

Irmgard schließt von innen unsere Bürotür und neigt sich verschwörerisch in meine Richtung.
»Ich gebe dir voll und ganz recht, Jockel, aber du weißt ja, wer da seine Hand drüber hält! Wenn du dir Unannehmlichkeiten ersparen willst, mach das Zeug einfach und vergiss es!«
»Aber das ist ja genau das, was ich so ätzend finde. Selbst Groß hat nicht genug Eier in der Hose und sagt nichts! Oder willst du mir erzählen, dass er nicht mitkriegt, was für eine Lusche wir hier haben?«
Irmgard zuckt nur mit den Schultern. »Das hängt wohl immer von der Charakterstärke desjenigen ab, inwieweit er sich traut, auch mal was dagegen zu sagen. Aber dir kann ich nur den guten Rat geben: Spring über deinen Schatten, mach es und denk dir einfach deinen Teil!«
Damit trollt sie sich auch wieder.
Ich koche. Ungerechtigkeit und Schmarotzertum bringen mich zur Weißglut!
Das muss man mir wohl deutlich ansehen, denn Jaques redet beruhigend auf mich ein: »Ruhig, Brauner! Irmgard hat Recht, mach den Scheiß einfach! Dann kannst du Alf ja demnächst erzählen, was hier abgelaufen ist.«
Alf, richtig! Das gibt schließlich den Ausschlag, denn Alf hat versprochen, dass heute noch Antwort kommt. Und bei diesem Kunden ist ein Versprechen Ehrensache!
Also mache ich die Arbeit und nehme mir vor, zu Hause eine Liste zu machen, wie man Typen wie Anja mal so richtig abblitzen lässt. Falls ihr, liebe Leser, noch Ideen habt: Ich bin für jeden Vorschlag dankbar!

Fatma, die Göttliche

Auch auf der Fahrt nach Hause habe ich mit dem Thema noch nicht abgeschlossen und texte Peer damit munter zu. Wer mich jetzt hören würde, könnte mich durchaus für einen Frauenhasser halten.

»Dieses elendige Miststück! Diese faule Sau! Die kriegt wahrscheinlich von ihren Eltern und ihrem Stecher alles in den Arsch geschoben und braucht sich um nichts zu kümmern! Verzogene, blöde Göre! Was meinst *du* denn dazu?«

Peers Antwort lässt wie immer ein wenig auf sich warten, ist aber dafür umso durchdachter. Nach eingehender Analyse aller Unwägbarkeiten kommt er schließlich zu einem Statement: »Miststück!«

»Richtig!« Ich bin begeistert. Endlich jemand, der mich versteht!

Peer hakt noch einmal nach: »Warum sagt eigentlich keiner etwas, wenn Anja doch so blöde ist?«

»Weil sich keiner traut. Groß und alle anderen wissen, dass Krabbe seine Hand über sie hält. Die darf hier machen, was sie will.«

»Echt blöd.« Peer ist heute wohl ein wenig mundfaul.

»Ich möchte auch nicht wissen, was die bei uns verdient. Die hat jetzt schon zum zweiten Mal ein neues Auto!«

Peer ist zu einem weiteren Ergebnis gekommen: »Ich glaube, irgendetwas machen wir falsch. Vielleicht hätten wir in die Politik gehen sollen. Oder gleich ins obere Management einsteigen, Jockel, das wäre doch was!«

»Ach, dafür sind wir viel zu ehrlich! Ich glaube, diese ganze Parteien-Meierei und Buckelei, dieses Absahnen der Nieten in Nadelstreifen wär nix für uns. Wir wollen doch noch lächeln können, wenn wir in den Spiegel schauen – und das nicht nur aus Selbstmitleid!«

»Recht hast du. So, jetzt raus mit dir! Und lass dir den Feierabend nicht dadurch versauen.«

Wir sind an meinem Auto angelangt und ich steige in meinen Wagen um.

Natürlich denke ich noch den ganzen Abend an diese Geschichte:

an Anja, an Herrn Groß und die Ungerechtigkeiten in dieser Welt. Selbst die Champions League lenkt mich nur unzureichend ab, und so verbringe ich eine unruhige Nacht voller Albträume.

Ob es mir am nächsten Morgen besser geht, kann ich gar nicht sagen. Irgendwie spule ich meinen Tagesanfang ab wie immer und fühle mich wie eine artige Drohne: nicht denken, einfach nur funktionieren! Auf der Arbeit geht dann auch wieder alles seinen Gang – bis ich Besuch von Fatma bekomme. Was jetzt folgt – ich sage es lieber schon im Vorhinein – ist weder sexistisch noch rassistisch gemeint: Es ist einfach nur die reine Wahrheit, die sich genausogut mit einem Kerl aus Amerika zugetragen haben könnte.

Fatma ist – der pfiffige Leser hat es bereits geahnt – Türkin. Als solche erfüllt sie so manches Klischee, was man allgemein von Türken pflegt: ihre krasse Nutzung der deutschen Sprache und auch ihr aufschäumendes Temperament. Die typische Tracht mit Kopftuch trägt Fatma allerdings nicht; dafür ist sie schon zu europäisch eingestellt. Und das wiederum macht sie für einen Großteil der konservativen türkischen Freier natürlich schwer vermittelbar.

Was Fatma allerdings hat, sind Hupen. Und zwar Dinger, die wirklich in die Kategorie *monströs* fallen. Leider steht ihr Intellekt genau diametral zu ihrer Körbchengröße, das heißt: Fatma ist dämlich! Ich muss bei Fatmas Anblick immer an diesen alten Gag denken, den Chauvinisten so gern erzählen – den, wo Gott ausruft: »Hirn ist alle, jetzt gibt's Titten!« (Trotzdem 5 Euro ins Chauvi-Schweinderl)

Inzwischen ist es mit Fatma so weit gediehen, dass ich mir diesen Spruch gar als Comic vorstellen kann:

Eine lange Reihe von Frauen steht vor Gott, ganz vorn Fatma mit dümmlich-glücklichem Grinsen und hochgeklappter Schädeldecke, und man sieht Gott über einen Container gebeugt, der bis auf ein paar Krümel auf dem Grund leer ist. Gottes rechte Hand wandert schon zu dem angrenzenden Container (mit Aufkleber »Kein Altglas«), der bis oben hin mit Brüsten in allen Größen und Formen gefüllt ist. In der Sprechblase Gottes legendäre Worte: »Hirn ist alle! Ab jetzt gibt's Titten!«

Deshalb habe ich auch immer ein Grinsen im Gesicht, wenn mir Fatma – oder auch Ürzmürz, wie wir sie scherzhaft nennen – entgegenkommt. Und ich sage es hier noch einmal: Ich habe weder etwas

gegen Türken, noch gegen Brüste in irgendeiner Form einzuwenden! Diese Bilder haben sich ganz einfach ohne mein Zutun in mein Hirn eingebrannt, ich kann nichts dafür! (Ja, ich weiß: Ich bin ein sehr kranker Mann!)
So steht Fatma nun neben mir – mit einer ihrer gefürchteten Fachfragen. Als Erstes legt sie ihre Papiere quer über die Vorgänge, die ich gerade bearbeite, quasi als Zeichen, dass sie jetzt absolute Priorität besitzt und ich alles andere beiseite zu schieben habe. Das ist dann immer der Moment, wo ich ihr am liebsten den Büro-Mülleimer, den ein Scherzbold mit dem Schild EINGANG beklebt hat, über den Kopf stülpen würde. Aber dann bin ich nachher noch ein Rassist!
»Du, Jockel, du kennst dich doch mit unseren Artikeln aus, oder?«
Ich fühle mich ein wenig geschmeichelt, doch bei Ürzmürz muss man vorsichtig sein.
»So leidlich. Was gibt's denn?«
»Verkaufen wir jetzt auch Carports?«
Ich glaube, in diesem Moment muss ich rein gesichtsausdruck-technisch Fatma in Bezug auf Dämlichkeit in nichts nachgestanden haben, denn ich bemerke aus den Augenwinkeln, wie Jaques sich seine Unterlagen direkt vor das Gesicht hält und sein Oberkörper leicht zu vibrieren anfängt.
»Ich fürchte, ich verstehe nicht ganz«, ist dann auch alles, was ich herausbringe.
»Na, hier auf dem Fax steht doch ›Capot‹! Liefern wir solche Dinger jetzt aus?«
Ich studiere die Meldung und frage mich dann, ob ich lachen oder weinen soll.
»Ürzmürz! Wenn da steht: ›Schrank ist capot‹, und der Kunde kommt aus Holland – was könnte das dann wohl bedeuten?«
Das Vibrieren von Jaques' Körper legt noch an Intensität zu.
Natürlich bemerkt Fatma meinen leicht höhnischen Ton und wird – wie es so ihre Art ist – gleich sauer. »Nenn mich nicht Ürzmürz! Du weißt genau, dass ich das nicht haben kann, verstehst du?!«
Jaques ist kurz vor einem epileptischen Anfall, und ich meine, auch ein leises Glucksen zu hören. Tiger ist immerhin so diplomatisch, mit Hinweis auf seine bis zum Platzen gefüllte Blase »dringend auf den Pott« zu müssen. Aber ich, ich muss das hier in aller Ernsthaftigkeit durchziehen! Deshalb bin ich auch um Frieden bemüht. »Natürlich

verstehe ich! Das rutscht mit nur manchmal einfach so raus, sorry. Aber zurück zu deiner Frage. Wenn ›capot‹ ›Carport‹ bedeuten würde, dann würde der Satz ja lauten: ›Der Schrank ist ein Carport.‹ Das macht nicht wirklich Sinn, oder?«

»Ich bin bestimmt nicht konkret hier, um mir jetzt irgendwelche krassen Grammatikregeln von dir anzuhören! Hast du eigentlich was gegen Türken?!«

Kaum gerät Fatma mal ein wenig aus dem Konzept, bricht gleich ihr unterdrückter Slang aus ihr hervor und sie kommt wieder mit der Rassisten-Schiene. Wie ermüdend!

»Ich habe weder was gegen Türken noch gegen sonstige Rassen, Länder oder Glaubensrichtungen, Fatma!»Ich betone das ›Fatma‹ besonders, um ihr zu zeigen, dass ich sie mit ihrem richtigen Namen auch respektvoll anspreche. »Ich habe mir nur überlegt, ob der holländische Begriff ›capot‹ nicht die Bedeutung des deutschen Begriffes ›kaputt‹ haben könnte, schließlich sind sich die Sprachen ja recht ähnlich! Du verstehst: ›capot‹ – ›kaputt‹!« Dabei halte ich meine Handflächen wie eine Waage und blicke von einer Hand zur anderen, so als wenn ich die Begriffe gegeneinander abwiegen möchte. Dann schaue ich sie erwartungsvoll an.

»Also ist der Schrank jetzt kaputt, oder wie?«

Ich nicke zaghaft.

»Aber was ist denn kaputt?« Fatma beugt sich mit ihren beiden Tüten über das Fax und tut so, als könnte sie lesen.

Ich studiere das Fax noch einmal ganz gelassen und – schwupp! – offenbart es auch sein Geheimnis.

»Hier steht, dass die Front beschädigt ist! Ich denke, dass entweder während der Lieferung …«

Doch während meiner messerscharfen Analyse bemerke ich schon aus den Augenwinkeln, wie sich Fatmas Blick wieder verschleiert. Das ist auch so ein typisches Phänomen unserer netten Türkin: Sie bekommt etwas erklärt; und während der »Übertragung« schaltet sie schon auf »Stand-by« und ist in Gedanken in Ankara auf dem Hochzeitsbasar oder sonst wo. Und mit 100%iger Sicherheit flitzt sie aus dem Büro gleich ins nächste und stellt dort genau die gleichen Fragen. Erst nachdem sie das drei- bis fünf Mal gemacht hat, kommt sie zu einer Entscheidung, wie sie mit der entsprechenden Reklamation vorzugehen hat.

Eine merkwürdige und absolut nicht nachvollziehbare Vorgehensweise, die die Kollegen recht brassig macht, da sie nicht gerade Vertrauen in die Antworten der einzelnen Kollegen widerspiegelt und zudem nicht nur einen Kollegen aus dem Arbeitsrhythmus wirft, sondern gleich drei.

Und genau so geschieht es auch diesmal wieder. Während ich mich noch um faktenbezogene Hintergrundinformationen bemühe, grabscht Fatma plötzlich ihren Vorgang, trällert ein »Danke, Jockel!« und ist verschwunden.

»Gut, dass wir drüber gesprochen haben!«, schreie ich ihr wütend hinterher.

»Nicht wundern, einfach weiterarbeiten!«, grinst Tiger mich an, der gerade wieder das Büro betreten hat. »Ich habe übrigens gerade noch mitgekriegt, wie sie ins nächste Büro abgebogen ist, mit den Worten ›Ich hab da mal 'ne Frage‹ …«

Ja, ja, alles beim Alten. Deshalb halte ich mich an Tigers Vorschlag, einfach weiterzuarbeiten, und konzentriere mich wieder auf meinen überquellenden Schreibtisch.

Ich habe ja auch genug zu tun! Nicht, dass mein Arbeitstempo zu wünschen übrig ließe, nein! Wir werden bloß seit längerer Zeit mit zusätzlichen Aufgaben regelrecht zugemüllt. Wenn bei uns ein Kollege kündigt (was in letzter Zeit immer häufiger vorkommt, komisch, komisch), dann wird kein neuer Kollege eingestellt, sondern dessen Arbeit wird einfach umverteilt! So spart man sich eine Arbeitskraft, und die Mitarbeiter haben ja eh noch Arbeitskapazitäten frei und langweilen sich. Komisch nur, dass oberhalb der ›Indianer-Ebene‹ ganz anders verfahren wird. Da ist die (gleich bleibende) Arbeit plötzlich nicht mehr zu schaffen und es werden neue Häuptlinge eingestellt. Nachdem nun vier Indianer gegangen waren, wurden schließlich nach etlicher Wartezeit (»Mal schauen, ob die anderen das nicht noch auffangen können!«) tatsächlich zwei (!) eingestellt. Und wer darf die noch nebenher einarbeiten?

Als wenn dies nicht genug wäre, wird andauernd was an der Computeranlage rumgefummelt und die Arbeit so zusätzlich erschwert.

Und damit man nun genau verfolgen kann, wer wann wie lange mit wem telefoniert hat, gibt es auch noch eine neue Telefonanlage! Damit wird die Arbeit der Mitarbeiter auch viel ›transparenter‹! Wenn zum

Beispiel der Kollege gerade nicht am Platz ist, sein Telefon klingelt und man nicht bis zum vierten Klingeln seinen Anruf übernommen hat, dann kann dieses Nicht-Abheben das Kollegen-Telefons registriert werden und es gibt Schimpfe. Ja, ja, die wunderbaren Möglichkeiten der Technik! Zum Gebrauch dieser neuen Telefonanlage gab es übrigens keine Einführung, sondern nur eine E-Mail: *Das Manual der neuen Telefonanlage ist auf dem Laufwerk »U« hinterlegt.* Muntere 48 Seiten warteten da auf einen Besuch – man hat ja sonst nichts zu tun!
Klingt irgendwie unglaublich? Ihr würdet Euch wundern.

Die Unterschrift

Als wenn ich heute nicht zum ruhigen Arbeiten kommen soll, klopft es an der Tür und Rosa steckt ihren Body durch die Tür, gefolgt von einem kernigen Typen, den ich nach meiner Begegnung mit Eddy leicht als Trucker identifizieren kann.

»Jockel, du hast doch die Polen bearbeitet, nicht? Hier ist ein Fahrer, der will eine Küche abholen und bezahlen! Tschüssi!«

Mit diesen Worten schiebt sie den verdutzten Burschen auch schon in unser Büro und ist – rubbel die Katz' – verschwunden!

Ich erhebe mich erst einmal höflich und komme auf den Typen zu.

»Guten Tag! Wie kann ich Ihnen helfen?«

Der Fahrer erwidert irgendetwas, das wahrscheinlich das polnische Äquivalent zu »Guten Tag« ist. Mir fällt sofort auf, dass fast sein komplettes Gebiss aus Goldzähnen besteht. Ist die Inflation in Polen so heftig, dass sofort in Gold investiert werden muss? Und muss man das alles komplett am Körper tragen? Ich habe keine Ahnung und ich frage mich gerade, wie ich wohl mit Kollega zu einer normalen Konversation gelangen kann, als er mir eine unserer Rechnungen vor die Nase hält und schon sein Portemonnaie aus der Hosentasche zieht.

»Ah, damit können wir arbeiten!«, strahle ich. »Einen Moment mal gerade!« Ich deute auf einen Stuhl und lasse meine geschmeidigen Finger (bis auf den einen …) über die Tastatur flitzen.

Ein kurzes Stöbern im Computer lässt mich fündig werden. »Da haben wir ihn ja!« Ich stutze ein wenig beim Namen des Kunden: Cartier!

Bei einem polnischen Kunden hätte ich jetzt »Lodz« oder irgendetwas Langes mit »-iczs« oder »-owitsch« am Ende erwartet. Aber mir soll es egal sein.

Noch ein kleiner Blick auf die Summe: 400 Euro. Nicht gerade die Welt für einen Kunden mit solch einem Namen! Wahrscheinlich hat er nur eine Vitrine für seine ganzen Uhren bestellt.

Doch beim Blick auf die Bestellung stutze ich wirklich: Das ist nicht nur *ein* jämmerliches Teilchen, sondern eine Monsterküche, die im Laden gut und gern 40.000 Scheine kostet! Für 400 Euro? Mein angeborenes Misstrauen (jedenfalls wenn es um Kunden geht – reiner Erfahrungswert!) ist geweckt und ich schaue mir diesen Kunden einmal genauer an. Merkwürdig: ein Neu-Kunde, der gerade mal ein paar Muster bekommen hat. Es kommt schon mal vor, dass man einem alten Kunden quasi als »Dankeschön« eine Küche zu einem Dumpingpreis überlässt oder einem neuen Kunden eine wirklich günstige Küche in der Hoffnung, dort den Verkauf anzukurbeln. Aber einem neuen Kunden in Polen eine Riesen-Küche zu überlassen zu einem Preis, der weit unter dem Deckungsbeitrag liegt? In einem Land, das für unsere Preise sowieso tot ist?
Watson kommt sofort zu dem offensichtlichen Schluss: Hier stimmt etwas nicht!
Der Fahrer interpretiert meine gerunzelte Stirn falsch, denkt, ich halte ihn nicht für liquide, und streckt mir gleich die Scheine hin.
»Nein, nein, schon okay!«, beeile ich mich zu sagen und stehe auf. Nicht, dass er mir noch als Sicherheit eine Goldplombe rausbricht!
Doch diese Geschichte werde ich bestimmt nicht so laufen lassen: Irgendjemand muss mir dazu etwas sagen, sonst segne ich das nicht ab!
Die einzige Person, die trotz drückender Arbeit nichts zu tun hat, ist Anja. Sie surft gerade auf einer Reiseagentur-Seite mit vielen Palmen und türkisem Wasser. Wieso hat denn die überhaupt Internet-Anschluss?
»Du, Anja, ich habe hier eine Sache«, will ich loslegen, werde aber sofort wieder unterbrochen. »Ist gerade ganz schlecht, Jockel! Am besten, du fragst Herrn Groß, der ist übermorgen wieder da.«
Ich muss mich schon wieder beherrschen, um ihr ihre offensichtliche Faulheit nicht aus der Visage zu prügeln. Ruhig bleiben, Jockel!
»Übermorgen ist definitiv zu spät. Ich habe da einen Fahrer, der heute eine Küche bezahlen und abholen will.«
»Na, dann lass ihn doch«, kommt Anjas desinteressierter Kommentar, bevor sie, ohne mich überhaupt anzuschauen, ein weiteres Palmenbild öffnet.
Da sitzt sie nun: das Kinn auf die linke Hand gestützt, gelangweilter

Gesichtsausdruck und völlig inkompetent. Und trotzdem kann ihr nichts passieren. Ruhig bleiben, Jockel!

»Würd' ich ja gern, aber der Preis erscheint mir ein wenig zu niedrig!«

»Ach.«

Immer noch Null-Linie. Ruhig weiterreden!

»Ja! Diese Küche ist wesentlich mehr wert! Ich frage mich, ob da nicht ein Irrtum vorliegt?«

Anja schenkt mir endlich ihre Aufmerksamkeit und nimmt sich den Vorgang zur Hand.

»Na, dann wollen wir doch mal sehen, ob wir den Jockel nicht mal ein klein wenig schlauer machen können!«

Ruhig bleiben, Jockel!

Ich sehe, wie Anjas Augen ziellos über das Papier wandern, auf der Suche nach irgendeinem Anhaltspunkt.

»Das hier ist zum Beispiel der Kunde ...« Suchend überfliegt sie weiterhin den Zettel, ohne fündig zu werden. Schon so lange in der Firma und immer noch keine Ahnung! Ich entschließe mich, das Trauerspiel etwas abzukürzen und zu helfen: »Cartier!«

»Richtig!«, bestätigt mir Anja mit einem blöden Grinsen.

Doch was ist das? Täusche ich mich oder leuchtet da ein Wiedererkennungsfunken in ihren Augen auf?

Ihr nächster Kommentar bestätigt meine messerscharfe Auffassungsgabe. »Ah, ja, ich erinnere mich – den Auftrag habe ich für Herrn Groß eingegeben.«

Anja strahlt mich an, und ich mache mir meine Gedanken: den hast *du* eingegeben? Wovon träumst du nachts, Alte? Du kriegst ja noch nicht einmal die Adresse unfallfrei hin!

Um der guten Anja meine Skepsis kundzutun, muss ich mich diesmal etwas diplomatischer ausdrücken. »Ich will dir ja nicht zu nahe treten, Anja, aber diesen Auftrag kannst du nicht eingegeben haben, weil ...« – jetzt bloß nichts Falsches sagen – »... weil du nicht als Erfasser des Auftrages im Computer stehst! Siehst du: hier!«

Puh, da habe ich gerade noch einmal die Kurve gekriegt, bevor unser nächstes Treffen auch ausartet! Das kann man ja nicht permanent durchziehen.

Inzwischen verwandelt sich Anjas triumphierendes Lächeln ob ihres fehlgeschlagenen Protzversuches in ein verärgertes Stirnrunzeln.

»Ach ja, ich verwechsele da wohl was! Das hat hier ... wie heißt sie

noch? … die Dunkelhaarige eingegeben. Aber der Preis ist auf jeden Fall in Ordnung, da haben Herr Groß und ich noch drüber diskutiert!«
Oh, jetzt wollen wir noch ein wenig angeben! Als wenn Herr Groß irgendetwas Fachspezifisches mit ihr diskutieren könnte! Klopfen wir doch einfach ein wenig auf den Busch.
»Herr Groß? Was hat der denn mit dieser Küche zu tun?«
»Na, immerhin ist die Küche aufgrund seiner Pläne erfasst worden!«, kontert Anja mit ihrem Insider-Wissen.
»Aber bestimmt doch nicht mit diesem Preis?« Ich lege all meine Zweifel in meine Frage, um sie noch ein bisschen mehr zu locken.
»Der Preis ist schon in Ordnung, da mach dir man keine Sorgen!«
Sie zieht eine lässige Miene auf, als wenn sie sagen wollte: »Ich weiß was, was du nicht weißt!« und versucht mir den Eindruck zu vermitteln, dass ich eben doch nur ein kleiner Sachbearbeiter bin, der nicht in alles eingeweiht zu werden braucht.
Zeit für einen Dämpfer!
»Na, wenn das so ist, dann kannst du mir ja auch problemlos einen Kringel an den Preis machen!«
Ich lächele sie zuversichtlich an und merke das kleine nervöse Zucken an ihrem Mundwinkel.
»Wieso willst du denn jetzt eine Unterschrift haben? Wenn ich dir sage, dass das okay ist, dann kannst du mir das auch ruhig glauben!«
Nanu? Anjas anfängliches Desinteresse hat sich ja sprunghaft verflüchtigt! Dazu noch so eine energische Vorgehensweise, das lässt nur eine Folgerung zu: Hier stinkt etwas gewaltig!
»Ach, du weißt doch, wie so etwas ist, Anja, irgendwann kommen dann die Bluthunde aus der Buchhaltung, und dann kann sich keiner mehr erinnern und das Geschrei ist groß. Jetzt gerade weißt du doch darüber genau Bescheid und brauchst das nur kurz abhaken, und gut ist!«
Anja ist mit der Situation gar nicht glücklich und will schon die nächsten Widerworte geben, doch ich ziehe ihr mit einer hinterhältigen Frage den Zahn: »Oder ist der Preis etwa nicht abgesegnet?« Ich lege mein ganzes Entsetzen in diese Frage. »Dann müsste ich nämlich noch mal runter zu Herrn Horst und …«
»Doch, doch, was denkst du denn?«, beeilt sich Anja zu bekräftigen, doch ihre nervösen Fingerbewegungen und ihr zunehmend blasser Teint verraten sie.

»Na dann …«, grinse ich und halte ihr den Vorgang samt Kuli hin.
Jetzt wird's spannend: Wenn die Sache astrein ist, unterschreibt sie locker und macht mir gegenüber noch einen bissigen Spruch. Wenn nicht …
Ihre Reaktion weckt meine Neugier und meinen Forscherdrang: Sie unterschreibt zwar, allerdings mit zusammengekniffenen Lippen und zitternder Hand! Na, wenn da man nicht irgendwas im Busch ist …
Um die Gute noch ein wenig zu ärgern – ich habe ja noch eine Rechnung offen –, mache ich noch eine Bemerkung über ihre krakelige Unterschrift: »An dir ist auch ein Arzt verloren gegangen!«, was sie nur mit einem säuerlichen Grinsen kontern kann.
Irgendwie habe ich das Gefühl, dass es hierzu noch ein Nachspiel geben wird. Doch das kann mit egal sein, denn ich habe mich regelkonform verhalten und: Ich habe einen Kringel von Anja!

Die Neue

Seit längerer Zeit ist meine Laune endlich ein wenig besser und ich begleite das transsilvanische Goldzähnchen zum Abdrücken in unsere Buchhaltung. Unterwegs gibt er mir mit Zeichen zu verstehen, dass er auch einen anderen Ort zum »Abdrücken« sucht, und ich zeige ihm die Tür: Bis dahinein begleite ich ihn sicher nicht!
Ich öffne nur kurz die Tür und zeige dann gut gelaunt auf Frau Lingemann, die bei meinem Anblick die Luft anhält. Nun darf sie sich mit dem Fahrer auseinandersetzen! Ich hoffe auf ein paar Ungereimtheiten bei der Rechnung, doch man soll sein Glück nicht überstrapazieren. Also mache ich mich wohlgelaunt in die Gesellschaftsküche, um mir eine Kaffee zu holen.
Unsere Küche wird von mehreren Abteilungen genutzt und hat einen schier unerschöpflichen Vorrat an persönlichen Kaffeetassen, da gerade etliche weibliche Sensibelchen es für unmöglich erachten, nach ihrem Kaffee am Morgen die gleiche Tasse für ihren Cappuccino am Nachmittag zu benutzen. Kurz ausspülen und zweimal nutzen kommt nicht in Frage! Das ist umso ärgerlicher, wenn man Kaffeedienst hat und den Geschirrspüler ausräumen muss. Gefühlte dreihundert Tassen müssen dann in einen einzigen Hängeschrank verfrachtet werden, unter Ausnutzung jedes Quadratzentimeters und einer Stapeltechnik, die jedem Großlageristen Tränen der Ehrfurcht in die Augen treiben würde. Da gibt es die ›Ohne dich ist alles blöd‹-Tasse, die unvermeidliche ›Gänsetasse‹ oder auch die ›Alles Blau auf Schalke‹-Tasse. Und jedes dieser Exemplare ist das allerhöchste Gut für den jeweiligen Besitzer. Wenn man jemand von diesen Memmen den Morgen versauen will, versteckt man deren Tasse einfach ganz hinten im obersten Fach des Hängers.
Natürlich verkneife ich mir solch billige Tassen-Versteck-Spiele und versuche, die Atmosphäre in der Küche durch andere Aktionen etwas aufzulockern: Zum einen koche ich eine der vier Kaffeekannen immer besonders stark. Wenn dann die ersten Beschwerden kommen,

kontere ich mit dem Spruch: »Ist er zu stark, bist du zu schwach!« Da der Spruch aber schon so abgegriffen ist und von der Gegenseite bereits Azubis als Testtrinker eingesetzt werden, konzentriere ich mich auf die optische Gestaltung der Küche. Wenn mal wieder die Entkalkung der Maschine ansteht und die Entkalker-Flasche mit dem Warnhinweis: *Vorsicht! Ätzend!* neben der Maschine steht, schneide ich das Bild unseres Chefs aus der Broschüre und klebe es unter den Warnhinweis.

Was auch immer sehr gut ankommt, ist eine Kalorientabelle der Lebensmittel an der Kühlschranktür. So manchen etwas kräftiger gebauten Mitarbeiter sieht man dann beim Griff an die Tür in der Bewegung innehalten, um mit schuldbewusster Miene wieder von dannen zu schleichen. Höre ich da nicht das Geräusch von Magenknurren auf dem Gang verebben? Meistens kommen solche Mitarbeiter kurze Zeit später heimlich wieder, reißen die Tabelle ab und schlagen so richtig zu.

Auch den gut gemeinten Hinweis einer Kollegin: *Bitte auf die Ablauf-Daten der Lebensmittel achten!* unterklebe ich gerne mit kleinen Zettelbotschaften wie: *Wem gehört der mutierte Joghurt aus 2006?*

So trainiere ich bei jedem Gang in die Küche meinen Ideen-Reichtum und biege auch jetzt wieder fröhlich grübelnd in die Küche ein.

Doch heute steht da ein unbekannter blonder Pferdeschwanz an der Kaffeemaschine, den Rücken zu mir.

Ah, eine Neue! Gut gelaunt posaune ich ein »Moin, Moin!« hinaus.

Da dreht sie sich um und schaut mich an.

In diesen Bollywood-Streifen laufen solche Szenen immer in Zeitlupe ab und das Haar fällt in Slowmotion engelsgleich über die Schultern. Hier in unserer Küche ist es nicht ganz so romantisch, aber trotzdem ist die Wirkung auf Klein-Jockel überwältigend! Vor mir steht eine ungefähr 1,65 Meter große Frau mit besagtem Pferdeschwanz, modischer Brille und wahnsinnigen Augen!

Ich weiß nicht, ob ich besonders blöd gucke; falls es so ist, lässt sich die Frau nichts anmerken.

»Auch Moin!«, lächelt sie mich umwerfend an. »Milch oder Zucker?«, fragt sie und füllt schon eine weitere Tasse für mich.

»Ich … öh … ja, beides, bitte!«

Sie schenkt munter ein und legt los: »Ich bin Heidi! Ich bin eine der Neuen, aber das hast du dir wohl schon gedacht!«

Sie lacht mich an und – ich weiß nicht, warum – ich muss mitlachen. Dann herrscht erst einmal sekundenlang Stille, in der wir uns beide mustern. Ihr Blick ist irgendwie erwartungsvoll, doch ich kann im Moment nur gucken, gucken, gucken.
»Und du?«, fragt sie mich schließlich.
»Ich wollte mir gerade einen Kaffee holen«, bringe ich unbeholfen heraus.
Wieder lächelt sie so unnachahmlich. »Das habe ich mir fast schon gedacht, hier in der Kaffee-Küche! Ich meine, wie heißt du?«
»Ach so, ja, ja, sorry! Jockel! Ich heiße Jockel!«
Ich wiederhole meinen Namen, als wenn ich ganz sicher gehen will, dass ich auch wirklich so heiße. Oh, Mann, reiß dich zusammen und sag irgendwas!
»Und … wie ist die Schulung so?«
Was für eine Scheiß-Frage – was soll sie darauf schon groß antworten? Sie kennt kaum was und möchte es sich bestimmt nicht mit irgendjemandem verderben, indem sie Sprüche ablässt.
Doch sie überrascht mich: »Also, die Einarbeitung ist so ja ganz nett, obwohl ich das Gefühl habe, dass man es bei Herrn Kleinschmidt als Blondine etwas besser hat. Und ich glaube, der hört sich am liebsten gerne selbst reden, kann das sein?«
Wow, eine perfekte Charakterisierung unseres Herrn Kleinschmidt – oder auch Kleinhirn, wie wir ihn wegen seiner Erbsenzählerei gern nennen. In zwei Sätzen analysiert, Respekt!
»Oder hätte ich das besser für mich behalten sollen?«
»Oh, nein, nein! Ich bin nur erstaunt über diese passende Analyse in so kurzer Zeit! Es gibt sogar Leute, die merken es nie.«
»Ich weiß, aber meine Menschenkenntnis ist eigentlich sehr gut! Deshalb habe ich es ja auch *dir* erzählt und nicht deiner Kollegin, die mich auch schon gefragt hat.«
Ich grinse, bis die Ohren Besuch kriegen. Das war doch ein klares Kompliment, oder nicht?«
Sie dreht sich herum, sodass ihre Augen quasi von der Sonne beleuchtet werden, und ich schwöre: Ihre Augen sind jetzt nicht blau, sondern türkis!
»Oder sollte ich mich in dir getäuscht haben?«, grinst sie mich neckisch an.

Jetzt nur nicht sabbern! Soll ich das gesprochene Wort wagen oder nur den Kopf schütteln? Ich gehe volles Risiko und rede.
»Nein, da hast du dich nicht getäuscht! Auch nicht in der Annahme, solche Beobachtungen nicht jedem zu erzählen! Aber wie ich gemerkt habe, braucht man dir das auch nicht extra zu sagen.«
An ihrem Lächeln, verbunden mit einem leichten Nicken, erkenne ich, dass sie meinen Ausspruch als Kompliment erkannt und honoriert hat: endlich eine Frau, die zwischen den Zeilen lesen kann!
Heidi räkelt sich noch einmal – wobei ich bemerke, dass nicht nur ihre Augen ein echter Hingucker sind – und dreht sich zur Tür.
»So, ich schätze, ich muss wieder zu Herrn Kleinschmidt zurück!« Dabei deutet sie die Geste des Gähnens an. »Ich will doch nicht eine Silbe verpassen!«, grinst sie.
»Um Gottes Willen! Ab zu dem Muezzin!«
»Mach ich, mach ich!«, sagt sie und geht. Doch dann dreht sie sich noch einmal um, lächelt und mir stockt der Atem: türkis, gar keine Frage!
»Vielleicht treffen wir uns ja mal so, und du zeigst mir die Gegend? Ich kenne mich noch nicht so gut aus hier.«
Ich kann mein Glück nicht fassen und stammele nur: »Klar, jederzeit gerne!«
Dann ist sie weg und ich schütte mir vor Faszination den fünften Löffel Zucker in den Kaffee.
Au Mann, mich hat es erwischt! Wenn es noch eines Beweises bedurft hätte, dann der Aspekt, dass ich erst beim dritten Schluck merke, dass mein Kaffee ungenießbar ist. Gedankenverloren schütte ich den Rest weg und mache mir einen neuen.
Heidi! Der Name ist Programm, das weiß ich schon, seit ich ›Hör mal, wer da hämmert!‹ gucke.
Gut gelaunt und auf türkiser Wolke schwebe ich zurück ins Büro. Wenn das mit Heidi was werden könnte, das wär was!

Dass mir im Büro jedoch meine gute Laune gleich wieder versaut wird, war ja klar. Auf meinem Schreibtisch liegt ein Zettel mit kurzer, aber prägnanter Aussage:

Bei Herrn Groß vorbeikommen, dringend!

»Der Zettel ist von mir!«, empfängt mich Tiger. »Ich hatte ihn gerade am Telefon. Klang ziemlich angefressen, hat wahrscheinlich wieder Druck gekriegt und muss den jetzt weitergeben. Ich war auch schon da!«
»Und?«
»Freiwillige Überstunden!«
Mehr braucht Tiger nicht zu sagen. Dieses Thema ist schon seit längerer Zeit Gesprächsstoff Nummer eins und steter Grund zum Ärgern.
Das Erste ist schon mal der Widerspruch in sich: Die Überstunden werden mit dem Adjektiv ›freiwillig‹ versehen, werden aber trotzdem angeordnet. Also nix freiwillig! Freiwillig müssen sie aber sein, da sie ansonsten durch den Betriebsrat abgesegnet werden müssen. Das geschieht aber nicht, da der Haufen Arbeit, den wir haben, dadurch zustande kam, dass einige Leute gekündigt haben und nicht ersetzt wurden. Man hatte also plötzlich nicht *einen* Arbeitsplatz zu beackern, sondern 1,50 Arbeitsplätze! Dann gab es noch weitere bürokratische Aufgaben zu erfüllen, die sich unser Juniorchef und »Visionär« Herr Krabbe ausgedacht hat, und letztendlich noch eine gute Auftragslage. Das Ergebnis ist, dass inzwischen mehrere Arbeitsplätze am Absaufen sind. Diese Mehrbelastung zieht sich nun schon über zehn Monate hin, und so langsam haben immer mehr Leute die Schnauze voll.
Deshalb das neue Druckmittel ›freiwillige Mehrarbeit‹.
Am Betriebsrat vorbei sind wir »gebeten« worden, doch bitte mehr zu arbeiten, da wir sonst unseren Aufträgen nicht nachkommen könnten. Am besten seien fünf Stunden in der Woche! Und für den, der es in der Woche nicht schaffen könne, stehe natürlich auch der Samstag bereit.
Das ist mit leichtem Druck eine ganze Weile besonders bei den Kollegen mit Zeitverträgen gut gegangen, doch zehn Monate sind eine lange Zeit! Schließlich sind sogar Deputies rumgegangen, die fragten, ob zu den fünf Stunden in der Woche nicht auch noch samstags gearbeitet werden könnte. Man solle Bescheid sagen, ob man samstags arbeite oder nicht: Das werde in eine Liste eingetragen und die werde dem Boss übergeben werden. Natürlich nur, damit der weiß, wie viele Brötchen er als kleines Dankeschön samstags mitbringen muss.
So viel zur Einschüchterung der Mitarbeiter.

Nun habe ich also einen Termin bei meinem Abteilungsleiter und darf gespannt sein, was ich zu hören bekomme.
Groß sitzt da zusammen mit Alf und erwartet mich schon mit zerknirschter Miene. Das höfliche Vorgeplänkel mit »Setzen Sie sich bitte!« lässt er gleich weg: »Es geht um Ihre Arbeit, die Sie hier leisten, Herr Beck.«
Ich schalte auf ahnungslos. »Also, ich mache meine Arbeit, so gut ich kann, und ich denke, dass ich qualitativ auch ganz oben mit dabei bin …«
Groß winkt ab. »Die Qualität steht hier nicht zur Debatte, die ist … ganz annehmbar.«
Er macht eine kurze Pause.
»Es geht um Ihr *Engagement* für Ihre Arbeit! Sie machen hier jeden Tag pünktlich Feierabend, auf Ihrem Schreibtisch häuft sich die Arbeit und Sie machen nicht *eine* Überstunde!«
»Erst einmal sind es ja *freiwillige* Überstunden; das heißt ja, dass ich frei entscheiden kann, ob ich sie mache oder nicht«, wage ich einzuwerfen.
»Darum geht es doch gar nicht!« Der Ton wird herber. »Sie haben hier einen Arbeitsplatz, und keinen schlechten! Da müssen Sie auch mal etwas dafür tun, dass er erhalten bleibt! Da kann man nicht immer nur pünktlich den Füller fallen lassen! So, wie ich es sehe, haben Sie in dem letzten Vierteljahr nicht eine Überstunde gemacht!«
»Das ist richtig. Und das liegt daran, dass mir immer mehr Aufgaben zugeschoben wurden, bis die Arbeit irgendwann nicht mehr zu schaffen war. Da hätte ich jahrelang länger arbeiten können und hätte die Arbeit nicht geschafft. Und wenn ich ewig bis an mein persönliches Limit gehe und die Arbeit schaffe, mache ich mich a) selbst kaputt, und b) ändert sich an der Situation nichts, weil Sie meinen: ›Ach, der Beck, der schafft das ja!‹ Ich bearbeite jetzt nicht einen, sondern mindestens 1,50 Arbeitsplätze. Irgendwann ist das nicht mehr zu schaffen! Ich habe schon oft genug um eine Umverteilung oder Verstärkung gebeten, aber das will ja niemand hören!«
»Nun dramatisieren Sie mal nicht gleich so. Es gibt hier genug Kolleginnen und Kollegen, die schaffen wesentlich mehr und sind auch wesentlich länger hier jeden Tag!«
»Wenn deren Leben nur noch aus Arbeit und Schlafen bestehen

soll: bitte! Ich lege jedoch noch Wert auf ein privates Leben, das ich führen möchte!«

Während Alf die ganze Zeit nichts sagt und zu Boden blickt, ernte ich von Groß bitterböse Blicke: Der Inquisitor sieht den guten Ruf »seiner« Abteilung durch mich gefährdet.

»Ich kann Ihnen nur raten, Ihre Einstellung zu überdenken, Herr Beck, denn ich bin nicht gewillt, so etwas zu unterstützen. Es gibt da draußen vier Millionen Arbeitslose, die nur darauf warten, einen Job wie den Ihren zu bekommen! Außerdem …«

Bong!

Den Rest des Monologes nehme ich nur noch verschwommen wahr. Wenn das keine eindeutige Drohung war! Ich bin viel zu perplex, um etwas darauf zu erwidern. Natürlich ist das absoluter Blödsinn, er kann mich nicht rausschmeißen; schließlich habe ich mir nichts zuschulden kommen lassen. Doch allein die Androhung regt mich auf. Wie kommt dieser Sack dazu, mich so anzufahren?! Meint er, weil er in der Firmen-Hierarchie eine Stufe höher steht, hat er das Recht, Menschen anzupflaumen? Was bildet sich so ein Scheiß-Abteilungsleiter eigentlich ein?

Trotz meiner Wut bin ich wie gelähmt.

Irgendwann ist das »Gespräch« zu Ende und ich gehe in mein Büro. Der Tag ist versaut, die Motivation sowieso, und ich überlege, wie ich bei einer weiteren Konfrontation besser reagieren kann.

Denn eines ist klar: jetzt erst recht nicht!

Nicht eine Minute werde ich länger bleiben, so viel steht fest!

Nach längerem Grübeln entschließe ich mich dazu, für solche Gespräche ein Diktaphon mitzunehmen und vorher heimlich einzuschalten. Ich weiß nicht, ob es für etwas gut ist, aber solche Klopper auf Band zu haben kann nie schaden!

Wie schnell ich allerdings in eine ähnliche Situation komme, hätte ich mir auch nicht träumen lassen.

»M M M«: Mobbing mit Martina

Teil eins: Aufschlag

Ein anderer Tag.

Ich unterbreche meine frühmorgendliche Aktivphase – so zwischen 7.00 und 8.30 Uhr – für einen Gang auf die Toilette. Wie ich so auf dem stillen Örtchen grübele, fällt mein Blick auf die Decke, wo die Abdeckquadrate nun schon seit fünf Jahren verschoben sind und die Isolierwolle darunter offenbaren. Ganz schön schlampig! Oder ist da nun eine Überwachungskamera gegen übermäßige Sitzungen versteckt, nach dem Motto: »Was Mehdorn kann, können wir auch«? Tja, auf dem Thron kommen einem die tollsten Gedanken.

Dann fällt mein Blick auf die Fensterbank und mich trifft der Schlag: Dort liegt eine Tube – Hämorrhoiden-Salbe!

Mein Gott! Sind Hämorrhoiden ansteckend? Und wenn ja: Wie übertragen sie sich? Hätte ich doch besser »Feuchtgebiete« gelesen …

Aber jetzt ist es zu spät. Ein entsetzter Blick in die Schüssel sagt mir – nichts. Ganz vorsichtig richte ich mich auf. Bloß keine Spritzer verursachen, die an meinen Knackarsch klatschen und mich kontaminieren! Apropos Knackarsch: Hab ich nicht irgendwo gehört, dass Hämorrhoiden-Salbe als Geheimrezept gegen Tränensäcke oder so gilt? Sollte ich vielleicht mal Hannes wegen seiner Pillen sagen. Vielleicht hofft ja jemand aus dieser Firma, dass er damit die Falten aus seinem runzeligen Arsch bügeln kann? Ein paar potenzielle Interessenten fallen mir da schon ein …

Egal, ich nehme mir vor, die Toilette und ihre Besucher näher im Auge zu behalten, um den Kreis der Verdächtigen einzugrenzen. Wie ich das praktisch anstellen will, weiß ich allerdings noch nicht; ich kann schließlich nicht wie am Bahnhofsstrich die ganze Zeit vor der Toilette rumhängen.

Nach diesem Schrecken – und fünfminütiger Intensivschrubberei meiner Finger – ist es Zeit für ein Beruhigungs-Käffchen.

Sinnigerweise liegt die Toilette genau neben der Küche. Ob das

damals von den Ingenieuren clever durchdacht war – falls das Essen so grässlich war, dass man sich gleich übergeben musste – oder ob es Zufall ist, kann ich nicht sagen.
Was ich allerdings sagen kann, ist, dass die schnatternde Stimme, die aus der Küche hallt, hundertpro Martina gehört.
Was will diese Zicke denn hier? Die bringt sich doch immer irgendwelche Bio-Säfte von zu Hause mit und motzt über den ungenießbaren Kaffee! Nach ihrem ersten Satz, den ich noch außerhalb der Küche mitbekomme, weiß ich Bescheid. Sie geht ihrer Lieblingsbeschäftigung nach: Lästern!
»Habt ihr schon Susi mit ihren neuesten Strähnchen gesehen?«
Ihre beiden Kolleginnen quietschen zustimmend: »Iiieh, ja! Voll grausam!«
»Grausam ist gar kein Ausdruck«, schmettert Martina los, »sie sieht aus, als wenn sie sich einen toten Dachs auf den Kopf gelegt hat!«
Die Freundinnen kriegen sich kaum noch ein ob dieses wunderschönen Vergleichs. Mal sehen, ob sie auch weiterhin so losgackern, denn besagte Susi nähert sich mit leerer Kaffeetasse der Küche. Und nun, liebe Leserinnen und Leser, werdet ihr Zeuge, wie die Frau binnen Sekundenbruchteilen von Ablästern auf scheißfreundlich umschwenken kann, ohne nur einmal mit der Wimper zu zucken.
Susi kommt also rein. (Ich spechte immer noch vorsichtig von aussen in die Küche.)
Das Lachen bricht unvermittelt ab, als die Mädel Susi sehen, und es macht sich im ersten Moment ein peinliches Schweigen breit. Doch Susi scheint das nicht zu bemerken.
»Ach, hallo! Alles klar bei euch? Ihr scheint euch ja prächtig zu amüsieren! Was gibt's denn?«
Natürlich ist Martina die Erste, die die Sprache wiederfindet.
»Ach, wir haben uns kurz über »DSDS« amüsiert, was da für Blindgänger vorsingen!« Zustimmendes Nicken und »Ja, ja!« der anderen.
»Ja, das ist wohl wahr! Ich dachte schon, ihr lacht über meine Strähnchen. Die sind mir irgendwie richtig misslungen diesmal.«
»Deine Strähnchen? Wieso? Die sehen doch top aus!«
»Ehrlich? Ich finde, die sind diesmal nicht so toll.«
Die Kolleginnen finden wieder den Mut, sich einzuschalten, und quaken scheinheilig mit: »Ach was, da ist nichts dran zu mäkeln!«

»Die passen zu dir, ehrlich!«
»Echt? Na dann …«
Für Martina ist die Situation jetzt wohl ausgereizt. »Puh, ich glaube, ich gehe wieder ins Büro, ich bekomme Kopfschmerzen!«
Na, da kann es sich ja nur um Phantomschmerzen handeln, denke ich vor der Küchentür.
Martina zwinkert den beiden anderen heimlich zu und verdrückt sich.
Die beiden anderen tun es ihr gleich. »Oops, jetzt haben wir fast die Zeit vergessen! Jetzt macht Herr Horst doch meist seinen Kontrollgang: schnell zurück!«
Und mit einem zuckersüßen »Tschüssi« lassen sie Susi in der Küche stehen.
Nun, wo die Schnepfen verschwunden sind, geselle ich mich zu Susi.
Nach einem Blick auf ihre Strähnchen kann ich mir ein Grinsen nicht verkneifen: Der Dachs ist zwar übertrieben, aber »schön« ist was anderes.
Susi bemerkt natürlich meinen Blick.
»Und?«
»Nicht schön, aber selten!«
Susi muss grinsen. »Na, wenigstens bist du ehrlich! Andere Leute dagegen sülzen einen voll und grinsen dich dabei noch freundlich an. Und kaum bist du um die Ecke, geht das Lästern los.«
Sie hat es also doch gemerkt. Eigentlich auch kein Wunder, denn Susi ist nicht gerade dumm. »Wie war die genaue Bezeichnung?«, fragt sie.
»Toter Dachs.«
»Toter Dachs?« Susi lächelt sogar. »Na, das ist ja sogar ansatzweise kreativ.«
»Ist bestimmt geklaut – zu solchen Schöpfungen sind die selbst gar nicht fähig. Vergiss die einfach! Wir sehen uns!« Mit einem Zwinkern verabschiede ich mich.
Susi hält mich noch einmal kurz auf. »Übrigens, ich weiß Ehrlichkeit zu schätzen! Falls ich dir mal irgendwie helfen kann …«
»Beschrei es besser nicht, sonst komm ich noch drauf zurück!«

Teil 2: Der Return oder Die Hämorrhoiden-Schleuder

Wie ich mich so in mein Büro zurücktrolle, muss ich dauernd an diese blöde Pogge Martina denken: Solche Leute müssten viel mehr Kontra bekommen! Aber leider scheint sich ja solch eine Charakterart immer mehr durchzusetzen. Heute gilt es ja fast schon als cool, wenn man ein Arschloch ist. Irgendwie gibt es immer genug Leute, die so etwas aus unerfindlichen Gründen toll finden. Wenn man solche Leute im Fernsehen sieht – wie zum Beispiel J. R. Ewing –, dann kann das ja ganz unterhaltsam sein, aber wenn man in der Wirklichkeit mit so einer Kollegin – oder schlimmer noch: mit so einem Chef! – gestraft ist, dann hat das nichts Faszinierendes mehr.
Nach kurzem Grübeln entschließe ich mich, den Ärschen dieser Welt den Kampf anzusagen, und mit Martina fange ich an! Das macht auch Sinn, denn mit den Menschen ist es wie mit den Hunden: Wenn sie Mist gebaut haben, muss die Bestrafung möglichst zeitnah erfolgen, damit sie wissen, wofür sie die Strafe bekommen haben.
Und da die besten Ideen immer die spontanen sind, sprinte ich zurück zur Herrentoilette, verfolgt von den erstaunten Blicken einiger Kollegen. Wer weiß, was das wieder für Gerüchte gibt …
Ich stürme die Toilette wie ein Einsatzkommando, und mein Einsatz wird belohnt: Die Salbe ist noch da! Ich binde mir Toilettenpapier um die Finger und hebe so die ABC-Waffe an. So, jetzt das Ding noch einmal gründlich umwickeln und ab in die Tasche!
Auf dem Rückweg mache ich noch einen Schlenker vorbei an Martinas Büro. Sie sitzt mit ihren Läster-Kolleginnen in einem Glasbüro und ist daher leicht auszuspähen. Natürlich blickt sie hoch und entdeckt mich, wie ich so gelangweilt umherflaniere. Ein giftiger Blick trifft mich, und sie sagt irgendetwas zu ihren Kolleginnen, die daraufhin in meine Richtung schauen und losgackern.
Hätte es noch einen letzten Gewissensbiss wegen meines Handelns gegeben – nun ist er verschwunden!
Doch der kurze Moment des Bummelns hat gereicht, mir alle Informationen zu verschaffen, die ich benötige. Es folgt Teil 2 meines Planes!
Zurück im Büro, rufe ich Susi an. »Hey, du sagtest doch, ich sollte mich melden, wenn du mir einen Gefallen tun könntest.«

Ich sehe ihr Grinsen förmlich durch den Hörer. »Na, das hat ja nicht lange gedauert. Was gibt's denn?«
»Ist echt nur eine Kleinigkeit, eher ein schauspielerischer Auftritt.«
»Oho! Komm ich jetzt in' Fernsehen?«, äfft sie Ingolf Lück nach.
»Kann ich nicht versprechen, hängt von deiner Glaubwürdigkeit ab. Aber ich lege in Hollywood ein gutes Wort für dich ein!«
»Na, dann raus mit der Sprache.«

Mit einem fröhlich geflöteten »Who the fuck is Alice« schlendere ich mit einer Rechnung in der Hand in Richtung Martinas Büro. Ein glücklicher Zufall will es, dass ich eine Metallstange zu bezahlen habe und somit einen Grund, Martina aufzusuchen.
Kurz bevor ich ihr Büro betrete, sehe ich einige Meter weiter Susi wie zufällig am Kopierer stehen und blinzele ihr zu. So müssen sich Agenten fühlen! Mir fallen einige Agenten-Thriller mit albernen Erkennungs-Parolen ein: »Der Adler ist gelandet«, »Der Fuchs heult um drei Uhr«. Schade, so etwas haben wir jetzt gar nicht ausgemacht. Na egal, die Wirklichkeit holt mich in Martinas stark eingedufteten Büro schnell ein. Hier ist die Luft dermaßen parfümgeschwängert, dass das Atmen schwer fällt. Mit solchen Problemen hatte James Bond sicher nie zu kämpfen!
»Moin, Moin, ich hab 'ne Rechnung zu bezahlen!«, sage ich gut gelaunt und gehe auf die Kollegin zu, die Martina gegenübersitzt. Mir entgeht nicht, dass die Gespräche in dem Moment verstummen, wo die Damen mich erkennen. Feige Bande! Gelästert wird eben nur in Abwesenheit des Opfers!
»Her mit der Kohle!«, versucht die Kollegin die Atmosphäre etwas aufzulockern.
»Sof… Hatschi!« Im letzten Moment drehe ich mich von der Kollegin weg, die sich schon schützend die Hand vors Gesicht gehalten hat.
Ich ziehe hörbar den Schnotten hoch und komme zum Knackpunkt meines Planes.
»Ääh! Verdammter Heuschnupfen! Es geht wieder voll los! Hat vielleicht jemand ein Tempo für mich?«
Die eine Kollegin ist zu weit weg, die andere gerade im Rechnungsprogramm. Jetzt kommt es darauf an!
Ich schaue Martina an und hebe hoffnungsvoll die Brauen. Sie

schaut grimmig zurück, während ich zur Bekräftigung noch einmal geräuschvoll die Nase hochziehe.
»Na, bevor du hier rumsaust und auf den Teppich rotzt …«
Martina greift in ihre geöffnete Handtasche, die neben ihren Füßen rechts am Gang auf dem Boden steht. Achtung …!
Sie holt eine 10er-Packung Taschentücher heraus und wirft sie mir zu. Perfekt!
»Und möglichst wenig anfassen, wenn's geht!«
Triumphierend schaut sie in die Runde ihres Hofstaates: Habt ihr gesehen, wie ich mit dem umspringe? Doch der Hofstaat lächelt nur verlegen ein wenig; da hat sie doch mehr erwartet!
»Ich werde mich bemühen«, sage ich und drehe mich zum Schnäuzen weg. Nach meinem Benjamin-Blümchen-Röhrer, der mir von Martina ein angeekeltes »Mein Gott!« einbringt, drehe ich mich verschnupft um und werfe die Tempo-Packung gekonnt in ihre offene Tasche.
(In der Verfilmung dieses Buches – und die wird auf jeden Fall kommen! – wird man in Extrem-Slow-Motion erkennen können, dass sich, sozusagen im Windschatten der Tempo-Packung, ein weiterer Gegenstand mit auf den Weg macht in Martinas Tasche! Spannung!)
»Na, zufrieden so?«
»Für dieses eine Mal will ich es mal gut sein lassen!«, tönt Martina, »aber falls …«
Da springt die zweite Tür des Büros auf und Susi eilt näselnd auf Martina zu: »Habf bu bieleift ein Taffentuf? Ich hab voll den Heufnupfen!«
»Hier muss wohl ein Nest sein, was? In meiner Tasche ist eine Packung, aber sei vorsichtig: Jockel hat das angefasst!«, feixt die Netteste aller Kolleginnen.
»Dankefön«, schnäuzt Susi und lässt ihre Hand in Richtung Taschenöffnung gleiten.
Doch kurz davor stoppt sie und lässt ein leises, aber doch für alle hörbares »Oh!« erklingen. Dann zieht sie ihre Hand langsam zurück.
Martina runzelt die Stirn. »Was ist jetzt, willst du ein Tempo oder nicht?«
Susi ziert sich sichtlich. »Öh, nee, lass man! Ich glaube, es geht noch einen Moment!«
»Sicher? Nicht, dass du hier den Boden volltröpfelst!«
Doch Susi scheint Martina gar nicht zu hören und starrt nur wie

hypnotisiert in ihre Tasche. So auffällig, dass auch die Kolleginnen aufmerksam werden. Schließlich räuspert sich Susi.
»Du … ääh, Martina? Ist das da Hämorrhoiden-Salbe in deiner Tasche?«
Man kann regelrecht hören, wie die Kolleginnen im Raum vor Ekel die Luft einziehen.
»Was für ’ne Salbe? Spinnst du?!« Martina ist verwirrt und verärgert zugleich und greift in ihre Tasche.
Und hat im nächsten Moment die Hämorrhoiden-Salbe in der Hand!
Susi verzieht angeekelt das Gesicht. »Ich wusste nicht, dass du Probleme mit Hämorrhoiden hast! Igitt!«
Martina ist wie hypnotisiert von ihrem Fund und ihr Gesicht verliert jegliche Farbe.
Ich, der ich »fassungslos« an der anderen Tür diese geschmackvolle Enthüllung miterlebt habe, gebe Susi die nächste Vorlage. »Das ist echt eklig! Wie überträgt sich das eigentlich?«
»Soviel ich weiß, überträgt sich das schon per Händedruck«, antwortet sie und schielt langsam zu den Kolleginnen hinüber. Diese schauen sich entsetzt an und – schwupp! – hechten förmlich aus dem Büro, um sich die Hände zu waschen.
Martina ist komplett überfordert und schaut fassungslos auf die Tube. »Aber ich … das kann doch gar nicht …«
»Mein Gott, und ich habe ihre Tempos angefasst!«, schreie ich, werfe ihr das gebrauchte Tempo auf den Schreibtisch und flüchte aus dem Büro. Im Herauslaufen höre ich Susi noch etwas von »Betriebsrat«, »Schwarzem Brett« und »Gesundheitsamt« rufen.
Da soll mir noch jemand etwas von gefahrfreiem Arbeiten im Büro erzählen!

Fünf Minuten später klatschen Susi und ich uns in meinem Büro ab.
»Das war absolute Spitze, Jockel! Wie hast du das bloß hingekriegt?«
»Tja, es hing alles davon ab, wie ihre Tasche positioniert war und wie sie mir die Taschentücher gab! Dass die Tasche richtig stand, hatte ich schon gesehen; auch, dass sie ’ne Packung Tempos drin hatte. Aber wenn sie mir nur ein einzelnes gegeben hätte, wäre es schwierig geworden. Doch so habe ich einfach die Salbe an der Unterseite der Tempo-Packung versteckt und in die Tasche geworfen, das war alles!.

Aber deine Allergie-Vorstellung ohne ein einziges Grinsen war auch ganz große Schule!«
Die ganze Zeit hört uns Jaques fasziniert zu und schüttelt wieder und wieder bewundernd den Kopf.
Susis Augen strahlen förmlich. »Danke, danke, man tut, was man kann! Ich hatte ja auch eine gute Motivation – und einen noch besseren Regisseur! Übrigens, auf dem Weg hierher kam mir Ulf mit einem ziemlich zerknirschten Gesicht und einem schleppenden Gang entgegen. Der wird doch nicht eine gewisse Salbe vermissen?«
In das allgemeine Gelächter platzt Tiger ins Büro und schüttelt verständnislos den Kopf.
»Was ist los, Tiger, Stress?«
»Ach was! Aber als ich gerade auf den Pott wollte, kamen mit einem Mal diese Tusen aus Martinas Büro auf mich zugestürzt und fragen mich, ob es mir was ausmachen würde, wenn sie die Herrentoilette benutzen!«
Tigers »Was ist denn?« geht im allgemeinen Gegröle unter.
Es gibt Tage, da läuft es sogar in der Hölle gut.

Treib Sport, oder du bleibst gesund!

Ja, ja, es gibt solche Tage, die laufen richtig gut! Und wenn man diese Tage besonders schön ausklingen lassen möchte, geht man abends noch ins Fitness-Studio, tut was für seinen Körper und betrachtet so nebenbei noch ein paar leckere Käfer.

Apropos Körper: Der aufmerksame Leser wird sich entsinnen, dass ich zu Anfang dieses Buches erwähnt habe, dass ich eigentlich ganz zufrieden mit meinem Body bin.

Eigentlich.

Denn natürlich findet der kritische Betrachter – sprich: ich! – immer wieder Makel, an denen man arbeiten kann. Mit meinem Hüftspeck habe ich ja seit dreißig Jahren eine Lebensabschnitts-Gemeinschaft gegründet, die wohl bis zum Exitus halten wird. Doch in letzter Zeit hat sich heimtückischerweise auch auf meinem Bauch ein Fett-Ableger gebildet, der zwar meine Strömungswerte beim Schwimmen verbessert, aber optisch eindeutig als »unschön« einzustufen ist. Zwar habe ich seit Kindertagen schon mein Sixpack unter einer dezenten Speckdecke versteckt – man will ja nicht protzen –, aber langsam ist aus der Decke schon fast eine Luftmatratze geworden, Betonung auf *fast*. Na ja, ganz so schlimm ist es dann vielleicht doch noch nicht!

Aber »wehret den Anfängen«, wie es so schön heißt, und da ich eh gerne Sport treibe, zieht es mich dann auch in die Mucki-Bude, wo ich mich zwischen weiblichen Outfit-Junkies (die werden wohl immer in ihre Trikots reingeschossen und posieren die Hälfte der Zeit nur an der Bar), polnischen Power-Pumpern und ausdauersüchtigen Hausfrauen tummele. Zugegeben, es sind auch normale Menschen darunter!

Aber es macht ja Spaß, und noch kann ich die hautenge Sporthose und das Muscle-Shirt tragen, ohne zu sehr wie »Wurst sprengt Pelle« auszusehen.

Guten Mutes habe ich also schon meine Sporttasche gepackt und bin kurz davor, aus der Wohnung zu hüpfen, als das Telefon klingelt.

Ganz schlechter Zeitpunkt!
Wenn ich jetzt in ein längeres Gespräch verwickelt werde, kann ich dem Feierabend-Sog nicht mehr zuvorkommen, in dem die Frauen wie die Heuschrecken über die Ausdauer-Geräte herfallen und diese unendlich blockieren!
Und meine Wampe wächst weiter!
Ich schaue aufs Display: Ricky, mein alter Kumpel aus Kindertagen, der je nach Stimmung auch schon mal eine Dekade am Hörer verbringt. Aber egal: Ricky ist ein Uralt-Kumpel, da geht man ran!
»Hey, Ricky, du alte Säge! Wie schaut's?«
»Super!«, tönt mir seine angenehme Stimme locker entgegen, »dir auch?«
»Jau, ich wollte gerade zum Sport! Hast Glück, dass du mich noch erwischt hast.« (Wink mit dem Zaunpfahl)
»Hey, das passt ja spitze! Ich wollte dich nämlich gerade fragen, ob du mich heute begleiten könntest. Da hat so ein Fitness-Studio heute ›Tag der offenen Tür‹ und da muss ich hin!«
Das passt mir ja eigentlich nicht wirklich. »Da *musst* du hin? Ich verstehe nicht ganz …«
»Kannst du dich noch an die kleine Sabine erinnern?« Die Begeisterung in Rickys Stimme ist kaum zu toppen. Bei mir hält sie sich noch in überschaubaren Grenzen.
»Sabines gibt's wie Sand am Meer! Kannst du das vielleicht mal präzisieren?«
»Klein, blond, mit schönen, großen … Ohren!«
Vor meinem geistigen Auge schält sich langsam ein Gesicht (und etwas anderes) heraus.
»Aaah! Ist das die, mit der du mal …«
»Genau! Und stell dir vor, die hab ich gestern wiedergetroffen!«
Mein Interesse ebbt wieder ab. »Ist nicht wahr!«
Doch Ricky ist zu begeistert, um mein Desinteresse zu bemerken. »Doch! Und stell' dir vor, was die jetzt macht?«
Auch noch Ratestunde! Ich blicke auf die Uhr. Das ist genau das, was ich jetzt brauche! »Vorlesungen über Quantenphysik halten?«
Ricky ist irritiert. »Hä? Wie kommst du denn da drauf?«
»Was macht sie denn nun?« In Gedanken sehe ich schon Rudel von hysterischen Hausfrauen kreischend über die Crosswalker herfallen.

»Sie arbeitet im Fitness-Studio und gibt Kurse! Kannst du dir das vorstellen?«
Das kann ich zur Abwechslung mal sehr wohl: Besagte Sabine habe ich als minimal dralle, aber durchaus sportliche Person in Erinnerung. Sicher ein knackiger Anblick!
»Tja, und da du doch sowieso schon so Fitness machst und ich mich allein nicht traue, dachte ich, du würdest einem alten Kumpel einen Gefallen tun und mich begleiten! Was meinst du?!«
Ich meine, dass Ricky – 1,95 Meter groß und ehemaliger Leistungs-Ruderer – für eine »Gymnastikstunde« im Fitness-Studio denkbar ungeeignet ist. Aber das sage ich ihm natürlich nicht. Jedenfalls nicht so.
»Weißt du, was das für Tiere sind, die an solchen Kursen teilnehmen? Die sind schlimmer als Janet Jackson, die turnen wie angestochen durch den Raum und schreien dabei noch rum! Die sind so durchtrainiert, die machen jeden Green Beret fertig! Ich bezweifele, ob einer von uns beiden nur annähernd so fit ist, um in so einem Kurs überleben zu können.«
»Aaach! Du bist doch sowieso voll im Saft; und ich kann beißen, wenn es darauf ankommt!«
Rickys Ahnungslosigkeit flößt mir Angst ein.
»Alter, das kannst du nicht vergleichen! Die zappeln mit einer Schlagzahl, das ist, als wenn du deine LP auf 45 abspielst! Das ist nix für Männer!«
»Aber es gibt doch auch Männer in solchen Kursen, oder?«
Zeit für ein Kino-Zitat: »Wir haben schon viele gute Männer da draußen verloren!«
»Was ist denn jetzt?«, drängelt Ricky.
»Vergiss es! Solche Kurse sind was für Suizidgefährdete, nicht für uns.«
»Glaubst du wirklich, wir schaffen das nicht?« Zum ersten Mal klingen Zweifel in Rickys Stimme mit.
»Ich *glaube* es nicht, ich *weiß* es.«
Einen Moment herrscht Stille.
Dann setzt Ricky erneut an, diesmal mit reichlich Trotz in der Stimme.
»Okay, Alter! Das war dann wohl ein bisschen viel verlangt. Ist schon okay! Aber ich *muss* es tun! Ich will bei der Kleinen einen guten Eindruck machen. Vielleicht geht da ja noch was!«

Resigniert fällt mir das Kinn auf die Brust, während ich Rickys letzten Worten lausche.
»Vielleicht wird es mich zerreißen …«
»Ricky?«
»Vielleicht mache ich mich auch für ewig zum Affen …«
»Ricky!«
Oder ich …«
»*Ricky*?«
»Ja, was ist?«
»Wann und wo?«

»Hi! Find ich echt super, dass du es dir noch mal überlegt hast!«
Ricky herzt mich und ich überlege mir, wie viel Blödsinn wir schon zusammen angestellt haben, und muss unwillkürlich grinsen.
Dann fällt mein Blick auf sein Sport-Equipment. Eine Mischung aus Turnbeutel und Seesack starrt mich in verwaschener Leinenoptik an, offenbar bis zum Bersten vollgepackt. Ich bin kein Mode-Ästhet, aber dieses Teil sieht aus, als wenn es kurz vor einer Kernschmelze stünde.
»Ist das … äh … alles, was du dabei hast?«
Ricky sieht mich verständnislos an.
»Ja, wieso? Da passt doch alles gut rein! Den meisten Platz haben die Schuhe weggenommen, das andere kann man super falten! Die Schuhe sind übrigens noch meine Original-Rudertrainings-Schuhe. Witzig, was?«
Ich werfe einen verstohlenen Blick in die Runde. Wir stehen vor diesem Studio und sicher hat mich noch niemand hier erkannt. Wenn ich jetzt unauffällig …
»Hey, da ist ja Sabine!«, jubelt Ricky.
Durch die Glasscheibe kann ich eine kleine, blonde Person in pinkem Sportdress ausmachen, die uns mit den Armen wild gestikuliert, reinzukommen.
Zu spät!
Ricky schultert seinen Seesack und zerrt mich mit der freien Hand Richtung Eingang. Unheil, nimm deinen Lauf!
Sabine macht uns die Tür auf und umarmt Ricky, der mir daraufhin vielsagende Blicke zuwirft. Nach einem kurzen und unauffälligen Check beginne ich, Ricky zu verstehen: Das ist wirklich eine süße

Maus! Aber ist sie es wert, dafür an einem Fitness-Kurs teilzunehmen und sich den Ausdauer-Hyänen zum Fraß vorzuwerfen? Eine schwere Frage, die ich nach zwei Sekunden Bedenkzeit mit »Ja« beantworte. Man muss auch mal was riskieren, sonst wird man nie erfahren, ob es funktioniert hätte!

So sieht Ricky das offensichtlich auch, und nachdem die beiden sich längere Zeit angesaugt haben – Sabine scheint von Ricky genauso begeistert zu sein –, trennen sich die beiden wieder und schauen mich strahlend an.

»Ach, du bist doch der Jockel, stimmt's?«

Ich nicke freundlich und bin positiv überrascht: Wir haben uns seit ewigen Zeiten vielleicht noch dreimal gesehen – da muss ich ja wohl doch positiv in Erinnerung geblieben sein …

»Warst du nicht befreundet mit dieser rotblonden, lockigen …«

»Eher blond als rotblond, aber ja: du hast Recht! Ist schon Ewigkeiten her.«

»Na, ist auch gut, so! Ich hatte nicht das Gefühl, dass die so besonders clever ist.«

Mein Lächeln verschwindet und ich lege das ernsteste Gesicht auf, zu dem ich fähig bin.

»Wie man's nimmt. Immerhin hat sie mich geheiratet. Keine Ahnung, ob das ein Zeichen von Cleverness ist«, entgegne ich mit versteinerter Miene.

Ricky glotzt mich verwirrt an und Sabine fällt peinlich berührt die Kinnlade runter. »Oh!«, ist alles, was sie zunächst rauskriegt. Dann versucht sie zu besänftigen: »Hör mal, wenn ich gesagt habe, dass sie nicht so clever ist, dann meine ich lediglich …«

Dann kann ich mich nicht mehr beherrschen und muss lospusten: »Hey, war 'n Scherz!«

»Ey, du Witzbold!«, schnauzt Sabine mich an und knufft mich. »Na warte, dafür lasse ich euch gleich bluten! Ihr macht doch mit beim Kurs, oder?«

Erwartungsvoll strahlt sie Ricky an, und bevor ich das Unheil noch abwenden oder irgendetwas sagen kann, kommt auch schon Rickys ebenso strahlende Antwort: »Selbstverständlich! Wir haben unsere Sachen auch schon dabei!«

Sabines Blick fällt auf Rickys Seesack und ihre Brauen heben sich. »Aaah, ja! Dann würde ich sagen: Bis in einer Viertelstunde! Der

Kursraum ist oben. Ich freu mich schon!« Dabei zeigt sie auf mich und schießt eine imaginäre Pistole ab.
Und ich freu mich erst! Scheiße, wieso kann ich nicht einmal meinen Mund halten? Jetzt bekommen wir wahrscheinlich einen extra harten Kurs geboten, bei dem uns das Wasser im Hintern kochen wird.
Ach ja: der Kurs!
»Was für'n Kurs gibt's denn?«, rufe ich ihr nach, während Sabine schon in unglaublichem Tempo die Treppen zum Kursraum hochsprintet, wahrscheinlich, um einen letzten Soundcheck mit ihrer extralangen Hoppel-CD durchzuführen.
»Nix Besonderes, nur ›Bauch-Beine-Po‹! Die Umkleide ist übrigens da vorne.« Weg ist sie.
Ich muss schlucken. Mein Gott, ›Bauch-Beine-Po‹! Ausgerechnet! Da werden Übungen vollzogen, für die der männliche Bewegungsapparat überhaupt nicht ausgelegt ist!
Ricky ist sich der Tragweite des eben Gehörten gar nicht bewusst, er strahlt immer noch über das ganze Gesicht.
»Ist schon 'ne heiße Braut, was? Mann, wenn das klappen würde!« Dann schaut er mich zum ersten Mal seit drei Minuten wieder bewusst an.
»Bist du gerade ein bisschen blass geworden?«
»Ich? I wo! Komm, ab zur Umkleide, wir wollen doch keinen Akkord verpassen, oder?«
»So kenn ich dich!«, grinst mir die arme Sau ahnungslos zu.

In der Herren-Umkleide wird sofort klar, dass der Kurs bei anderen Männern keine Begeisterung hervorrufen konnte: Nicht ein einziger Spind ist sonst noch belegt. Ein schlechtes Zeichen – wahrscheinlich ist Sabine schon berüchtigt für ihr Mörder-Programm, und ihre Kurse werden sicher nur noch von den nach der achten Diät völlig Verzweifelten gebucht – und von den Killerweibern, die nach anderthalb Stunden Programm immer noch nicht schwitzen.
Aber darüber macht Ricky sich keine großen Gedanken. Er schmeißt sich ruckzuck in seine weit geschnittene Hose (wenn da man nichts raushüpft!) und sein Tapezier-T-Shirt und steht voller Optimismus vor mir.
»Na, dann wollen wir den Girls gleich mal zeigen, was geht!«, tönt er

los und legt seinen Arm um meine Schultern. Na, was soll's, denke ich, ist ja eigentlich ein schöner Tag, um abzudanken …
Auf dem Gang werden wir von zwei atmungsaktiven Mikrofaser-Gazellen links überholt und ich kriege noch einen Satzfetzen mit: »… hätten wenigstens zum ›Tag der offenen Tür‹ mal richtig durchsaugen können …«
Wider Willen schaue auch ich zu Boden, um mir die Reklamation genauer anzuschauen. Ich kann allerdings nichts entdecken. Vielleicht ist die Dame ja Sauberkeitsfetischistin, die nur mit Überziehern durch die Wohnung joggt.
Doch dann blicke ich kurz über die Schulter und stutze: Da sind tatsächlich reichlich dunkle Krümel in den verschiedensten Größen auf dem Boden! Komisch, ist mir eben gar nicht aufgefallen.
Zehn Meter weiter kommen wir an einem kleinen Tisch vorbei, an dem sich zwei sehnige Ausdauer-Roboter gerade stretchen, dass es mir kalt das Rückgrat runterläuft. Und auch hier kriege ich wieder fast identische Gesprächsfetzen mit: »… eben mal kurz durchfegen …«
Hääh?!
Wieder sehe ich vorne nix, aber beim Blick über die Schulter wieder überall Krümel! Da sind wir doch gerade langgegangen, und da war noch nix da!
Ein Verdacht keimt in mir auf. Ich tue so, als ob ich mir die Schnürsenkel binden muss, und lasse Ricky vorgehen.
Und da sehe ich es: Die Krümel kommen direkt von Rickys Sohle! Sollten sich etwa seine Treter auflösen? Kaum zu glauben!
»Hey, Hombre, lass uns mal gerade hinsetzen!«
Wir steuern das nächste Tischlein an, und in dem Moment, als Ricky sich hinsetzt und die Beine übereinanderschlägt, fällt der Hacken von seinem linken Turnschuh komplett ab und zerbröselt beim Aufprall auf dem Boden.
»Mann, was hast du denn für Schuhe an?« Ich weiß nicht, ob ich bei dem Anblick dieses sich selbst zerstörenden Modells lachen oder weinen soll.
»Das sind meine guten Ruderschuhe!«, entgegnet Ricky eingeschnappt und prokelt weitere Brocken aus der Sohle.
»Lass das! Wann hast du die das letzte Mal angehabt?«
Jetzt wird Ricky etwas verlegen. »Ist schon 'ne Weile her … so fünfzehn Jahre …«

»*Fünfzehn* Jahre? Und da bist du nicht mal auf die Idee gekommen, dir die vor Gebrauch noch einmal kurz anzuschauen?«
»Ey, das sind Markenschuhe!«, erwidert Ricky, als wenn damit alle Zweifel ausgeräumt wären.
Ich runzele die Stirn und blicke auf die halbtransparente Sohle.
»So, wie es aussieht, wurden deine Markenschuhe aber nie einer fünfzehnjährigen Dauerbelastung in einem Turnbeutel ausgesetzt!«
Und fast wie auf Stichwort legen die Markenschuhe in ihrer ganzen Qualität noch einmal nach: Die Brösel fangen an zu stinken wie Hulle!
»Boah, was ist denn jetzt los?! Hast du da noch eine Stinkbombe mit Zeitsender eingesetzt?«
Ricky macht den Fehler, dass er sich ganz nach unten beugt und eine vollen Zug mit Sohle-Aroma einatmet. Mit dem Ergebnis, dass er erschrocken zurückprallt.
»Das war eben noch nicht, ich schwör's dir!«, würgt er hervor.
»Ich sag dir eins, Ricky, von den Genfer Konventionen wären die wegen Verstoß gegen das ABC-Waffengesetz schon lange verboten worden!«
»Hmm … Meinst du, ich kann mit den Schuhen noch den Kurs mitmachen?«
»Ob du den Kurs mitmachen kannst?« Ich glaube, mich verhört zu haben. »Alter, mit diesen Schuhen kontaminierst du das komplette Studio, kriegst lebenslanges Hausverbot und brichst dir dazu noch beide Knöchel!«
Ricky schaut mich verzweifelt an. »Also nicht?«
Gaanz ruhig, Jockel! Ich wende mich mit meinem eindringlichsten Gesichtsausdruck an Ricky.
»Pass auf, wir machen jetzt Folgendes: Wir gehen so unauffällig wie möglich zurück in die Umkleide und verlieren dabei möglichst wenig Schuhwerk!«
Nach einem herzzerreißenden Stöhnen von Ricky machen wir uns auf den Weg, und Rickys Laufstil ist dabei etwas für die alte Slapstick-Zeit: Um möglichst wenig zu krümeln, vermeidet er es, die Schuhe zu knicken, und setzt die Füße immer im Ganzen auf, ohne abzurollen. Das hat allerdings zur Folge, dass sein Gang aussieht, als wenn man ihm gerade kräftig in die Weichteile getreten hätte. Durch ein ausgleichendes Arm-Balancieren hat seine Erscheinung zudem noch

etwas von Frankensteins Monster. Ausnahmslos jede Person, die uns entgegenkommt, bleibt stehen und starrt Ricky an. Dabei reicht die Palette der Gesichtsausdrücke von irritiert bis angeekelt.
Zurück in der Umkleide ist Ricky am Boden zerstört.
»Verdammte Kacke! Was mach ich denn jetzt? Ich kann unmöglich den Kurs absagen, nachdem wir gerade noch so großartig zugesagt haben!«
Großartig zugesagt! Endlich mal ein wahres Wort! Aber jetzt ist nicht die Zeit für Häme; Ricky tut mir ehrlich leid.
»Hast du vielleicht ein paar Ersatztreter, die du nehmen kannst?«
»Nur noch eins zu Hause, aber das ist noch älter.«
»Na, dann fällt das wohl aus.«
Plötzlich hellt sich Rickys Gesicht auf: Er hat einen seiner überwältigenden Geistesblitze. »Und wenn ich in Socken auflaufe?«
»Bist du wahnsinnig? Da legst du dich auf die Fresse, bevor du ›Piep‹ sagen kannst!«
»Aber es muss doch einen Weg geben! Vielleicht haben die ja noch ein Paar hier, das jemand vergessen hat?«
Oh Mann! Wie stark muss die Verzweiflung sein, wenn man das Risiko eines fußpilzverseuchten Fremdtreters auf sich nimmt! Es tut mir ehrlich weh, Ricky mit der Realität zu konfrontieren, aber besser ein ehrliches Wort, als unbegründete Hoffnung zu hegen:
»Ich denke, in Größe 46/47 wird die Auswahl eher begrenzt sein, aber ich frage mal.«
Gerade will ich mich auf den Weg machen, als Ricky seinen zweiten Geistesblitz hat.
»Weißt du was? Ich geh barfuß!«
Ich bin schon auf dem Weg zur Tür, mit dem Rücken zu Ricky, sodass er nicht sehen kann, wie meine Augen auf Untertassen-Größe anschwellen. Ich friere mitten in der Bewegung ein und brauche erst mal ein paar Sekunden, um Rickys Wahnsinns-Idee zu verarbeiten.
Dann drehe ich mich langsam um. »Das kann doch nicht dein Ernst sein!«
»Wieso denn nicht?«, kommt die trotzige Antwort. »Ich habe doch keine Wahl! Und ich *muss* diesen Kurs mitmachen, so viel ist sicher!«
Ist so was überhaupt erlaubt? Ich habe keine Ahnung, aber Ricky jetzt mit so etwas wie Erlaubnis zu kommen, kann ich mir sparen.
»Aber wie sieht denn so was aus? Alle rennen da mit ihren tollen

Turnschuhen rum, und du als Einziger läufst wie ein Shaolin-Mönch barfuß auf!«
Ein Blick in Rickys Gesicht sagt mir, dass seine Entscheidung auf jeden Fall feststeht. Meine Schultern sacken ein Stück nach unten und ich setze mich erst einmal hin. Sieht so aus, als würde unseren gemeinsamen verrückten Erlebnissen ein weiteres Kapitel hinzugefügt. Ich schüttele noch einmal den Kopf, während Ricky sich Mut zuspricht.
»Ich weiß, dass ich dämlich aussehe, wenn ich da als Einziger barfuß auflaufe, aber wie heißt es doch immer im Kino: ›Ein Mann muss tun, was ein Mann tun muss!‹«
Irgendwie finde ich es ja auch rührend, was der Gute alles auf sich nimmt, um bei Madame landen zu können. Ich seufze noch einmal und ziehe mir dann Schuhe und Socken aus.
»Na dann, Alter, es ist Zeit!«

Auf dem Weg zum Kursraum fühle ich mich, als wenn ich im Urlaub auf dem Weg zum Strand bin: neben mir Ricky, barfuß und mit einem quietschigen Handtuch ausgestattet, daneben ich, aus Solidarität ebenfalls barfuß. Es fehlt nur noch eine Luftmatratze, und in meinem Kopf höre ich schon *Surfin' USA* von den Beach Boys.
Und alle Blicke gehören uns!
Ich kann mir kaum verkneifen, laut loszulachen, und Ricky geht es ebenso. Trotzdem versuchen wir, einen möglichst coolen Eindruck zu machen. Später werden wir uns sicher grölend an unseren Auftritt erinnern! (Ja, ja, wer's glaubt …)
Im Kursraum angekommen, sind wir natürlich die Letzten – all die übermotivierten Kampf-Stretcherinnen warten schon sehnsüchtig auf Sabines Signal. Selbst bei ihnen gelingt es uns, ihre Aufmerksamkeit kurz auf uns zu lenken, während wir in die letzte Reihe durchgehen: zwei Kerle in so einem Kurs! Und dann noch in so einem Outfit – da scheint jemandem die Ernsthaftigkeit dieses Kurses nicht klar zu sein!
Als wir an Sabine vorbeikommen, grüßen wir (wie wir hoffen) lässig. Sie lächelt freundlich zurück, dann fällt ihr Blick auf unsere nackten Füße und sie schaut uns fragend an.
»Trägt man heute so«, entgegne ich cool, recke den Daumen und schlängel mich mit Ricky nach hinten durch, möglichst außerhalb von Sabines Blickfeld.

Schließlich sind wir hinten angekommen, weiter geht's nicht. Die Streberinnen haben sich natürlich alle ganz vorne positioniert, gut so! Wir werfen uns noch einmal einen Blick zu, der »Viel Glück« bedeutet, und schon hämmert ein Bass los und macht eine Konversation fast unmöglich. Und Sabine legt auch los.
»Hallo, Mädels!«, schreit sie gegen den Beat an.
»Hallo Sabine!«, höre ich zu meinem Entsetzen auch Ricky im Chor mit den ganzen Mädchen antworten. Er grinst mich zuversichtlich an. Warte, warte nur ein Weilchen …
»Seid ihr bereit für ein bisschen Quälerei?«, schreit Sabine.
»Jaa!«, antwortet der Chor. Mein zaghaftes »Nein« geht im Gegröle unter. Ricky hat diesmal nicht mit eingestimmt und schaut mich unsicher an. Als Antwort nicke ich nur bedeutungsschwanger und fahre mir mit dem Zeigefinger über die Kehle.
Das hat Sabine Gott sei Dank nicht gesehen und macht mit ihrem Programm weiter.
»Sehr schön! Dann werden wir uns erst einmal ein wenig warm machen: schön zum Beat auf der Stelle marschieren und dabei mit dem Oberkörper im Takt nach vorne beugen! Und zehn, und neun …«
Für einen Moment bin ich erleichtert. Das ähnelt schon meinem eigenen Aufwärmprogramm und sollte erst mal kein Problem darstellen, auch wenn bei meinem Runterzählen bei »eins« Schluss ist und nicht vorher wieder bei »zehn« durchgestartet wird. Doch dafür entschädigt mich der Blick nach vorn für noch kommende Demütigungen: Eine Reihe knackiger Ärsche hoppelt vor uns im Beat der Mucke. Ich muss grinsen, und bei einem Seitenblick auf Ricky sehe ich das gleiche Grinsen, gepaart mit einem »Hab ich's dir nicht gesagt!«-Blick. Doch natürlich währt dieser kostbare Augenblick nur kurz und wird von Sabines nächster Ansage zerschmettert: »Wie ihr ja sicher mitbekommen habt, haben wir heute Besuch von zwei Männern« – alles dreht die Köpfe, begleitet von einem ›Ho-ho!‹ und ›Hi!‹ –, »die mal schauen wollen, zu was wir fähig sind! Wollen wir es ihnen mal zeigen?«
Ein vielstimmig gekreischtes »Jaa!« ist die Antwort.
Diese Hexe! Hiermit ist der Geschlechterkampf offiziell eröffnet!
»Na, dann wollen wir mal! Folgende Schrittkombination: erst einen Side-Step, dann …«
Fast augenblicklich kommen wir mit unseren Schrittfolgen ins

Hintertreffen, und selbst als zeitlich versetzter Schatten unserer Amazonen geht die Geschichte nur einige Sekunden gut, dann ist der Unterschied zwischen optischer Wahrnehmung der Figuren im Vergleich zu deren praktischer Umsetzung so groß, dass wir hoffnungslos hinter der Folge hinterherhinken und nur noch sporadisch einige Schritte nachvollziehen. Nie ist mir in den Sinn gekommen, dass die Konzentration auf solche Schrittfolgen so anstrengend sein kann, dass man davon ins Schwitzen kommt. Ricky macht offensichtlich gerade die gleiche Erfahrung, nur dass sich bei ihm auch schon eine Sauerstoff-Schuld eingestellt hat, die ihn zur Schnapp-Atmung zwingt. Er hat für solche Übungen einfach zu viel Masse, und inzwischen hat sich auch schon eine etwas ungesunde rote Gesichtsfarbe bei ihm eingestellt.
Schon bald verlieren dann auch die Knackärsche ihre Anziehungskraft: Konzentration auf die Folge und Durchhalten sind nun die Primärziele! Und die Realität übertrifft noch meine schlimmsten Befürchtungen: Es ist Hölle pur!

Ich habe keine Ahnung, wie wir den Kurs überlebt haben, denn die Dreiviertelstunde des Kurses ist mir nur noch schemenhaft in Erinnerung.
Doch auch die schönste Zeit geht vorbei und schließlich reißt uns ein von Sabine geschrieenes »Danke!«, gefolgt von einem »Bitte!« der Meute aus unserer automatisierten Bewegungsagonie.
Ricky stützt sofort die Hände auf die Knie und pumpt wie ein Käfer. Ich lege mir erst mal mein Handtuch um die Schulter und klatsche erschöpft Beifall, genau wie die Meute.
Das kann Ricky nie wieder gut machen!
Und da kommt auch schon die Galeeren-Trommlerin auf uns zu.
»Na, hat's euch gefallen?«, fragt sie mit einem Grinsen bei Rickys Anblick.
Ricky kneift die Augen zusammen und ist nur zu der non-verbalen »Daumen hoch«-Version fähig. Doch ich habe meinen Sportler-Stolz und versuche meine Atemfrequenz herunterzuschrauben, bevor ich antworte. »Auf jeden Fall! Schade, dass es schon vorbei ist, ich bin gerade in die Folge reingekommen.«
Sabine mustert mich skeptisch. Dann grinst sie.
»Hab ich gesehen! Ist aber kein Problem, am Wochenende haben wir

Kurse über ganze sechzig Minuten! Habt ihr da nicht noch einmal Lust?«
Ich wende mich an Ricky, in der Hoffnung auf eine ablehnende Antwort: »Na, was meinst du?«
Ricky ist immer noch in der Schnapp-Atmung: »… weiß … nicht, ob … ich … da … Zeit habe!«
Ja, das wollte ich hören!
»Könnt ihr euch ja noch überlegen!«, entgegnet Sabine grinsend. »Nach dem Kurs gehen wir dann meistens noch zum Italiener, entweder Pizza oder Eis. Da könntet ihr ja mitkommen, wenn ihr wollt!«
»Auf jeden … Fall!«, japst Ricky, »muss mir nur vorher Schuhe kaufen!«
»Fein! Dann macht der Kurs auch viel mehr Spaß! Du kommst doch auch, Jockel?«
»Ich … ääh …«
»Super! Ich freu mich schon! Bis dann also!«
Mit diesen Worten hüpft sie ganz locker aus dem Raum; kein Anzeichen, dass sie gerade einen Mörder-Kurs gegeben hat.
Dieses Mädel ist ein Biest!

Der Rückweg in die Umkleide ist nicht ganz so cool wie unser Hinweg. Wir haben beide rote Köpfe und Schweißränder vom Hals bis zum Bauchnabel. Rickys Gang ist dazu noch sehr schleppend und er sieht richtig fertig aus, anders kann man das nicht beschreiben.
Unser anfängliches *Surfin' USA* ist jetzt dem *This is the end, my friend* von den Doors gewichen und wir sehen jetzt zwei Vietnam-Veteranen auch reichlich ähnlich.
»Na, wenn das keine Überraschung ist!«, tönt mir plötzlich eine irgendwie bekannte Stimme entgegen.
Und da steht sie vor mir: Heidi! In einem Sportdress und einer Figur, die keinen Vergleich zu scheuen braucht! Sie sieht so genial aus, dass ich mich frage, ob es klug war, so eine enge Sporthose anzuziehen.
»Was machst du denn hier?«, ist denn auch meine erste, superschlaue Frage, mit der ich lückenlos an meine armselige Vorstellung in der Küche anknüpfe.
Mann, ist die hübsch! Jetzt bloß nicht wieder transpirieren! Aber das ist bei meinem Flüssigkeitsverlust wahrscheinlich gar nicht mehr möglich …

»Dreimal darfst du raten!«, kriege ich dann auch lachend die passende Antwort.
»Aber ich dachte, du wohnst ganz woanders.«
»Stimmt. Ich bin heute auch nur hier, weil eine Freundin mich gebeten hat, sie zu begleiten, sie möchte hier vielleicht anfangen. Du kannst dir nicht vorstellen, was das mit ihr bisher für ein Heckmeck war!«
Ich schaue Ricky an, dessen Lebensgeister bei Heidis Anblick wiedergekehrt sind und der mich jetzt entschuldigend anlächelt. Dann schaue ich Heidi wieder an. »Vielleicht ja doch …«
»Heidi, es geht los!« Wir drehen uns um und erblicken einen braunen Pferdeschwanz, der hektisch rüberwinkt.
»Oops, ich muss los! Irgend so ein Kurs fängt an, den meine Freundin auf gar keinen Fall verpassen möchte. Sollte eigentlich schon vor fünf Minuten losgehen, aber die mussten da wohl den Boden noch einmal trocken wischen.« Ricky und ich schauen unschuldig in den Himmel. »Bis bald in der Firma dann, tschüssi!«
Wir grüßen artig und wollen schon weiter, als Heidi sich noch einmal zu uns umdreht und auf unsere nackten Füße blickt: »Cooles Outfit! Respekt!«
Und weg ist sie!
Offensichtlich schaue ich genauso hingerissen-belämmert, wie Ricky es eben bei Sabines Auftritt getan hat, denn Ricky hechelt mich grinsend an: »Willkommen im Club!«

Fortbildung à la Chef

Da sitzen wir wieder, zusammengetrieben wie ein Häuflein dummer Schafe, und harren gespannt der Dinge, die da kommen mögen.

Wenn solch ein Fall eintritt – Einfinden der ganzen Abteilung im Besprechungsraum –, so hat das meist nichts Gutes zu bedeuten. Für gewöhnlich gibt es dann einen Pauschal-Anschiss, damit man »hochmotiviert« in den neuen Arbeitstag starten kann. Es ist dann von zu hoher Fehlerquote die Rede (natürlich nur bei den ›Indianern‹), immer unter Hinweis auf die Arbeitsmarktsituation und die Austauschbarkeit des einzelnen Mitarbeiters. Wie das eben so ist bei einem Arbeitgeber-Arbeitnehmer-Gespräch: immer offen und locker!

Normalerweise reicht für solche Einläufe der Abteilungsleiter aus; bei wichtigen Kunden kommt auch schon mal der Geschäftsführer Herr Horst dazu – wie wir ja inzwischen wissen, auch ein richtiger Sonnenschein …

Heute jedoch tritt der Juniorchef Herr Krabbe energisch und modisch stilsicher in den Besprechungsraum. Das bedeutet entweder den Anschiss-Super-GAU, oder Junior kommt mit einer seiner berüchtigten Visionen herüber. Berüchtigt deshalb, weil sie meist völlig an der Realität vorbeischießen und den Anschein erwecken, dass Junior sich den Anstoß hierfür aus dem Astrologie-TV oder einer ähnlich seriösen Quelle gezogen hat.

Ich sehe es schon am Glitzern in seinen Augen: Es ist wieder Visionärs-Zeit! Mit hellbraunen Schuhen zu schwarzem Anzug begrüßt er uns mit einem saloppen »Hallo« und redet auch gar nicht lange um den heißen Brei herum.

»Wie Sie ja alle wissen, ist die momentane wirtschaftliche Lage so, dass mit einer Auslastung, wie wir sie vor Kurzem noch gehabt haben, in naher Zukunft nicht mehr zu rechnen ist. Wir werden daher in unbestimmtem Maß in verschiedenen Firmenbereichen Kurzarbeit fahren, um unsere Minder-Kapazitäten möglichst gut zu überbrücken. Damit wir diese Zeit aber nicht einfach ›verlieren‹ (bei diesem

Wort deutet Junior Gänsefüßchen an), werden wir die Zeit sinnvoll nutzen!«

Junior macht eine seiner heiß geliebten Kunstpausen, um seinen Worten mehr Bedeutung zu verleihen. Die meisten Zuhörer ziehen allerdings ein Gesicht, das sagt: ›Mach endlich weiter, Alter!‹

Ein letzter Blick in die Runde, dann geht es endlich weiter.

»Wenn ich mich hier umschaue, erblicke ich doch einige Gesichter, die schon eine ganze Weile für unsere Firma tätig sind. (Und das werde ich jetzt ändern, ergänze ich in Gedanken.) Wie Sie ja alle wissen, schleichen sich bei der täglichen Routine Angewohnheiten und Arbeitsabläufe ein, die vielleicht bequem sind, aber nicht unbedingt unseren Standards entsprechen. Und unser Standard – das wissen Sie ja auch – ist etwas, das wir stetig verbessern wollen! Aus diesem Grunde habe ich beschlossen, dass wir unseren Auftritt nach außen, unmittelbar unserem Kunden gegenüber, noch einmal auf den Prüfstand stellen.«

Eine kurze Pause folgt, wohl um den dramaturgischen Bogen noch ein bisschen weiter zu spannen. Meiner Meinung nach vergebliche Liebesmüh', denn beim erneuten Blick in die Gesichter der Anwesenden sehe ich nichts weiter als große Fragezeichen und in Folge massiven Genervtseins tiefe Steilfalten zwischen den Augenbrauen. Aus diesen Gesichtsausdrücken kann man auch problemlos die Länge der Werkszugehörigkeit ablesen: Während der »alte Hase« diese Situation schon mehrmals mitgemacht hat und weiß, dass da wieder nur Blödsinn bei rauskommen kann, ist der Youngster noch aufgeregt gespannt, was ihn jetzt wohl erwartet.

Da die Verfassung seiner Mitarbeiter Herrn Krabbe noch nie wirklich interessiert hat, bemerkt er diese Mienenspiele natürlich nicht und fährt nach seiner Kunstpause fort: »Daher werden wir ab morgen in einem Telefon-Seminar üben, wie wir noch besser auf unsere Kunden eingehen und sie besser befriedigen können!«

Stolz lässt Junior seine Ankündigung in der Luft hängen, während unterdrücktes Lachen bekundet, dass die unfreiwillige Komik der Doppeldeutigkeit lediglich dem Juniorchef selbst entgangen ist.

Immerhin ist jetzt die Katze aus dem Sack! Ich sehe die älteren Kollegen verzweifelt die Augen schließen, während einige Youngster immer noch nicht begriffen haben, was auf sie zukommt. Doch Junior macht erst mal motivierend weiter: »Ich weiß, jetzt wird die Hälfte der

Mitarbeiter hier sagen: ›Ich bin schon über zehn Jahre hier, was soll mir da ein Telefon-Seminar noch helfen?‹ Aber ich kann Ihnen versichern, dass Sie erstaunt sein werden, wie man sein Telefon-Verhalten noch verbessern kann und wie viele kleine Schwächen sich im Laufe der Zeit eingeschlichen haben!«

Ich denke, dass sich die Hälfte der Mitarbeiter an den Kopf packen wird, da deren Kunden der deutschen Sprache nur ansatzweise mächtig sind und sich glücklich schätzen, wenn sie sich in Englisch verständlich machen können. Die haben bestimmt keinen Sinn für ein rhetorisch durchgestyltes Telefonat. Und bei einigen der deutschsprachigen Kunden bekommt man auch durchaus mal ein herbes »Wollen Sie mich verarschen?!« oder ein »Sind Sie schwul?«, wenn man sich zu freundlich meldet.

Aber das sind Erfahrungswerte, die uns bei dem Seminar nicht kratzen sollen: Es geht ja ums Seminar des Seminars wegen, und nicht zur besseren Verständigung mit dem Kunden. Jedenfalls baut sich bei mir dieser Gedanke verstärkt auf. Es ist wohl wie diese in Mode gekommenen Psycho-Kurse: Häkeln zur Stressbewältigung, Telefonieren zur Selbstfindung!

Um ein Haar hätte ich den mutigen Einwand eines Kollegen verpasst: »Aber wirft uns das nicht noch weiter zurück? Wir wissen aufgrund des Personalmangels eh schon kaum, wie wir die Arbeit bewältigen sollen, und dann ist die Abteilung auch noch auf Seminar?«

Natürlich hat Junior als Visionär diesen Einwand vorausgesehen und winkt lässig ab. »Da machen Sie sich mal keine Sorgen! Ich habe schon von den Abteilungsleitern Gruppen zusammenstellen lassen, sodass aus jeder Abteilung immer nur *eine* Person zur Zeit fehlt. Das ist also schon geklärt! Die Gruppen hängen übrigens schon vorn an der Treppe aus!«

Junior ist mit sich selbst zufrieden und lächelt. Alles schon perfekt organisiert und sofort ran an den Speck!

Der Enthusiasmus der Kollegen – und diesmal *aller* Kollegen – hält sich hingegen in Grenzen. Manche Kollegen aus anderen Abteilungen (und nicht nur aus anderen!) können einem die schönste Selbstfindung per Telefon schon durch ihre reine Anwesenheit versauen! Deshalb stiefelt jetzt auch alles gespannt zum Aushang: Gruppe checken und entweder heulen oder jubeln!

Nach wildem Gedränge, das mich fast an die ersten ALDI-

PC-Verkaufs-Aktionen erinnert, erhasche ich aus zweiter Reihe einen Blick auf meine Gruppe:
Herr Beck
Herr Danneberg (Hannes)
Herr Pötter (Zombie)
Frau Schmidt

Ich runzele die Stirn. Frau Schmidt ist so spaßfrei, dass sie, wie man so schön sagt, zum Lachen in den Keller geht. Doch der Rest der Gruppe verheißt gute Laune! Warum Zombie als EDV-Freak an diesem Seminar teilnehmen muss, ist mir allerdings schleierhaft. Aber vielleicht hatte der Visionär ja eine Eingebung, die ihm alle Namen vorgab? Na, egal, Hauptsache, wir haben ein wenig Spaß.

Als ich am nächsten Morgen in den Schulungsraum komme, sitzen Hannes und Zombie schon auf der linken Seite des Hufeisens und sind am Feixen. Frau Schmidt lässt noch auf sich warten, sodass ich mich schön neben Zombie platzieren kann. Als Schmidtchen, wie wir sie liebevoll nennen, schließlich kommt, unterstreicht sie erst einmal ihr Image als Einzelgängerin und setzt sich nicht neben mich, sondern ans andere Ende des Hufeisens. Meinetwegen! Ist vielleicht auch besser so – denn ich meine, von Zombies Seite einige alkoholische Düfte zu empfangen.
Ungläubig schaue ich ihn an. »Zombie! Es ist jetzt kurz nach acht! Du willst mir doch nicht beichten, dass du jetzt schon einen genommen hast?«
Zombie schaut mich erschrocken an, doch bevor er antworten kann, schaltet sich Hannes ein: »Nee, nee, nee! Das hat alles seine Richtigkeit! Ich hab uns bloß einen Tee aufgebrüht! Selbst erfunden und ganz neue Mischung! Ich hab noch 'nen Rest im Büro, soll ich eben los?«
Begeisterung und Stolz springen Hannes förmlich aus dem Gesicht. Apropos Gesicht: Täusche ich mich, oder zeichnen sich da ganz ordentliche Tränensäcke ab? Beim Kontrollblick in Zombies Gesicht – der gleiche Anblick wie bei Hannes, nur mit noch dunkleren Augenringen – keimt in mir ein schlimmer Verdacht.
»Du, Hannes, du hast bei deinem Tee doch nicht etwa diese Pillen untergerührt, die du mir neulich gegeben hast?«

Hannes ist vor Begeisterung kaum zu halten. »Viel besser, Mann! Ich habe quasi ein Konzentrat draus gemacht und die aufgegossen! Geil, wie?«

»Jau!«, pflichtet ihm Zombie mit einer Art Kojotenheulen zu. Ein Blick aus dem Augenwinkel verrät mir, dass Frau Schmidt die Szene miesepetrig-desinteressiert an sich vorbeiziehen lässt.

Wollen wir das Gleiche von unserem Seminarleiter hoffen …

Doch als er hereinkommt, lässt mich ein Blick auf seine ganze Gestalt ahnen, dass er dieses Seminar bestimmt nie vergessen wird. Er bewohnt modisch das gleiche Brachland wie unser Juniorchef – ebenfalls braune Schuhe zu schwarzem Anzug.

Doch es ist nicht die Kleidung, sondern die Ausstrahlung, die mich das Schlimmste befürchten lässt: borniert, von sich selbst überzeugt und völlig spaßfrei! Das kann nicht gut gehen!

»Guten Morgen, mein Name ist Pahl-Müller! Ich freue mich, Sie in meinem Seminar begrüßen zu dürfen!« Bei diesen Worten wischt er sich eine zu lange Strähne aus seinem Gesicht und ordnet sie wieder in seinen dunkelblonden Haarschopf ein, die Lässigkeit in Person. »Ich möchte Sie bitten, bevor wir anfangen, Ihren Namen auf die vor Ihnen befindlichen Namensschilder zu schreiben. Ich habe zwar ein gutes Namensgedächtnis, doch eine Woche lang jeden Tag vier bis fünf neue Namen, das ist selbst für mich ein bisschen viel!«

Selbst für ihn! Mein Gott, dass dieser Übermensch sogar ein minimales Manko seiner Merkfähigkeit zugibt, macht ihn nur noch toller! So scheint er jedenfalls zu glauben.

Nur drei Sätze gesprochen, und schon ist er mir unsympathisch. Damit ist er unter den »Top Five« meiner Ekel-Liste – aber davon später mehr.

Meine Kollegen haben derweil ihre Namenspappen beschriftet. Hannes hat an die Rückseite ein Hanfblatt gemalt, und Zombie hat seinen Spitznamen draufgepinnt, verziert mit der nicht untalentierten Zeichnung eines Untoten. Frau Schmidt hat – wie nicht anders zu erwarten – lediglich ihren Namen auf die Vorderseite geschrieben. Alles andere wäre ja auch kindisch …

Ich entscheide mich bei der Beschriftung für meinen Namen, aufgepeppt durch einen zwinkernden Smily. Die Rückseite lasse ich unbefleckt.

»Dieses Telefon-Seminar«, hebt unser Yuppie wieder die Stimme,

»hat die Aufgabe, unser Verhalten gegenüber dem Kunden auf den Prüfstand zu stellen. Wie Sie ja alle wissen, schleichen sich bei der täglichen Routine Angewohnheiten und Arbeitsabläufe ein, die vielleicht bequem sind, aber nicht unbedingt den Standards entsprechen, die Ihre Firma bieten möchte!«

Hoppla! Habe ich nicht genau diese Worte vom Junior bei der Besprechung vernommen? Haben die beiden den gleichen Guru für Gehirnwäsche? »Ich muss den Standards entsprechen, ich muss den Standards entsprechen …«

Auch in den Abteilungen von Hannes und Zombie scheint es die gleiche, wenn nicht sogar identische, Ansprache gegeben zu haben, denn sie schauen sich mit zusammengezogenen Brauen skeptisch an. Lediglich Frau Schmidt blickt konzentriert – aber wieso erwähne ich das überhaupt noch?

Inzwischen spult Pahl-Müller weiter ab: »Nun werden Sie sich sicher fragen: ›Was soll ich denn als alter Telefon-Hase (die erwünschten Lacher bleiben leider aus; Zombie spricht lediglich den Text stumm mit) noch mit einem Seminar?‹, doch ich kann Ihnen versichern …«

Ich schalte meine Ohren auf Durchzug. Hannes tut es mir gleich und rutscht in seinem Stuhl in eine fast liegende Position. Die überkreuzten Füße in seinen Jesus-Latschen weit von sich gestreckt, die Arme hinter seinem Kopf verschränkt und dabei mit seinem Pferdeschwanz spielend, ist er die Fleisch gewordene Entspannung. Immerhin hat er noch die Augen geöffnet.

Zombie ist da etwas anders drauf. Er ist offensichtlich die Dosis nicht gewohnt, die Hannes ihnen per Intensiv-Tee eingetrichtert hat, und ihm erschließt sich offenbar eine völlig neue Welt. Alles ist fantastisch, besonders dieser Typ da vorne. Zombie schaut Pahl-Müller unentwegt mit strahlenden Augen an und grinst blöde.

Ich habe mir einen der ausgelegten Blöcke gegriffen und male alle möglichen Figuren darauf. Zwischendurch gucke ich kurz nach vorn, um Interesse zu heucheln. Bis auf Pahl-Müllers wachsende Irritation wegen Zombies permanenten Blickkontaktes gibt es allerdings nichts Erwähnenswertes.

Irgendwann erwache ich aus meiner Lethargie, da Pahl-Müller den aktiven Teil unseres Seminars ausruft: »Daher habe ich uns vier Telefon-Dummies und Mikrofone besorgt, mit denen wir einige typische Telefonat-Szenarien nachspielen werden. Das erste Mal jetzt,

vor der Schulung, und das zweite Mal nach einer intensiven Analyse. Beide Telefonate werden wir aufnehmen und später vergleichen.«
Mit diesen Worten holt er einen Pappkarton hinter dem Pult hervor und blickt uns erwartungsvoll an. Vermutlich erwartet er eine »Oh Gott, jetzt wird's ernst!«-Reaktion, doch nichts dergleichen passiert. Hannes ist immer noch extrem entspannt, ich male und Zombie grinst. Bleibt Frau Schmidt, die noch einen relativ interessierten Eindruck macht, sofern man das bei ihren eingestanzten Gesichtszügen beurteilen kann.
Voller Elan verteilt Pahl-Müller seine Telefon-Dummies und baut Mikrofone vor uns auf. Dann wird alles schön verkabelt mit einem Recorder auf seinem Pult. Für sich selbst stöpselt er auch ein Mikro an. Fehlt nur noch der »Eins, zwei, eins, zwei«-Test, aber der ist bei seiner Hightech-Anlage wohl nicht notwendig.
»So, alles erledigt! Jetzt können wir voll durchstarten!«, verkündet er selbstzufrieden. »Wer möchte als Erster?«
»Ladies first!«, tönt es im Chor von unserer Männerseite, und Schmidtchen ist viel zu perplex, um abzulehnen. Herr Pahl-Müller ist viel zu heiß auf seine tolle Show, um noch irgendwelche Einwände in der Reihenfolge zu berücksichtigen, und startet voll durch: »Fein! Die Situation, Frau Schmidt, wird folgende sein: Ich spiele einen Kunden, der sich beschweren möchte. Alles Weitere wird sich in dem Gespräch von selbst ergeben! So, eben noch den Recorder anstellen und … los geht's!«
Pahl-Müller nimmt den Hörer seines Telefon-Dummies in die Hand und rückt ganz nah an das Mikrofon heran.
»Guten Tag, mein Name ist Müller! Ich möchte mich beschweren! Bin ich da bei Ihnen richtig?«
Schmidtchen nimmt ebenfalls den Hörer ab, greift sich mit der anderen Hand das Mikrofon und hält es sich vor den Mund. Irgendwie sieht sie aus wie die körperlose Stimme aus dem Kaufhaus: ›Guten Tag, liebe Kunden! Aus aktuellem Anlass gibt es heute den Schiesser-Feinripp-10er-Pack mit Eingriff für nur noch …‹
Doch Schmidtchen tut natürlich ihr Bestes, wobei eine gewisse Nervosität unübersehbar ist. »Guten Tag, Herr Müller! Das kommt darauf an, welcher Art Ihre Beschwerde ist. Wenn es um eine Lieferverzögerung …«
»Stopp!« Schon wird unser armes Schmidtchen von unserem

Telefon-Helden unterbrochen. Er drückt demonstrativ die Stopp-Taste am Recorder und schaut uns erwartungsvoll an.

»Da haben wir auch gleich den ersten Kritikpunkt! Worin kann der liegen?«

Pahl-Müllers auffordernder Blick wird von Hannes nur mit einem gelangweilten Schulterzucken beantwortet. Zombie reagiert gar nicht und lächelt Pahl-Müller nur weiter verliebt an. Frau Schmidt hat sich in Annahme eines Anfängerfehlers vor Scham verfärbt und wartet ängstlich auf die Auflösung.

»Niemand? Na, dann kommt das Seminar ja gerade zur rechten Zeit!«, triumphiert Pahl-Müller. »Also: Wenn der erboste Kunde anruft, macht ihn nichts wilder, als wenn er erst einmal von Hinz zu Kunz weiterverbunden wird. Jeder, der einmal wegen eines Problems bei seiner Telefon-Gesellschaft anrufen musste und die komplette Telefonliste alphabetisch weiterverbunden wurde, kann das nachvollziehen!«

Klingt eigentlich sehr praxisnah und plausibel! Vielleicht ist das Seminar ja doch nicht verschwendete Zeit …

»Deshalb gilt für Sie als ersten Ansprechpartner: Sie sind für jegliche, ich wiederhole: *jegliche* Beanstandung zuständig.«

Doch ein schlechtes Seminar: einen universellen Schuhabtreter kann es nicht geben, und es wäre auch ein verdammt undankbarer Posten mit Motivations-Absaug-Garantie. Schmidtchens Einwand kommt dann auch sofort und zu Recht: »Aber wie kann ich denn zuständig sein, wenn es um etwas geht, worauf ich gar keinen Einfluss habe?!Wenn sich zum Beispiel die Lieferung verzögert hat, weiß ich doch nicht, woran das liegen kann. Vielleicht ist irgendwo ein Stau oder es gibt eine Panne …«

Pahl-Müller lächelt. Jetzt scheinen wir in sein Spezialgebiet zu kommen. »Dann, liebe Frau Schmidt, muss man improvisieren! *Das* ist die hohe Kunst am Telefon: man muss dem Kunden immer den Eindruck vermitteln, dass er einen souveränen Gesprächpartner kontaktiert hat, der alle Probleme in den Griff bekommt! Falls eine wie von Ihnen gerade beschriebene Möglichkeit besteht – und die besteht ja immer -, antworten Sie dem Kunden, dass Sie direkt den Fahrer anrufen und ihn, den Kunden, dann sofort zurückrufen! Das klingt kompetent und engagiert!«

Frau Schmidt schaut zum ersten Mal etwas trotzig und murmelt: »Das hätte ich ja, aber Sie mussten mich ja gleich unterbrechen.«
Ob Pahl-Müller den Einwand gehört hat, weiß ich nicht. Jedenfalls drückt er wieder auf die Aufnahme-Taste und fährt fort: »Also, diese Küche, die Sie uns geliefert haben, die ist ja wohl nix!«
Dieser leichte Asi-Slang soll wohl wieder gute Laune bei den Seminar-Teilnehmern hervorzaubern, doch die Reaktion ist wie gehabt: Null-Linie.
Derweil bemüht sich Schmidtchen weiterhin: »Können Sie Ihre Aussage ein wenig präzisieren, Herr Müller? Sind es die Fronten, oder …«
»Nee, vorne die Türen, die sind zerkratzt!« Wieder grinst Pahl-Müller zu uns rüber, wohl um auszudrücken: Seht ihr? Ich weiß genau, was für Blödel bei euch anrufen!
Keine Ahnung von der Wirklichkeit, dieser Seminar-Lutscher. Der Blick, den ich von Hannes auffange, besagt das Gleiche, nur noch ein wenig genervter.
Schmidtchen versucht indes weiterhin alles. »Bei welchen Schränken sind denn diese Kratzer? Vielleicht können Sie mir ja eine Auftragsnummer sagen, dann kann ich mir das Ganze im Computer mal anschauen!«
Pahl-Müller spielt weiter den Dödel: »Die Schränke? Die mit den Schubladen, zwei Stück! Und Auftragsnummer hab ich nicht!«
»Keine Auftragsnummer? Wo wohnen Sie denn, Herr Müller?«
»Wo ich wohne? Was hat das denn mit meinen kaputten Schränken zu tun?! Glauben Sie, nur weil ich in Dortmund lebe, muss hier gleich alles kaputt sein?!« Pahl-Müller geht jetzt voll in seiner Bekloppten-Rolle auf, während der gepresste Ton von Schmidtchen vermuten lässt, dass sie immer weniger Lust an dem fingiertem Pseudo-Gespräch hat. Doch einmal versucht sie es noch.
»Nein, Herr Müller! Nur, wenn ich wüsste, welcher unserer Kunden mit Namen Müller *Sie* sind, könnte ich vielleicht am Computer herausfinden, was für Schränke mit Schubladen Sie haben!«
Am Ende schwillt Schmidtchens Stimme schon ein wenig an, und das kommt bei ihr schon einem Wutausbruch gleich.
»Stopp!« Pahl-Müller drückt wieder auf ›Pause‹ und schaut sich erneut in der Runde um. »Auch hier wieder die beiden Zauberwörter: Intuition und Improvisation! Wenn Sie solch einen Kunden haben,

aus dem keine vernünftigen Informationen herauszubringen sind – und wir wissen: Sie haben solche Kunden! –, dann hilft Ihnen Ihre Improvisation weiter: Computer durchsuchen! Sie haben zwei Informationen: Name: Müller. Wohnort: Dortmund. Wenn Sie dazu im Computer noch abgleichen, welcher der infrage kommenden Kunden in den letzten Tagen beliefert wurde, haben Sie Ihren Auftrag!
Und nun nutzen Sie noch ihre Intuition. Der Kunde sprach von Schubläden! Also meint er wohl nicht Auszüge oder andere Ausklapp-Techniken! Wenn Sie im Computer einen Blick auf die Küche werfen, werden sich Ihnen zu einem hohen Prozentsatz die auszutauschenden Schubladen-Blenden schon erschließen!«
»Und danach mache ich mit bei *The next Uri Geller*, murmel ich vor mich hin.
Schade nur, dass ein solches Kundengespräch niemals stattgefunden hätte, da wir mit Endkunden nicht kommunizieren dürfen. Aber wen stört das schon?
Doch Pahl-Müller ist jetzt nicht mehr zu stoppen. »Verstehen Sie? Improvisation und Intuition! Das ist das ganze Geheimnis!« Er durchbohrt Hannes förmlich. »Können Sie sich das vorstellen?«
»Wie verrückt«, bringt Hannes gähnend heraus.
Pahl-Müller wandert weiter zu Zombie. Der grinst ihn nur verliebt an, sodass Pahl-Müller irritiert gleich zu mir weiter trabt und nun sogar Körpersprache einsetzt. Er fügt Zeigefinger und Daumen beider Hände zusammen und beschwört noch einmal die Heilsbringer: »Improvisation und Intuition! Das ist das A und O!«
Ich habe meinen Kopf tief über den Notizblock gebeugt, male Schlangenlinien und tue so, als ob ich mitstenografiere: ›In-tu-i-tion!‹ Dann schaue ich Pahl-Müller an, als würde ich erwartungsvoll an seinen Lippen hängen.
Sein Gesicht erhellt sich. Wenigstens *ein* Jünger, bei dem seine Lehre auf fruchtbaren Boden gestoßen ist! Voller Enthusiasmus geht er in die zweite Runde.
»Gut! Belassen wir es erst einmal hierbei! Vielen Dank, Frau Schmidt!«
Schmidtchens anfänglich noch bewundernder Gesichtsausdruck ist inzwischen einem genervten gewichen; offenbar betrachtet sie die Schulung jetzt auch mit anderen Augen.
»Wer möchte der Nächste sein? Freiwillige vor, hier wird keiner

gebissen!« Pahl-Müllers motivierender Aufruf verhallt ungehört – bis Zombie sich meldet.
»Nicht gebissen? Schade! Aber ich mach's trotzdem!« Er schnappt sich den Hörer samt Mikro und säuselt samtweich los: »Palim-palim!« Auf unsere fragenden Blicke erklärt er: »Mensch, das war das Telefon! So ähnlich wie beim Klassiker mit Hallervorden! Ach, ihr seid Banausen! Pötter hier, Hallöchen!«
Wir sind immer noch perplex und staunen stumm; Pahl-Müller ebenso.
Zombie ist jetzt in seiner Rolle drin: »Hallo, Pötter hier! Ist denn dort niemand?«
Zombies auffordernder Blick reißt Pahl-Müller aus seinem Schockzustand. Hastig schaltet er auf ›Aufnahme‹ und greift sich Mikro plus Hörer.
»Ja, Müller hier, Entschuldigung! Der Empfang war gerade gestört!«
»Ach, Herr Müller mit den beiden weichen ›L‹! Sie sind's wieder! Dass bei Ihnen der Empfang gestört sein kann, kann ich mir gar nicht vorstellen!« Es folgt ein hohes, aufgesetztes Gekicher, bevor er fortfährt: »Wie kann ich Sie denn heute befriedigen, Herr Müller?«
Hannes und ich schauen uns erstaunt an. Was ist mit Zombie los? Sollten wir da irgendetwas in den letzten Jahren nicht mitbekommen haben? Oder Hat Hannes' Zaubertrank irgendwelche versteckten Hemmschwellen gelöst?
Indes macht Zombie Kulleraugen, hebt die Brauen und schaut Pahl-Müller doppeldeutig an. Oder ist das alles nur Show?
Pahl-Müller weiß natürlich nicht, dass Zombie uns eigentlich nur als normaler Hetero bekannt ist, und geht vom schwuleren Fall aus.
Der lockere Umgang mit Personen dieser Gruppe ist für ihn offensichtlich Neuland und bringt ihn ins Stocken.
»Ja, Herr Pötter … ääh … Folgendes …«
»Für Sie auch gerne ›Herr Pöter‹, hihi! Wir kennen uns ja nun schon so lange …«
Ich halte mir schnell mein Notizbuch vors Gesicht, bis nur noch die Augen vorgucken. Hannes rutscht fast komplett vom Stuhl und täuscht einen Hustenanfall vor, um nicht laut loszulachen, und selbst Schmidtchen lässt sich zu einem Grinsen herab.
Für Pahl-Müller ist die Sache nicht ganz so lustig; er weiß nach wie vor überhaupt nicht, wie er sich verhalten soll. Solche Dinge stehen

offensichtlich nicht in seinen schlauen Handbüchern, aus denen er bisher so souverän zitiert hat. Und eine Randgruppe zu beleidigen, nur weil man dachte, dass das Ganze nur Theater war, kann sich kein Seminarleiter leisten, wenn er weiterhin gut besuchte Seminare geben möchte. So versucht er dann auch, den Fortgang des Gespräches möglichst nüchtern zu halten.
»Nun, Herr Pötter, bei der Küche, die meine *Frau* – er hebt seine Stimme noch einmal demonstrativ – und ich bei Ihnen vor sechs Jahren gekauft haben, haben sich die Fronten total verzogen! Wie gedenken Sie da jetzt vorzugehen?«
Zombie scheint eher amüsiert als betroffen. »Oh, diese kleinen verzogenen Biester von Fronten! Na, mal schauen, was wir da machen können. Eigentlich endet unsere Garantie ja nach fünf Jahren, aber wenn Sie mir eine Musterfront schicken wollen, mit einer rosa Schleife, dann weiß jeder gleich, dass es für mich ist!«
Pahl-Müller sieht endlich einen Ansatz, das Gespräch wieder in gewohnte Bahnen zu lenken: »Wie? Dann soll ich die ganze Zeit in einer Küche arbeiten, wo eine Front fehlt?«
»Das tut mir ja auch leid, Pahli, aber ich muss die Front ja erst prüfen lassen! Die Sache mit der Fünf-Jahres-Garantie habe ich deiner Frau ja seinerzeit auch gesagt, aber wenn sie meinte, mich ignorieren zu müssen …«
Zombie ist eingeschnappt, und ich entschließe mich, den Schreibblock gar nicht mehr von meinem Gesicht zu nehmen. Hannes Hustenanfälle hören auch gar nicht mehr auf, doch Pahli ist viel zu irritiert von Zombies Entgegnungen, um darauf noch achten zu können. Falls er geglaubt hat, er selbst sei spontan beim Rollenspiel, so hat er nun auf jeden Fall in Zombie seinen Meister gefunden. Nach einigen fassungslosen Sekunden kommt schließlich doch sein »Stopp!«.
»Wer kann mir sagen, wo hier der Fehler liegt?«
»Die Frau ist der Fehler!«, murmelt Zombie kaum hörbar, jedoch immer noch laut genug, dass Pahli ihn hören kann und verzweifelt das Gesicht verzieht. »Bitte nur sachdienliche Hinweise, Herr Pötter!«, entgegnet er genervt. »Nun? Keine Ideen?«
Die Stille wird nur durch das leise Hüsteln von Hannes unterbrochen, sodass Pahli die Antwort wieder selbst geben muss: »Also: Die Beschwerde des Kunden wird *nicht* infrage gestellt. Ergo: Die Türen werden getauscht! Ob wir diesen Tausch dann ohne Berechnung

oder mit machen, steht auf einem anderen Blatt! Während des Telefonierens geben wir dem Kunden jedoch erst das Gefühl, dass wir seinem Wunsch voll entsprechen. Dann geht er mit einem positiven Gefühl aus dem Telefonat heraus und ist zufrieden!«

»Aber wenn dann die Lieferung *gegen* Berechnung kommt, dann ist der Kunde doch wieder sauer und ruft zurück!«, wende ich ein.

Pahli taxiert mich, als wenn ich ein armes Würstchen wäre, dem man alles erklären muss. »Das ist schon richtig! Aber dann wird das Gespräch weitergeleitet an Ihren Vorgesetzten und es wird sich schließlich auf irgendeine Kulanz-Summe geeinigt werden, mit der jeder leben kann. Sie wissen doch, wie so etwas abläuft.«

»Ja! Dann muss nämlich irgendjemand eine Gutschrift erstellen, muss sich dazu wieder Informationen holen und mindestens zwei Personen sind dann mit einer Sache beschäftigt, die vorher ganz einfach von *einer* hätte erledigt werden können. Solche Geschichten gehen mir immer besonders auf den Sender: Da hat man Theater mit einem Kunden wegen einer Reklamation, und was ist das Ergebnis? Der Vorgesetzte macht einen lächerlich, indem er meine Aussagen revidiert und Gutschriften erstellen lässt! Oft gehandhabt und sehr motivierend!«

»Da kann ich jetzt nichts zu sagen, aber so ist es nun einmal!« Schnell wechselt Pahli wieder das Thema: »Weiterer Kritikpunkt für das Gespräch … ach ja! Herr Pötter, ich würde die Telefonate allgemein mit mehr Fakten füllen. Ich habe bei Ihnen den Eindruck, als wenn Sie das alles ein wenig zu locker nehmen. Sie haben nicht nach der Auftragsnummer gefragt, nach der Front oder dem konkreten Liefertermin und sonstigen Sachen, verstehen Sie?«

Zombie ist verwirrt. »Aber Sie haben doch eben noch bei Schmidtchen gesagt, dass ich das mit Intuition herausfinden soll! Und außerdem«, Zombie zieht einen Schmollmund, »haben mich Ihre blauen Augen abgelenkt!«

Diesmal prustet sogar Schmidtchen.

Pahli ist wieder sekundenlang sprachlos, dann allerdings platzt es aus ihm heraus: »Herr Pötter, Sie *sehen* mich als Kunden gar nicht! Ich bin hunderte von Kilometern weit weg während unseres Telefonates! Sie können *nichts* von mir sehen, ich bin unsichtbar, verstehen Sie? Un-sicht-bar!«

»Ja, ja, ich hab's kapiert!«

»Fein!« Pahli schnauft durch. »Gut! Zeit für eine Pause!«
Pahli und Schmidtchen verziehen sich sofort, nur Hannes und Zombie tuscheln noch miteinander.
»Wir sind gleich wieder da!«, kichern sie und sind auch schon verschwunden.
Ich bleibe auf meinem Stuhl sitzen und stelle mir vor, wie es wohl weitergeht. Wahrscheinlich holt Hannes gerade noch Nachschub von seiner Höllendroge; sollte mich jedenfalls nicht wundern.
Wenn Hannes gleich reinkommt und ebenfalls sein Level überschritten hat, geht die Party erst richtig los!
Das nimmt kein gutes Ende …
Nach einer kurzen Absicherung an der Tür husche ich zu dem Recorder an den Pult. Die Kassette mit dem Namen ›Pötter‹ liegt noch drin. Ich nehme die Kassette heraus und tausche sie gegen eine Leer-Kassette, auf die ich möglichst originalgetreu den Namen ›Pötter‹ draufschreibe.
Dann werfe ich einen Blick auf die Mikrofon-Anschlüsse. Vorsichtig ziehe ich alle Kabel gerade so weit heraus, dass sie zwar noch an den Buchsen anliegen, jedoch keine Aufnahmen mehr übermitteln können. Ein Kontrollblick: Pahli könnte die herausgezogenen Kabel nur gleich beim Hereinkommen bemerken; ansonsten werden die Anschlüsse vom Pult-Standpunkt aus vom Gerät verdeckt. Das sieht gut aus!
Beruhigt mache ich mich auf den Weg zur Toilette – und pralle dort fast zurück: Das ganz linke der vier Pissoire ist von Pahli besetzt! Den brauche ich nun wirklich nicht! Ich will mich gerade unauffällig zurückziehen, als er sich kurz umschaut und mich entdeckt. »Hallo!«, ist dann auch die kurze Begrüßung. Ich antworte ebenso. Was soll man auf Toiletten auch groß quatschen? Ich bin da eher der Schweiger, wobei andere Kollegen dort richtig ins Labern kommen und aufblühen – aus welchen Gründen auch immer.
Ich stelle mich ganz nach rechts. Kaum will ich loslegen, als Zombie und Hannes feixend den Raum betreten.
»Na, hier ist ja was los!«, kichert Zombie und stellt sich direkt neben Pahli. Dem gefällt das gar nicht. Er hat wohl Angst vor »Übergriffen«, im wahrsten Sinne des Wortes.
Als die beiden dann loslegen, bekomme ich große Augen: Statt eines

gelben Strahles kommen zwei hellgrüne ans Tageslicht! Das muss an Hannes' Zeug liegen!
Pahli hat diese Farb-Ausrutscher auch bemerkt und blickt ungläubig. Zombie versteht das wohl falsch und sieht ihn grinsend an. »Nicht schlecht, Herr Specht, was? Aber Vorsicht, nur gucken, nicht anfassen!«
Wir grölen alle los, natürlich mit Ausnahme Pahlis. Nur schade, dass Zombie dabei leicht die Richtung verliert und Pahli auf den Oberschenkel pinkelt.
»Pötter, du Wildsau! Kannst du nicht aufpassen?«
Pahli ist stinksauer und hüpft zur Seite, um nicht noch mehr abzukriegen.
»Tut mir leid, Chef«, sagt Zombie zerknirscht.
Ich werfe ihm ein Grinsen zu.

Als ich den Schulungsraum wieder betrete, fallen mir mehrere Sachen gleichzeitig auf. Hannes und Zombie sitzen mit verschränkten Armen, versteinerten Mienen und riesigen schwarzen Sonnenbrillen auf ihren Plätzen. Ich frage mich, ob die Brillen helfen sollen, ihr Grinsen zu verstecken.
Als ich mich hinsetze und zu Schmidtchen hinüberschaue, bemerke ich, dass neben ihrem Namen ein Paar Brüste und ein Penis auf ihr Namenskärtchen gemalt wurden. Verzweifelt schließe ich die Augen: Wie viel von Hannes' Teufelszeug müssen die beiden wohl eingeworfen haben, um auf so einen Blödsinn zu kommen!
Und ich sehe noch etwas anderes! Im Gegenlicht bemerke ich einen kleinen grünen Tropfen, der an der Seite von Schmidtchens schwarzem Kaffee herunterläuft! Sollten die beiden etwa …?
Ich komme nicht dazu, meine schlimmsten Befürchtungen weiter auszumalen, denn Pahli ergreift das Wort.
»Nach der kleinen Pause haben wir ja genug Energie getankt, um wieder voller Elan unser Telefon-Spiel fortzuführen! Danneberg, Sie sind dran! Und nehmen Sie in Gottes Namen die Brille ab!«
Hannes zuckt nur mit den Schultern und hängt sich die Brille an sein T-Shirt. »Ich warte.«
Pahli blickt ihn irritiert an. »Was? Was wollen Sie?«
»Ich warte! Ich warte, dass das Telefon klingelt und ich mich melden kann!«

»Ach so, ja, ja!« Verwirrt schaltet Pahli den Recorder an (mit einem neuen Band) und spricht ins Mikro: »Guten Tag, Müller mein Name! Ich habe eine Beanstandung bezüglich Ihrer Küche!«
»Auftragsnummer?«
»Auftragsnummer? Weiß ich nicht! Bei Ihrer Küche …«
»Tut mir leid«, unterbricht Hannes ihn trocken, »aber ohne Auftragsnummer ist eine Bearbeitung nicht möglich! Direktive der Geschäftsleitung!«
Kurz und knackig – so kenne ich Hannes gar nicht! Pahli offensichtlich auch nicht, denn er ist schwer irritiert.
»Hören Sie, mein Name ist Müller, da werden Sie mich in Ihrem Computer schon finden! Bei meiner Küche verfärben sich alle Fronten …«
»Frontname oder Nummer?« Hannes klingt wie ein Sprachcomputer in Endlosschleife.
»Wie bitte?«
»Ich brauche Frontname oder Nummer! Es kann sein, dass wir die betreffende Front gar nicht mehr im Programm haben, dann können wir uns das Gespräch über einen Austausch sparen und über einen finanziellen Ausgleich sprechen.« Hannes ist wirklich die Nüchternheit in Person und gibt unserem Telefon-Messias damit wenig Ansatzpunkte für seine nervtötenden Unterbrechungen.
»Ich … was? Was weiß ich? Die Küche ist beige, vor sechs Jahren gekauft und …«
»Dann leite ich Sie weiter an die Kulanz-Abteilung, die für solche Angelegenheiten zuständig ist!« Jetzt hätte nur noch ein »Over and out!« gefehlt.
Pahli ist völlig perplex. »Ich … Stopp!«
Nachdem er seine Taste gedrückt hat, atmet er erst einmal kräftig durch und schaut Hannes dann ungläubig an. »Sie haben eine Kulanz-Abteilung in dieser Firma?«
»Nö, nicht wirklich. Aber aufgrund der Antworten habe ich intuitiv erfasst, dass von diesem Kunden keine brauchbaren Antworten zu erwarten sind und habe ganz nach Ihren Antworten improvisiert! Spontane Improvisation, wenn ich das mal so nennen darf!« Hannes macht ein stolzes Gesicht.
Pahli scheint nicht ganz so stolz zu sein. »Und wie wäre Ihrer Meinung nach die Geschichte jetzt weitergegangen?«

»Nun, ich hätte den Kunden auf die Zentrale weitergeleitet und hätte meinen Telefonhörer daneben gelegt, damit er nicht noch einmal mit mir verbunden werden kann!«
»Und der *Kunde*?« Pahli ist total entgeistert.
»Der wäre zum nächsten Kollegen weiterverbunden worden, und da hätte man ihm die gleichen Fragen gestellt. Irgendwann hätte er dann schon gemerkt, dass man auch als Kunde mal mit ein paar Informationen rüberwachsen kann, wenn man sich beschweren will.« Hannes ist voll und ganz von seiner Vorgehensweise überzeugt und bekommt Rückendeckung von Zombie: »Richtig so! Geschieht ihm Recht!«
Ich bin nicht sicher, ob Zombie die gerade geführte Diskussion inhaltlich überhaupt verstanden hat – aber das ist ihm wohl auch egal.
Ich traue meinen Augen nicht: Schmidtchen fixiert Zombie während seines Kommentares und fängt dann an zu kichern. Dann bildet sie mit der Hand ein Rohr und tut so, als ob sie es sich in den Mund stecken möchte. Zu den Auf-und-ab-Bewegungen drückt sie passend ihre Zunge gegen die Wange.
»Frau Schmidt, können Sie das vielleicht mal unterlassen?! Ich versuche hier, ein Seminar aufzuziehen, aus dem Sie alle für die Zukunft etwas mitnehmen können!« Pahli ist inzwischen sichtlich gereizt und läuft bereits im roten Bereich.
»Ich nehme für die Zukunft mit, dass ich mich nicht wundere, wenn Herr Pötter demnächst die Damen-Toilette benutzt!«, kichert Schmidtchen.
»Du blödes Waschweib!«, kontert Zombie, »jedenfalls gibt es bei mir noch Interessenten!«
»Ruhe jetzt! Ich will davon nichts mehr hören! Herr Danneberg, Sie haben mich da total missverstanden!«, versucht Pahli das Thema schnellstmöglich wieder in normale Bahnen zu lenken. »Wenn ich sage, dass Sie improvisieren oder intuitiv handeln sollen, dann bedeutet das doch nicht, dass Sie möglichst kreative Wege entwickeln sollen, den Kunden abzuwimmeln!«
Für einen Moment wird es ruhig und Pahli hofft wieder auf einen nahezu normalen Ablauf seines Seminares. Er atmet tief durch und sammelt sich. »Also, wir versuchen es jetzt noch einmal!«
Beim Drücken der Aufnahme-Taste fällt mir auf, dass seine Hand leicht zittert. Er wird uns doch nicht jetzt schon zusammenklappen?

»Guten Tag, ich möchte mich bei Ihnen beschweren!« Ich weiß nicht, ob ich diesen Satz jemals werde hören können, ohne nicht sofort wieder auflegen zu müssen.
Hannes ist wieder die coole Sau in Person. »Gerne, gerne! Wie war doch gleich Ihr Name?«
»Oh, Entschuldigung! Müller! Müller ist mein Name!« Unser Dozent ist tatsächlich ernsthaft angegriffen: Solch ein Anfängerfehler wäre ihm vor einer halben Stunde noch nicht passiert!
Hannes ist jetzt die Ruhe selbst. Die Dosis, die bei Zombie und Schmidtchen zum Ausrasten reicht, bringt ihn wohl nur auf Normal-Level. »Herr Müller, wie kann ich Ihnen denn helfen?«
Verunsichert von dieser plötzlichen Freundlichkeit, sucht Pahli nach einer originellen Abwechslung zu seinen vorherigen Szenarien, aber offensichtlich hat seine Kreativität gelitten.
»Kratzer! Da sind Kratzer auf allen Türen!«
»Kratzer! Aah ja!« Hannes hört sich an wie der Chefarzt auf Visite. »Können Sie die Kratzer näher beschreiben?«
Pahlis Drehzahlmesser wandert wieder in den roten Bereich. »Näher beschreiben? Was soll man bei einem Kratzer näher beschreiben?! Ein Kratzer ist ein Kratzer! Die gehen über alle Türen …«
»Ich frage deshalb, Herr Müller«, unterbricht Hannes den immer fahriger werdenden Seminarleiter, »weil ich von der Geschäftsleitung die Auflage bekommen habe, jede Reklamation genau zu hinterfragen. Wir wollen uns ja ständig verbessern, und da brauchen wir das Feedback unserer Kunden! Dafür haben Sie doch Verständnis?«
Pahlis blutunterlaufene Augen zeigen deutlich, wie weit es inzwischen mit seinem Verständnis her ist. Doch Hannes lässt sich nicht einschüchtern. »Diese Kratzer, gehen die senkrecht oder waagerecht oder diagonal …?«
»Mein Gott, alles durcheinander! Das ist …«
»Ha, da haben wir es schon! Laut unserer Qualitätssicherung können Kratzer, die von *uns* verursacht wurden, nur senkrecht oder waagerecht verlaufen, da unsere Produktions- und Verpackungsstraßen nur so arbeiten! Für Schränke mit diagonalen Kratzern können wir keine Garantie übernehmen; da wenden Sie sich am besten an die Spedition!«
Pahlis Atmung beschleunigt sich, doch Hannes ist noch längst nicht

am Ende:. »Aber zurück zu den senkrechten und waagerechten Kratzern, wie lang sind die im Durchschnitt?«
Pahlis Kiefermuskeln treten hervor, während er um Beherrschung bemüht hervorpresst: »Ich habe mein Geo-Dreieck noch nicht rangehalten, tut mir sehr leid!«
»Das ist aber sehr wichtig, Herr Müller!«, insistiert Hannes. »Unsere Qualitätssicherung …«
»Stopp!« Pahli schreit das Wort heraus und haut mit der Faust auf den Recorder. »Wollen Sie mir etwa weismachen, Sie hätten einen Katalog, in dem jeder Kratzer nach Richtung und Länge aufgeschlüsselt ist?!«
Hannes zuckt die Schultern. »Es gibt nun mal Vorgaben der Geschäftsleitung …«
»Ach was! Das wäre ja völliger …« Pahli hält gerade noch inne.
Um ein Haar hätte er etwas über die Geschäftsleitung von sich gegeben! Doch die Hand, die einen füttert, sollte man niemals beißen!
Zu dieser Ansicht kommt Pahli wohl auch im letzten Augenblick. Er senkt den Kopf, schweigt und fasst sich an die Nasenwurzel. Nach einigen Sekunden hat er sich wieder gefangen und spricht Hannes ruhig an. »Herr Danneberg! Haben Sie eigentlich jemals eine Reklamation als berechtigt betrachtet und einfach so abgearbeitet?«
Hannes grübelt. »Sie meinen, in den letzten fünf Jahren?«
Während Pahli nur kopfschüttelnd dasitzt und wahrscheinlich bereut, dass er nicht Gärtner geworden ist, fängt Schmidtchen wieder an, Zombie zu ärgern.
»Herr Pötter ist 'ne Schwulette, Herr Pötter ist 'ne Schwulette!«, tönt sie leise, aber doch hörbar wie ein Kindergarten-Kind.
Zombie wird es schließlich zu viel. »Jedenfalls male ich mir nicht meine Möchtegern-Möpse und einen Penis auf mein Namensschild!«
Erst blinzelt Schmidtchen irritiert, dann verdüstert sich ihr Blick und sie reißt ihr Namensschild zu sich herum.
»Aaah, du Mistkerl! Du dämliche Schwuchtel!«
Während ich dem Schauspiel inzwischen fasziniert beiwohne und mir nicht mehr die Mühe mache, mein Lachen hinter dem Notizblock zu verbergen, kann Hannes sich ebenfalls nicht mehr beherrschen und grölt mit voller Lautstärke los. Pahlis Schlichtungsversuche – »Hallo Herrschaften, wir haben hier eine Seminar!« – verklingen ungehört; stattdessen kontert Zombie: »Reg dich bloß nicht so auf, Hetera! Das

hättest du doch gerne: ordentliche Möpse und mal ’nen Knüppel zwischen den Beinen! Ich wette, du hast noch nie …«
»Elendiger Mistkerl!«, unterbricht ihn Schmidtchen kreischend, »so etwas lasse ich mir doch von einem Hinterlader nicht sagen!«
Mit diesen Worten springt sie auf, ihr Namensschild in der Hand. Erstaunlich sportlich setzt sie über ihren Schreibtisch, läuft auf Zombie zu und zerknüllt dabei das Namensschild.
»So, das schieb ich dir gleich quer in die Rosette! Mal sehen, wie dir das gefällt!«
Zombie schreckt von seinem Stuhl hoch, verschiebt seine vorher so coole Brille und prallt zwei Schritte zurück. »Aaah! Halte jemand diese Furie zurück!«
Mein Stichwort! Ich hüpfe meinerseits über den Tisch und erwische Schmidtchen, kurz bevor sie im Strecksprung zu Zombie herüberhechten kann. Ich versuche, sie in der gleichen Weise festzuhalten wie eben Pahli, doch sie beißt mir in die Finger, und da bin ich im Moment sehr empfindlich.
Immerhin habe ich Schmidtchen etwas von ihrem Schwung genommen, sodass sie auf den Hechter verzichten muss und deshalb wild am Fluchen ist. Mit den Armen auf den Tisch gestützt, brüllt sie in einer Lautstärke, die ihr wohl niemand zugetraut hätte. Am wenigsten wohl Pahli, der in einer Art von Schockzustand die Szene verfolgt. Das hier sollte doch sein Telefon-Seminar sein! Und jetzt plötzlich … Sodom und Gomorrha!
Inzwischen gibt Schmidtchen weiter Gas: »Du lauwarmes Miststück! So einen Schlengel wie auf dem Namensschild hättest du wohl gerne, was?! Wahrscheinlich hast du nur einen kleinen Pickel und bist deshalb immer das Weibchen! Mit ’ner 5-Kilo-Dose Vaseline auf dem Nachttisch!«
»*Du* hast es gerade nötig!«, kommt sofort der Konter. »Du würdest dich doch von allem hacken lassen, was einen Puls hat! Wenn sich nur endlich jemand erbarmen würde! Und deine Mini-Möpse müssen später noch als Sondermüll getrennt beerdigt werden!«
Die »Möpse« sind wohl der kritische Punkt bei Schmidtchen, denn jetzt geht sie erst richtig steil.
»Meine Möpse?! Die hättest du doch gerne mal in der Hand, wenn du nur was damit anzufangen wüsstest! Und außerdem sind sie so echt, wie es nur geht – bitte sehr!«

Mit diesen Worten reißt Schmidtchen ihre Bluse auf, greift mit beiden Händen in ihren BH und stellt ihre besten Stücke zur Schau. Hannes johlt begeistert auf, Zombie verschlägt es wie mir die Sprache und wir starren mit großen Augen auf Schmidtchens Auslage.

»Na, da guckt ihr blöde, was? Mit denen dürft *ihr* niemals spielen, denn ihr habt's einfach nicht drauf!«

Hannes kriegt sich gar nicht mehr ein. »Boah, Wahnsinn! Dass ich das noch erleben darf: Schmidtchen zieht blank!« Mit einem begeisterten Blick stößt er Zombie an, der immer noch wie hypnotisiert auf die Rundungen starrt, die Schmidtchen vor seinen Augen wie ein Artist jongliert.

»Los, jetzt auch den Rest!«, jubelt Hannes. »Ausziehn, ausziehn!«

Er fängt rhythmisch an zu klatschen, Zombie stimmt ein.

»Ihr wollt mehr, ihr kleinen Perverslinge? Könnt ihr haben!«

Schmidtchen fängt an, sich zu einer imaginären Musik zu schlängeln. Vielleicht holt Hannes' Teufelszeug ja die verborgensten Wünsche ans Tageslicht! Ich verspreche mir, niemals – wirklich niemals! – irgendein Zeug von ihm anzurühren. Was hier los ist, übersteigt meinen Erfahrungshorizont bei Weitem und lässt mich staunend zuschauen. Das ist also ein Telefon-Seminar!

Unser Pahli hat wohl die gleichen Verarbeitungsprobleme wie ich, denn er starrt ebenfalls fassungslos auf Schmidtchens Striptease. Seine tiefrote Gesichtsfarbe lässt Schlimmes erahnen, und schließlich kommt, was kommen muss: der Ausbruch!

Gerade, als Schmidtchen den Hörer des Pseudo-Telefons in die Hand nimmt, um damit Aktionen zu starten, die ich gar nicht sehen will, dreht Pahli durch.

»Raus! Alle raus hier! Sofort!«, schreit er mit hysterischer Stimme. Unter lautstarkem Protest von Hannes und Zombie, schubst er alle Richtung Ausgang. Zwischendurch berührt er im Gerangel auch noch Schmidtchens Brüste und fängt sich eine Ohrfeige samt Kommentar (»Ey, du Grapscher!«) ein. Begleitet von Pahlis hysterischen »Raus, raus, raus!«-Rufen stehen wir binnen Sekunden plötzlich alle vor der Tür des Seminarraumes und starren uns entgeistert an. Wir hören, wie ein Schlüssel umgedreht wird und – war da nicht ein leises Schluchzen? Wir schauen uns ratlos an, wobei Hannes' Blick sich wieder auf Schmidtchens offen liegende Brüste fixiert. Als sie es

bemerkt, starrt sie ihn böse an, sagt: »Ich geh aufs Klo!« und stöckelt davon.
»Ist das jetzt wirklich gerade passiert?«, frage ich in die Runde.
Wir brechen gleichzeitig in ein leises Kichern aus – wir wollen Pahli in seinem selbst gewählten Exil nicht unnötig beschämen – und machen uns gemeinsam auf den Weg in unsere Büros.
»Wir müssen reden, Zombie!«

Zombies Coming Out

Auf dem Gang sprudelt es förmlich aus mir heraus. »Mensch, Zombie, ich wusste ja gar nicht, dass du schwul bist!«
»Bin ich auch gar nicht!«, grinst er zurück. »Nur manchmal ein bisschen!«
»Manchmal ein bisschen? Geht so was? Oder bist du nur schwul, wenn gerade keine Frauen in der Nähe sind und du dringend auf den Entsafter musst, oder wie?«
Zombie druckst herum. »Nee, so nicht, du Dödel! Ich weiß auch nicht … manchmal, da zieht es mich einfach dazu …«
»Stopp! Keine Details!«, fährt Hannes dazwischen. »Es ist, wie es ist, und gut so! Mehr wollen wir gar nicht wissen!«
»Aber warum hast du denn nicht mal was gesagt?«, bleibe ich hartnäckig.
»Warum?« Zombie schaut mich mitleidig an. »Weil es erstens wirklich nur ab und zu ist und weil man sich in dieser Firma nicht nur Freunde macht, wenn man sich outet!«
»Meinst du? In der heutigen Zeit?«
»Wenn ich's dir sage! Wenn ich all die Sprüche höre, die man über Schwule bringt …«
»Ach, das sind doch nur Sprüche. Die kriegst du bei uns im Büro auch ohne Ende zu hören.«
»Bei euch ist das auch noch was anderes, aber trotzdem reicht mir das manchmal auch schon! Das muss doch nicht sein, oder?«
»Irgendeine Randgruppe wird doch immer rangenommen! Das hat doch nichts mit dir persönlich zu tun! Ich kenne und schätze dich als zuverlässigen Kumpel und Kollegen, egal, ob du schwul, halbschwul, lesbisch oder sonst was bist! Du bist jetzt für uns unser Schwuli-Light, wenn ich so sagen darf.«
Zombie grinst. »Das hast du schön gesagt.«
»Ja, ne? Ich bin halt ein kleiner Poet! Ach … ääh … es macht dir doch

nichts aus, wenn du ein paar Meter vor mir gehst … nur, falls es dich wieder überkommen sollte!«
Zombie schaut mich entgeistert an, und schließlich kann ich mir das Lachen nicht mehr verkneifen. Hannes und ich prusten voll los und hetzen den Gang entlang, gefolgt von einem lachenden Zombie: »Gefühllose Hetero-Bande!«

Die Abrechnung

Das Echo auf unser Seminar lässt natürlich nicht lange auf sich warten: Am nächsten Tag ist Appell bei Herrn Krabbe!

Als ich eintreffe, ist die Runde schon vollständig: Hannes, Zombie, Schmidtchen, Krabbe und Herr Pahl-Müller (schade, ich hatte mich so an ›Pahli‹ gewöhnt!).

Beim Blick auf meine Kollegen muss ich mir ein Grinsen verkneifen. Alle haben diese unglaublich dicken Augen mit interkontinentalen Tränensäcken, die so typisch für Hannes' Teufelszeug sind! Allein dieser Nebeneffekt würde die Anwendung von Hannes' Trank als Doping unmöglich machen. Ich stelle mir gerade vor, wie alle Medaillen-Gewinner auf dem Treppchen aussehen wie Horst Tappert! Ganz abgesehen von der grünen Urin-Probe …

Doch der Ernst der Lage holt mich schnell ein.

Herr Krabbe ist offensichtlich »not amused« von den Dingen, die ihm Herr Pahl-Müller zugetragen hat: »Wenn sich das auch nur ansatzweise so zugetragen hat, wie Herr Pahl-Müller mir das berichtete, so ist für jeden von Ihnen eine saftige Abmahnung fällig!«

Aus dem Augenwinkel sehe ich hinten Pahl-Müller mit einem Gesichtsausdruck, der sagt: »Richtig so! Mach sie fertig!«

Und es scheint mir so, als wenn Herr Krabbe eben dies vorhätte. »Es kann nicht sein, dass ich Unmengen an Geld ausgebe, um unsere Performance beim Kunden zu verbessern, und Sie diese Bemühungen mit Füßen treten, indem Sie eine Farce aus dem Seminar machen!«

Guter Schnitt an Fremdwörtern für Junior, und das gleich in den ersten Sätzen – Claire hätte ihre Freude. Auch Junior gehört zu den Typen, die gern mit vielen fremdsprachlichen Vokabeln glänzen, um seinen »Output« weltmännischer klingen zu lassen.

Die anderen sitzen nur da und lauschen ehrfurchtsvoll den Ausführungen unseres Juniors. Offensichtlich hat Hannes' Teufelszeug ihre Hirntätigkeit bis jetzt nur auf Standby laufen lassen. Zudem sehen Zombie und Schmidtchen aus, als hätten sie einen üblen Kater.

Inzwischen geht das Gezeter weiter.

»Herr Pahl-Müller und ich, wir kennen uns schon seit dem Studium, und von daher weiß ich um die Fähigkeiten seiner Person Bescheid!«

Aha! Schon wieder so ein »Eine Hand wäscht die andere«-Ding! Woher kenne ich das bloß schon? Wahrscheinlich wird unser Seminar-Guru gerade Ebbe in seinen Auftragsbüchern haben, und was liegt da näher, als einen alten Studi anzurufen? Diese gegenseitige Hilfe ist ja bis zu einem bestimmten Punkt ganz nett, aber wenn sich die Besserverdienenden noch gegenseitig in andere Vorstände wählen und am Ende alles auf die Kosten der Mitarbeiter geht, hört für mich die soziale Ader auf; genau wie sie bei den Häuptlingen in der Firma schon bei der nächstniedrigen Hierarchie-Stufe aufhört, wenn es um Gehaltserhöhungen geht: Da ist mit einem Mal ruckzuck Schluss mit der Großzügigkeit.

Vielleicht sieht man mir meine Verdrossenheit ja an, jedenfalls spricht Herr Krabbe mich persönlich an: »Vielleicht können *Sie* mir ja erklären, wie es zu solch einer Eskalation kommen konnte, Herr Beck?«

So ein herausfordernder Ton kommt bei mir gar nicht gut an und ich beschließe, hart zu kontern. »Ich verstehe nicht, was Sie meinen, Herr Krabbe!«

»Nun tun Sie mal nicht so! Nach den Ausführungen von Herrn Pahl-Müller haben Sie sich hier als komplette Gruppe dermaßen danebenbenommen …«

»Entschuldigung, aber das habe ich so nicht empfunden!« Aus den Augenwinkeln bemerke ich, wie sich eine steile Falte auf Pahl-Müllers Stirn breit macht, während meine Kollegen erstaunt aufschauen. »Natürlich hatten wir unsere Probleme nach diesem technischen Defekt, aber ich denke, das lag allein an der Enttäuschung, dass wir Herrn Pahli … Pahl-Müllers Angebot zu einem audio-visuellen Selbst-Test nicht mehr wahrnehmen konnten.«

Audio-visueller Selbst-Test! Das sind die Schlagworte, mit denen man Herrn Krabbe fangen kann! Meine Kollegen offensichtlich auch, denn ihnen klappt der Reihe nach der Unterkiefer bis auf die Knie.

Nachdem er diesen tollen Ausdruck einige Sekunden auf sich hat wirken lassen, ist Herr Krabbe jedoch verwirrt.

»Ich verstehe nicht. Ein technisches Problem?« Hilfesuchend schaut er seinen Studi-Kollegen an. Dieser fixiert *mich* allerdings gerade: Mit meiner Aussage habe ich eingeräumt, dass ich von der Geschichte mit den missglückten Aufnahmen weiß. Das kann allerdings nur jemand wissen, der unmittelbar damit zu tun hatte, denn Pahli selbst hat das nicht erwähnt. Er weiß also nun, wem er sein Aufnahme-Debakel zu verdanken hat Sein Problem ist: Es nützt ihm nichts! Deshalb sieht er sich schließlich zerknirscht zu einer Erklärung genötigt. »Ich hatte zu Übungszwecken gestellte Telefonanrufe auf Recorder aufgenommen, um damit später eventuelle Fehler oder Verbesserungen zu diskutieren.«

»Ah, sehr originell und praxisorientiert!«, fällt ihm Krabbe lobend und mit glänzenden Augen ins Wort. »Und dann?«

»Dann ist leider bei allen außer dem ersten Band ein technischer Fehler aufgetreten, sodass nur die erste Aufnahme gerettet wurde. Alle anderen sind unwiederbringlich verloren!«

Dieses letzte Statement löst Reaktionen aus, wie sie unterschiedlicher nicht sein könnten. Während Pahl-Müller ein so trauriges Gesicht auflegt, dass ich befürchte, dass Krabbe ihn gleich in den Arm nimmt, erwachen meine Kollegen endlich mit glänzenden Augen aus ihrem Wachkoma.

Keine Aufnahmen!

Das heißt: keine Beweise! Keine Beweise für das Chaos, das sich gestern in den originellsten Facetten abgespielt hat! Meine Kollegen strahlen intensiver als Krümmel, und die Hoffnung, mit einem blauen Auge – meinetwegen auch mit Augenringen – aus dieser Geschichte herauszukommen, lässt sie wieder neu aufblühen.

Herr Krabbe ist von dieser Erklärung allerdings noch nicht überzeugt. »Aber ging die Schilderung nicht eher in die Richtung, dass alle Teilnehmer …«

»Entschuldigen Sie, wenn ich unterbreche, Herr Krabbe, aber ich denke, das lag daran, dass wir alle hart mitgearbeitet hatten und hoch motiviert waren durch unseren sensationellen Output, und da hat sich einfach die Enttäuschung Luft gemacht, dass wir jetzt durch einen simplen technischen Defekt überhaupt kein Ergebnis vorzuweisen hatten! Alles, unsere ganze Mühe, war umsonst! Herr Pahl-Müller hat da eigentlich noch eine größere Eskalation durch seinen persönlichen Einsatz vereitelt!«

Pahl-Müllers Stirnfalte weicht einem Satz großer Augen.

Ich versuche meiner Lobhudelei noch einen draufzusetzen. »Aber das war ja eigentlich auch zu erwarten: Herr Pahl-Müller hat das Seminar zu jeder Zeit voll im Griff gehabt. Und was wäre das auch sonst für ein Seminar-Leiter, der schon am ersten Tag beim allerersten Kurs eine kritische Situation nicht in den Griff bekommt?«

Die Kollegen schauen mich perplex an, ebenso Pahl-Müller. Er weiß sehr wohl, in welche Zwickmühle ich ihn mit dieser Aussage gebracht habe: Wenn er tatsächlich bei seiner Version der Dinge bleibt, stellt er sich selbst als unfähig und inkompetent dar. Als Seminar-Leiter, der schon beim ersten Problem zusammenklappt und damit seine Unbelastbarkeit zur Schau stellt, wird er sicherlich nie wieder ein Seminar für diesen Kunden halten dürfen, vom Image-Verlust durch die Mundpropaganda ganz zu schweigen!

Herr Pahl-Müller zwingt sich zu einem Lächeln. »Vielen Dank, Herr Beck! Vielleicht habe ich die Sache ja auch ein wenig dramatisiert, wohl auch als Resultat der Enttäuschung über die Entwicklung des Kurses!« Er durchbohrt Zombie mit einem Seitenblick. »Aber solch eine Situation habe ich wirklich noch nicht erlebt. Das war eine Erfahrung, die ich nicht noch einmal machen möchte!«

Krabbe lacht. »Na, da haben wir die ganze Geschichte wohl ein wenig zu hoch gehängt. Da haben wir uns um ein Haar ja richtig missverstanden, was?«

Pahl-Müller erwidert Krabbes Lächeln, wenn auch ein wenig wackelig. »Ist ja Gott sei Dank nichts weiter passiert.«

Ich versuche, das Ganze zu einem schnellen Ende zu bringen. »Vielen Dank noch einmal für Ihre Denkanstöße! Das Seminar hat mir wirklich viel gebracht!«

Nach einem auffordernden Seitenblick stimmen die Kollegen ein: »Ja, ja, auf jeden Fall! Danke auch!«

Krabbe strahlt. Probleme, die sich von selbst lösen, sind ihm am liebsten. »Na, dann ist ja alles geklärt! Und ich dachte schon, ich müsste Ihnen die Arbeit in meiner Firma richtig schwer machen! Unangenehme Zeitgenossen kann ich hier nämlich nicht gebrauchen!«

Wenn das so ist, muss er wohl drei Viertel der Führungsriege rausschmeißen!, denke ich bei mir.

»Nur schade, dass die Aufnahmen nichts geworden sind«, fährt Krabbe fort und erntet von allen Anwesenden mitfühlendes Kopfnicken. »Die wären doch bestimmt sehr aufschlussreich gewesen.«

»Davon bin ich überzeugt!«, entgegnet Pahl-Müller und wirft mir einen zweideutigen Blick zu.
Plötzlich erhellt sich Krabbes Miene. »Wissen Sie was? Warum wiederholen wir das Seminar nicht einfach?«
Auf Krabbes Vorschlag folgt sekundenlanges Schweigen, bei dem sich alle Anwesenden betroffen anschauen. Dann reißt sich Pahl-Müller mit gespieltem Bedauern zusammen: »Das wird wohl nichts! Ich habe noch die anderen Kurse, und danach ist der Terminkalender auch brechend voll. Zu schade!«
»Ja, wirklich!«, stimmt Krabbe zu. »Na, vielleicht wiederholen wir das Ganze ja noch einmal. Und bis dahin hoffe ich, dass Ihnen das Seminar in Erinnerung bleibt!«
»Worauf du einen lassen kannst!«, murmel ich bei mir und verlasse mit den anderen den Raum.

Auf dem Gang werde ich von den Kollegen umzingelt. Selbst Schmidtchen strahlt mich begeistert an. »Technischer Defekt? Hast *du* das gedeichselt? Ich habe davon gar nichts mitbekommen!«
Ich grinse sie an. »Ich glaube, du hast von *einigen* Dingen nichts mitbekommen.«
»Oh, hör bloß auf! Ich habe so ein, zwei Stunden, da habe ich überhaupt keine Ahnung, was passiert ist! Ich habe mich doch nicht daneben benommen?« Ängstlich blickt sie in die Runde.
Wir schauen uns an und verkneifen uns das Lachen.
»Ach was! *Du* doch nicht, Schmidtchen!«

Als Schmidtchen schließlich in ihr Büro abgebogen ist und wir uns eine Weile bekringelt haben, kommt unsere Adrenalin-Kurve langsam wieder auf ein normales Level.
»Wollen wir es ihr eigentlich eines Tages sagen?« Zombie macht dabei ein Gesicht, als ob er Schmidtchen gern im Nachhinein noch eine reinwürgen möchte.
»Ach, solange sie sich uns gegenüber locker verhält, sehe ich dafür keine Veranlassung! Ich glaube, das wäre ihr richtig peinlich!«
»Sehe ich auch so«, stimme ich zu. »Aber ich glaube, unser Freund Hannes würde gern noch einmal ihre Möpse betrachten! Vielleicht möchtest du sie deshalb noch einmal anquatschen! So nach dem

Motto: ›Hey, als ich neulich deine Brüste gesehen habe, das fand ich sooo toll, das würde ich gern noch einmal sehen!‹«
»Blödsinn!«, widerspricht Hannes, errötet aber leicht. »Wann hast du das eigentlich genau mit dem technischen Defekt hingekriegt?«
»Sehr eleganter Themawechsel, Hannes! Haben wir aber trotzdem bemerkt! Aber um deine Frage zu beantworten: Während *ihr* die halbe Firma auf Dope gesetzt habt, bin ich ein wenig kreativ als Strippenzieher unterwegs gewesen. Einer muss ja den Durchblick behalten! Auch wenn vor seinen Augen Dekolletés explodieren und Kollegen zu sabbern anfangen!«
Hannes muss in unser Lachen einstimmen. »Ach, ihr seid doch Idioten! Ist mir auch im Detail egal, wie du's gemacht hast! Auf jeden Fall hast du's gemacht, und dafür hast du was gut bei mir!«
»Bei mir auch!«, bestätigt Zombie und hält mir die Hand zum Abklatschen hin.
Ich grinse. »Okay, ich werde euch dran erinnern!«

Herrn Groß' Drohung

Einige Tage später holt mich der ätzende Arbeitsalltag wieder ein: Herr Groß bittet zum Diktat!

Auch diesmal lässt er sich nicht lange bitten und legt gleich los. »Herr Beck, seit unserem letzten Gespräch habe ich Sie beobachtet, und ich musste feststellen, dass sich in Ihrem Verhalten nichts geändert hat. Sie haben immer noch keine zusätzliche Überstunde getätigt! Ich dachte, ich hätte mich klar und deutlich ausgedrückt.«

»Das haben Sie in der Tat, Herr Groß, aber wie ich Ihnen schon letztes Mal gesagt habe, habe ich schon eine ganze Weile Überstunden gemacht, um meine Arbeit zu schaffen. Das Ergebnis war – wie ich schon beim letzten Gespräch erwähnt habe –, dass ich zusätzliche Arbeiten bekommen habe! Ich habe auch schon mehrere Male erwähnt, dass mein Gebiet zu groß ist, aber das hat bis heute niemanden interessiert. Deshalb werde ich mich an den Wortlaut der Überstunden-Regelung halten, nämlich dass sie freiwillig sind.«

»Nun kommen Sie mir nicht so!«, schäumt Groß. »Ich habe Ihnen schon letztes Mal gesagt, dass Sie an ihrer Einstellung unbedingt arbeiten müssen! Auch Ihre Mitgliedschaft im Betriebsrat – das passt alles ins Bild!«

»Ach, jetzt bin ich schon das schwarze Schaf, weil ich im Betriebsrat bin! Das wird ja immer besser!« Ich bin kurz vorm Explodieren, und das sollte Groß nicht riskieren!

Doch Groß fährt unbeirrt fort: »Seit ich in dieser Firma bin, hat der Betriebsrat noch nicht *eine* positive Aktion für die Belegschaft gestartet. Dort wird einfach nur blockiert und es werden die Zeichen der Zeit nicht erkannt! Wenn einmal eine Zeitlang mehr gearbeitet werden muss, dann muss eben mal mehr gearbeitet werden! Da kann man sich nicht ewig mit Freiwilligkeit rausreden!«

Inzwischen ist aus der Diskussion ein Geschrei geworden.

»Da stimme ich Ihnen voll zu, Herr Groß! Aber bei uns arbeiten wir nicht länger, weil die Auftragslage so fantastisch ist, sondern weil die

Personaldecke so ausgedünnt wurde! Das bedeutet, dass ich nicht für eine Zeitlang – so wie Sie es gerne darstellen – Mehrarbeit mache, sondern für immer! Und ich habe auch noch ein Leben nebenher, das ich wahrnehmen will! Irgendwann ist die Belastungsgrenze auch erreicht! Und überschritten!«

Meinen kurzen Atemholer nutzt Herr Groß eiskalt aus, um wieder ins Rennen zu kommen.

»Erzählen Sie *mir* doch nichts von Belastungsgrenze, Herr Beck! Ich sitze hier bis spät abends, und wenn Sie diese Stunden mal auf mein Gehalt hochrechnen, dann sollte es mich nicht wundern, wenn Sie einen höheren Stundenlohn hätten als ich!«

Mir kommen die Tränen. Der arme Herr Groß!

Dazu kann ich nur sagen: Wer spät kommt, muss eben auch lange bleiben! Wenn Herr Groß morgens endlich einläuft, bin ich schon seit anderthalb Stunden am arbeiten! Wenn ich auch so spät käme wie er, könnten wir wohl die meiste Zeit gemeinsam ausstempeln! Außerdem hat der Gute diese Position doch haben wollen! Dann soll er sich jetzt auch nicht beschweren! Meinetwegen kann er den Job ja an mich abtreten!

»Ich kann mir nicht vorstellen«, setze ich an, nur um unterbrochen zu werden: »Ich glaube, Sie können sich so einiges nicht vorstellen, Herr Beck! Deswegen werde ich Ihnen noch einmal die Augen öffnen: Dort draußen gibt es massenweise Arbeitslose, die nur darauf warten, einen Job wie den Ihren zu bekommen!«

Diese Drohung hatten wir doch schon mal – was sie deswegen nicht weniger unverschämt und gemein macht.

»Herr Beck, wenn Sie nicht dringend etwas an Ihrer Einstellung ändern, dann bekommen Sie mich als Feind! Da kann es sein, dass Urlaubsanträge auch einmal *nicht* unterschrieben werden! Und es gibt noch eine Menge andere Möglichkeiten, Ihnen das Leben schwer zu machen! Also, ich wiederhole mich noch einmal: Ändern Sie Ihre Einstellung, oder Sie kriegen mich als Feind! Das ist keine Drohung, sondern ein Versprechen! Ich denke, damit ist alles gesagt! Guten Tag, Herr Beck!«

Und damit schmeißt er mich raus.

Arschloch!

Unsere Auseinandersetzung hat eine neue, schon persönliche Dimension angenommen. Ich frage mich, aus welchem Schmierfilm

er diesen hirnigen Spruch wohl hat: ›Das ist keine Drohung, sondern ein Versprechen!‹ Wieder bin ich stinkend sauer, weil man sich gegen solche Frechheiten schlecht wehren kann.
Doch ich bin fest entschlossen, mich zu wehren.

Das kleine Betriebsrat-ABC

Erst einmal kann er mich nicht kündigen, solange ich nicht den berühmten silbernen Löffel klaue. Das muss man sich immer wieder vor Augen halten, um etwas entspannter zu werden und nicht wie das Kaninchen vor der Schlange zu kuschen. Denn das ist ja das Hauptinstrument des Chefs: Angst! Angst um den Arbeitsplatz!

In meiner Funktion als Betriebsrat höre ich das leider viel zu oft, und der Ablauf ist immer der gleiche. Entweder sagt die betroffene Person: »Ach, da kann ich ja doch nichts dran ändern. Wenn ich den Lauten mache, kriege ich danach erst recht mein Fett weg. Ist es das wert?«

Ja, das ist es! Wenn man gar nicht handelt, sieht Klein-Napoleon: Hey, damit bin ich ja durchgekommen, die Leute kuschen! Da kann ich beim nächsten Mal die Latte ja noch ein Stück höher legen, vielleicht komme ich damit ja auch durch!

Die zweite Einschüchterungsvariante entdeckt man bei dem etwas mutigeren Mitarbeiter, der aber ebenfalls von dem Angst-Faktor beizeiten abgeschmettert wird. Beispiel: Kollege A beschwert sich über Ungerechtigkeiten vom Vorgesetzten und kommt zum Betriebsrat. Dort wird gewettert, bis die Fetzen fliegen! Doch dann kommt die alles entscheidende Frage, die den eben noch cholerischen Kollegen sofort auf Kaninchengröße schrumpfen lässt: »Okay, Kollege, kein Problem – wir beschweren uns für dich beim Chef! Können wir dann auch auf Nachfrage deinen Namen nennen?«

Kollege A zuckt zusammen wie bei bester Strom-Massage in Guantanamo.

»Meinen Namen? Wieso meinen Namen?«

»Na, weil der Vorgesetzte das natürlich erst einmal abstreiten wird und wissen möchte, wer das gesagt hat.«

»Und da müsst ihr meinen Namen nennen?«

»Absolut, denn das Gespräch mit dem Chef geht sonst wie folgt weiter: Betriebsrat: ›Tut mir leid, Herr X, aber der Beschwerdeführer

möchte ungenannt bleiben.‹ Antwort Chef: ›Tja, solange Sie mir nicht sagen können, wer das gesagt hat, kann ich unmöglich bestätigen, ob ich so etwas gesagt/getan habe und streite es ab!‹«
In diesem Moment ist die Beschwerde für den Betriebsrat beendet, denn er kann nicht mehr diskutieren oder argumentieren: Ende, aus! So verläuft dann auch die Beschwerde von Kollege A im Sande, bevor sie überhaupt richtig angelaufen ist. Und das Beste ist: Wenn es später einmal irgendwelche Aktionen gibt, in die der Betriebsrat involviert ist oder in denen er tätig werden soll, ist Kollege A der Erste, der sagt: »Ach, die tun doch sowieso nix!« Die Krone wird dem Ganzen dann noch aufgesetzt, wenn Kollege A »aus Protest« gegen die Unfähigkeit des Betriebsrates die Wahlen boykottiert, aus der Gewerkschaft austritt und sich dann wundert, dass sein Arbeitgeber alles mit ihm machen kann. Wie das wohl kommt …
Also, ihr da draußen: aufgemerkt und Stirn bieten!

Aber lange faseln nützt nix. Ich muss tätig werden, sonst drehe ich durch! Oder ich stumpfe dermaßen ab, dass ich zur Arbeitsdrohne mutiere und so zu Chefs Lieblings-Nutztier werde.
Also: Was tun?
In einem Groschenroman würde die nun aufkeimende Idee wie folgt beschrieben: »Plötzlich weiteten sich seine Augen, während sich die Pupillen gleichzeitig zusammenzogen. Ein wissender Ausdruck legte sich auf sein Gesicht. Es war, als ob plötzlich ein Schleier von seinen Gedanken fiele und ein helles Licht seine Wahrnehmung durchflutete: Plötzlich war alles deutlich und klar.«
Nicht ganz so dramatisch offenbarte sich die Erkenntnis bei mir, doch als Geistesblitz möchte ich es durchaus bezeichnen. Und sollte es wirklich so laufen, wie ich mir das vorstelle, gelingt mir wahrscheinlich ein Doppelschlag.

Die Schlinge zieht sich zu

Als nichts ahnendes Werkzeug meines Gegenzuges wähle ich den egozentrischen Erbsenzähler aus der Abteilung Inland, Herrn Kleinschmidt, auch ›Kleinhirn‹ genannt. Kleinschmidt ist ein hinterlistiges Subjekt und für seine übertriebene Rechnerei berüchtigt: Es kann einem schon mal passieren, dass man sich bei ihm rechtfertigen muss, weil man einem Kunden einen Besteckeinsatz für 8 Euro kostenlos überlassen hat. Dass dies nur eine kleine Geste des guten Willens war, weil der Kunde durch einen Fehler unsererseits mehrere hundert Euro verloren hat, interessiert ihn nicht. Ja, so ist er, unser lieber Herr Kleinschmidt.

Was ausgerechnet ihn zum ausführenden Objekt meiner Planung macht, ist sein offen zur Schau getragener Hass gegenüber Herrn Groß. Denn Herr Groß ist das genaue Gegenteil von ihm – er zeigt sich dem Kunden gegenüber schon einmal kulant und spuckt ein paar Extra-Rabatte aus. Und früher hat er sich auch schon einmal schützend vor seine Mitarbeiter gestellt – diese Zeiten sind offensichtlich vorbei …

Mir stellt sich bei meiner ganzen Planung nun die Frage, wie ich am subtilsten vorgehen kann, ohne wirklich in Erscheinung zu treten. Nur noch einmal zur Erinnerung: Solche Aktionen sind eigentlich überhaupt nicht mein Ding; vor allem, weil die Geschichte auch etwas Hinterhältiges hat. Aber ich muss mich ja irgendwie wehren! Andere Wege stehen mir auch gar nicht offen!

Nachdem ich nun mein Gewissen ansatzweise beruhigt habe, entscheide ich mich für eine Vorgehensweise, bei der ich am besten *gar* nicht in Erscheinung trete: Ich werde eine anonyme Nachricht an Kleinhirn schicken! Einfach nur ein Zettel mit den nötigsten Informationen, dann wird die Sache, wie ich ›Kleinhirn‹ einschätze, ruckzuck ins Rollen kommen.

So drucke ich mir dann auch einen recht schlichten Zettel aus:

Kunde: Cartier
Auftrag: vom 06.04.
Rechnung: 400,- €

Ich drucke den Zettel aus und überlege, wie ich ihn Kleinschmidt am besten unterjubele. Am einfachsten erscheint es mir, ihm den Zettel in sein Postfach zu legen, zweckmäßigerweise frühmorgens, damit mich niemand beobachtet. Dann wüsste Kleinschmidt zwar, dass der Absender aus dem Hause kommt und an ebendiesem Tag auch in der Firma ist, aber mehr auch nicht. Ein anonymer Brief, abgestempelt an einem fremden Ort, kommt wegen Albernheit nicht in Frage, das sieht zu sehr nach James Bond aus. Außerdem erscheint mir eine hausinterne Nachricht stichhaltiger. Wenn die Nachricht von einer Person aus dem Hause kommt, kann man eher davon ausgehen, dass diese Person weiß, wovon sie spricht! Die Glaubwürdigkeit ist einfach höher.

Gesagt, getan! Mit gemischten Gefühlen gehe ich zurück an meinen Schreibtisch und werde auch schon gleich von Jaques empfangen.

»Mensch, Alter, was ist los? Du siehst irgendwie bedrückt aus heute. Alles pretty?«

»Ach, irgendwie habe ich ein kleines Motivationsloch zu durchwandern im Moment …«

»Mach dir nichts draus. Ich mail dir jetzt erst mal was Lustiges, dann sieht die Welt gleich anders aus. Hier, Teil 5! Da wird dir der Samen flockig!«

Teil 5 ist – wie der Name schon pfiffigerweise andeutet – der fünfte Teil einer Sammlung, die wir in unregelmäßigen Abständen mit anderen armen Säuen in anderen Firmen austauschen, um den Arbeitsalltag erträglicher zu gestalten. Teil 4 war ein Video über die Einpark-Fähigkeiten des weiblichen Geschlechts; Teil 5 sind Auszüge aus dem Pirelli-Kalender. Die Girls lassen wirklich keine Wünsche offen und es ist für jeden etwas dabei: Schwarz, Weiß, Blond, Rot, Braun …

Ich ertappe mich dabei, wie ich gedanklich auf den Körper einer blonden Sahneschnitte den Kopf von Heidi projiziere und muss über mich selbst grinsen. Sollte es mich so schwer erwischt haben? Aber das ist ja fast schon krank, oder? Ich hoffe, dass ich nicht überall eine Gen-Verschmelzung mit Heidi sehe!

Jaques bemerkt mein debiles Grinsen und interpretiert es etwas

anders. »Sag ich ja, absolute Spitze, die Girls! Weißt du was? Wir machen einen Wettbewerb! Für die geilste Braut in dem Katalog vergibst du zehn Punkte, für die zweitgeilste neun und so weiter, dann zählen wir die Punkte zusammen und ermitteln die schärfste Braut!«
Jaques ist Feuer und Flamme für seine Idee. »Tiger, du machst doch auch mit, oder?«
Von Tiger kommt als Antwort nur ein Brummen, das alles bedeuten kann.
»Aah, Wahnsinn, ich hab noch 'ne bessere Idee! Wir vergeben außerdem noch Punkte für Brüste, Pussies, Beine, Po und Gesicht!« Man beachte die Reihenfolge.
Tiger und ich verziehen gleichzeitig das Gesicht. »Was ist das denn für ein kranker Vorschlag?«
Jaques lässt sich nicht beirren. »Wenn wir die heißesten Okken und die geilsten Beine und alles zusammen haben, setzen wir die Teile einfach am Computer zusammen und haben dann die Super-Super-Maus!« Er strahlt uns mit glänzenden Augen an.
»Und dann drucken wir das aus, machen eine Fototapete daraus und kleben sie hier im Büro an die Wand!«, schlage ich im Scherz vor.
Tiger brüllt vor Lachen, doch Jaques kriegt erst nur große Augen und sagt nichts. Dann, nach ca. zwei Sekunden, artikuliert er sich in einem Ton, der noch am ehesten als lang gezogenes Grunzen beschrieben werden kann. »Jaaa! Das ist Wahnsinn!«
Der Glanz seiner Augen hat tatsächlich was von einem Wahnsinnigen. Er streckt die Hände aus und spreizt die Finger wie ein Regisseur, der den Ausschnitt einer Kamera prüft. Dann grunzt er erneut.
»Ich habe eine Vision! Hier! In diesem Raum! In Lebensgröße – oder vielleicht noch größer! Hier hängen wir ein Foto hin mit den geilsten Titten des Universums! Aaah!«
Tiger und ich kriegen uns nicht mehr ein.
»Titten, Titten!«, röhrt Jaques' tiefe Stimme. Er ist jetzt aufgestanden und bewegt sich wie Frankensteins Monster mit schleppenden Schritten auf die Tür zu – als diese sich plötzlich öffnet und Rosa mit einem entsetzt schauenden Mädchen im Rahmen steht.
»Hi, darf ich euch unsere neue Auszubildende …«
Der Rest geht in einem hysterischen Schrei unter, gefolgt vom Knallen der Tür.

Natürlich sind solche kleinen Missverständnisse schnell wieder ausgeräumt, und die neue Azubine traut sich inzwischen ohne Begleitung in unser Büro.
Vor allem hat diese kleine Episode mir kurzfristig geholfen, die ganze Anspannung zu vergessen. Doch natürlich sind solche Abwechselungen nur von kurzer Dauer und ich bin schon längst wieder dabei, mir Gedanken zu machen, denn etliche Tage ist nichts Ungewöhnliches passiert. Es gibt immer noch die regelmäßigen Anschisse, Martina bewohnt trotz aller Beteuerungen nach wie vor einen Einzeltisch in der ansonsten überfüllten Kantine, und wie üblich bekommen wir täglich Mails, die unsere Arbeit verkomplizieren und unsere eingebaute Festplatte zu überfluten drohen.
Also alles beim Alten, bis … ja, bis ich nachmittags von einem Toilettengang (keine neue Salbe mehr weit und breit) direkt in die Küche einbiegen möchte.
Schon aus Erfahrung verharre ich lautlos einen Moment vor der Küchentür, denn es wäre nicht das erste Mal, dass ich so an nützliche Informationen gelange. So auch jetzt. Erst höre ich unterdrückt Herrn Groß' Stimme.
»Es ist mir unbegreiflich, dass sich jetzt plötzlich jemand für diesen Vorgang interessiert. Das ist schon eine ganze Weile her.«
Dann die zweite Stimme, von Anja: »Und ich verstehe nicht, wieso da der Kleinschmidt mit einem Mal mit im Boot sitzt! Was hat der …«
Hinter mir geht eine Bürotür auf, und wenn ich nicht des Horchens überführt werden möchte, muss ich was tun. Daher öffne ich ruckartig die angelehnte Küchentür, schaue überrascht und sage gut gelaunt: »Hoppla! Mahlzeit zusammen!«
»Mahlzeit!« Die Antwort von Groß und Anja fällt eher mechanisch aus.
Als ich zum Kühlschrank gehe, bemerke ich in der Spiegelung des Glasfensters, dass Groß plötzlich gesteigertes Interesse an meiner Person zu bekommen scheint. Er mustert mich kritisch und wirft dann Anja einen fragenden Blick zu. Die Antwort ist wie immer: ein Schulterzucken.
»Ach, Herr Beck!«, richtet sich Groß nach einem kurzen inneren Kampf an mich. Jetzt locker bleiben!
»Ja, bitte?«
»Sie hatten doch neulich Besuch von diesem polnischen Abholer.«

»*Polnischen*?« Ich runzele die Stirn und tue so, als ob ich krampfhaft versuche, diese Vorgabe durch allen Dateien meines Hirns rattern zu lassen. Meiner Meinung nach eine schauspielerische Glanzleistung: »… and the Oscar goes to …«
»Na, der Cartier!«, hilft mir Groß ungeduldig auf die Sprünge.
»Car… ach, ja!« Ich lache ungezwungen. »Da sollte man ja eigentlich meinen, dass polnische Firmen andere Namen haben! Der Fahrer hatte das halbe Bruttosozialprodukt von Andorra als Goldzähne im Kiefer!«
Herr Groß kann meine gute Laune im Moment nicht teilen und nickt ungeduldig. »Ja, ja! Ist da noch irgendwas gekommen oder sind Sie da in irgendeiner Weise noch tätig geworden?«
Die Spannung auf meine Antwort ist beiden deutlich ins Gesicht geschrieben. Doch ich bin die Unschuld vom Lande. »Nein, wieso, ist da irgendwas mit?«
»Nein, nein! War nur so ein Gedanke! Danke!«, beeilt sich Groß zu erwidern.
»Na, dann ist ja alles gut. Puuh, mit diesem Kaffee kann man Eisenbahnschwellen abbeizen«, schiebe ich noch einen unglaublichen Joke hinterher.
Das säuerliche Grinsen der beiden sagt mir alles über deren momentane Gemütslage. Ha, jetzt seht ihr mal, wie das ist!
»Einen schönen Arbeitstag noch!«, flöte ich gut gelaunt und verlasse die Küche.
Es kommt etwas ins Rollen …

Der Fernseh-Richter ermittelt

Einige Tage später klingelt mein Telefon. Mein Display zeigt mir: Juniorchef Krabbe! Nanu, nanu! Gibt es jetzt doch noch ein ›Telefonseminar – Teil 2‹? Oder etwas noch Ernsteres? Schlagartig steigen Puls und Temperatur um zwei Punkte. Tief durchatmen, noch einmal räuspern und frisch an die Muschel: »Beck hier, guten Morgen!«

»Guten Morgen, Herr Beck, Krabbe hier! Können Sie für einen Moment zu uns kommen? Wir sitzen hinten im Konferenzraum!«

»Bin in drei Minuten da, danke!« (*Danke*?! Wieso sage ich *Danke*?!)

»Danke auch, tschüss!«

Der Konferenzraum, oh, oh! Der ist eigentlich für normale Sterbliche tabu, ein Refugium der Geschäftsleitung. Da scheint sich ja einiges zu bewegen …

Jaques, der die ›Unterhaltung‹ natürlich mitbekommen hat, erkundigt sich trocken: »Was sagt denn dein Horoskop für heute?«

Mir gelingt noch ein verkniffenes Lächeln. »Wie immer: Mach, was du willst, aber nie ohne Gummi.«

Jaques lächelt mir noch einmal aufmunternd zu. »Richtige Einstellung, Alter, fick sie!«

Komisch, irgendwie kommt der Spruch bei mir heute nicht richtig an …

Bei meinem Eintritt in den Konferenzraum bin ich schon beeindruckt: Die ›oberen Zehntausend‹ sind versammelt! Neben Herrn Krabbe sitzen auch Herr Horst, Herr Kleinschmidt, Herr Groß und Anja am Tisch.

Und mittendrin ich! Na dann …

Herr Krabbe hat wohl so etwas wie die Richterrolle übernommen, denn um das handelt es sich hier eindeutig: eine Vernehmung oder Anhörung! Ich überlege, ob ich sofort auf meinen betriebsrätlichen Beistand bestehen soll, entscheide mich aber, erst mal abzuwarten.

Krabbe beginnt dann auch gleich vehement mit seiner Befragung. »Herr Beck, Sie sind doch zuständig für die polnischen Kunden unserer Firma?«
»War!«
»Bitte?« Schon erste Zeichen der Verwirrung nach einem einzigen Wort. Neuer Rekord!
»Ich *war* zuständig für die polnischen Kunden. Aber da wir ja einen Kollegen haben, der Polnisch spricht, habe ich den Kunden vor geraumer Zeit schon abgegeben. Dafür habe ich dann ja auch drei neue bekommen!«, kann ich mir nicht verkneifen hinzuzufügen.
Ansonsten: sehr präzise formuliert, absolut auf den Punkt! Jeder Anwalt und Richter wünscht sich solche Zeugen!
Meine Nervosität legt sich in dem Bewusstsein, nichts verbrochen zu haben, und ich entspanne mich.
Nun scheint Staatsanwalt Kleinschmidt die Verhandlung an sich reißen zu wollen. »Haben Sie denn noch den Kunden Cartier bearbeitet?« Kleinhirns listige Augen durchbohren mich.
»Nein, zu diesem Zeitpunkt hatte ich schon andere Kunden.«
»Und doch haben Sie den Kunden bearbeitet, als er mit dem Auftrag vom 06.04. zu Ihnen kam?«
Fragen wie Dolchstöße. Du hast deinen Beruf verfehlt, Kleinhirn!
Doch nun zeigt sich meine ganze Erfahrung aus Trillionen Gerichts-Nachmittags-Shows, in denen kein Tatbestand zu obskur, kein Motiv zu dämlich ist. Souverän beantworte ich diesen lächerlichen Versuch, mich zu verunsichern: »Das ist richtig! Es war ja sonst keiner da, der das hätte tun können oder wollen.«
Bei diesen Worten fixiere ich Anja herausfordernd, die jedoch schnell den Blick abwendet und sich auf die Farbe der Tischplatte konzentriert. Ob wohl irgendjemand den Wink mit dem Zaunpfahl bemerkt hat?
»Dann haben Sie also den Fahrer in Empfang genommen und sind dann – bevor es zur Begleichung der Rechnung kam – mit ihm zu Frau Brettschneider gegangen!?«
Kleinhirn ist jetzt voll in seinem Element und die Angelegenheit scheint zu einer wahren Inquisition zu eskalieren. Vielleicht sollte ich auf jegliche versteckte Botschaften verzichten und nur nackte Tatsachen liefern?
»Ja, richtig!«

»Und Sie haben die Rechnungssumme von Frau Brettschneider gegenzeichnen lassen?« Man merkt, wie Kleinhirn seine ›Ja-Treppe‹ baut. »Ja, auch richtig!«
»Aber ist das nicht ungewöhnlich, dass Sie sich Rechnungen gegenzeichnen lassen?«
Aus den Augenwinkeln bemerke ich, dass Herr Groß unwohl auf seinem Stuhl hin und her zu rutschen beginnt.
»Doch, das ist es! Aber die Summe dieser Küche schien mir dermaßen gering, dass ich sichergehen wollte, dass es sich nicht um einen Irrtum handelt.« Braver Junge!
»Aha! Und Frau Brettschneider hat Ihnen dann die korrekte Höhe der Rechnung bestätigt?«
»Korrekt. Eigentlich wollte ich ja die Bestätigung von Herrn Groß, doch der war nicht im Hause. Aber Frau Brettschneider sagte mir, dass sie sich an diesen Fall erinnern konnte und mit Herrn Groß darüber gesprochen hatte: Der Betrag wäre schon okay. Das hat sie dann ja auch unterschrieben!«
Krabbe schaut fragend zu Anja herüber, doch die ist inzwischen damit beschäftigt, einen Fingernagel abzukauen. Oh, oh, das wird bei den Geschworenen einem Schuldeingeständnis gleichkommen! Viel trauriger finde ich es allerdings, dass ihr immer noch nicht klar zu sein scheint, dass sie in der Geschichte mitten drin ist. Ist sie selbst dafür zu blöd, oder hofft sie auf ihre diplomatische Immunität durch Krabbe?
Kleinschmidt macht inzwischen mit seiner Gerichts-Posse weiter. Er blättert wichtigtuerisch in irgendwelchen Papieren und bestätigt dann meine Aussage. »Ja, das hat sie! Hier eindeutig auf der Rechnung zu sehen!« Bei diesen Worten lässt er die Rechnung an Krabbe und Horst weitergeben. Fehlt nur noch, dass er vor lauter Übereifer *Beweisstück A* draufschreibt.
Überraschend wendet sich nun Herr Horst an mich. »Herr Beck, hatten Sie sonst noch etwas mit diesem Vorgang zu tun?«
»Nein, das war alles.«
»Gut, dann bedanke ich mich bei Ihnen.«
Damit bin ich wohl entlassen. Tja, war wohl nichts mit dem Bauernopfer! Ich nehme an, dass jetzt unter Ausschluss der Öffentlichkeit die schmutzige Wäsche gewaschen wird. Wahrscheinlich nur eine mündliche Abmahnung und keine Vorzugs-Aktien mehr, und das war's.

Und wenn bei einer Supermarkt-Kette eine Kassiererin einen fremden Pfandflaschenzettel einlöst, wird sie gleich rausgeschmissen! Dennoch kann ich entspannt aufstehen und es gelingt mir sogar ungewollt ein kleines Lächeln, hauptsächlich hervorgerufen durch den zerknirschten Gesichtsausdruck von Groß und Anja. Ja, ja, so kann es gehen!
»Ach, eins noch, Herr Beck«, hält mich Herr Horst noch kurz vor der Eingangstür zurück. »Von all dem hier kein Wort an irgendjemanden! Da haben wir uns doch verstanden, oder?«
»Natürlich, natürlich«, beeile ich mich zu bestätigen.
»Das könnte ansonsten sehr unschöne Konsequenzen für Sie haben.«
Der Sack! Immer diese Drohungen! Am liebsten würde ich jetzt erst recht einen Mitschnitt an die ›Bild‹ verkaufen, nur für diesen blöden Spruch. Na wartet!
Im Moment ist es still, alle warten darauf, dass ich den Raum verlasse, damit die dreckige Wäsche ohne mein Beisein gewaschen werden kann. Doch ich bin neugierig. Kaum draußen, schlüpfe ich durch die Küchentür. Die Küche grenzt nämlich an den Konferenzraum und hat eine Verbindungstür.
Die Küchentür ist wie erhofft nur angelehnt und man kann gut hören, was im Konferenzraum gesprochen wird. Ich gehe noch kurz in die Vorratskammer und hole mir drei Beutel mit Kaffeepulver – mein Alibi, falls man mich beim Lauschen überraschen sollte. Natürlich zeichne ich die Entnahme meiner Beutel auch ordnungsgemäß ab. So läuft das nämlich bei uns: Jede Abteilung muss immer schön unterschreiben, wie viel Kaffee man aus dem Vorrat genommen hat.
Bewaffnet mit meinen Kaffeetüten, pirsche ich mich vorsichtig an die Verbindungstür zum Konferenzraum und schiebe sie unmerklich noch ein kleines Stück auf.
Und schon dringt wieder Kleinschmidts enervierende Stimme an mein Ohr.
»… haben Sie solch eine Küche deutlich, und zwar sehr deutlich, unter unserem Deckungsbeitrag verkauft!«
Offensichtlich ist Anja nun das Opfer von Barbara Saleschs Zwillingsbruder. Sie scheint auch schon ganz ordentlich angefressen zu sein.
»Ich habe Ihnen doch gesagt, dass ich diesen Preis unterschrieben

habe, weil Herr Groß in einem vorherigen Gespräch die Summe bestätigt hatte!«

Doch jetzt schüttelt plötzlich Herr Groß den Kopf. »Nein, nein! Von solch einem Preis war nie die Rede! Wir wollten einen besonderen Ausstellungspreis kalkulieren, der …«

»Das stimmt doch gar nicht!« Anja wird wild. »Es war genau von *diesem* Preis die Rede, und Sie haben ihn eingesetzt! Ich lasse mich doch jetzt nicht zum Sündenbock stempeln!«

Die Hyänen fallen übereinander her! So sehen also die Management-Etagen hinter den Vorhängen aus! Das erklärt einiges …

Kleinhirn beobachtet inzwischen mit Genugtuung und schadenfrohem Grinsen das gegenseitige Zerfleischen, bei dem Herr Groß nun versucht zurückzuschlagen.

»Nein, Frau Brettschneider, da müssen Sie etwas völlig falsch verstanden haben. Es ging lediglich um einen besonders attraktiven Preis für eine Ausstellungsküche. Aber niemals war solch ein Dumping-Preis im Gespräch!«

Bevor Anja wieder loszetern kann, schaltet sich Kleinschmidt ein: »Diese Küche sollte also eine Ausstellungsküche sein, habe ich das richtig verstanden?«

Der lauernde Ton lässt schon nichts Gutes ahnen, doch Groß kann nun schlecht einen Rückzieher machen. »Ja, richtig!«, entgegnet er und versucht dabei seiner Stimme einen ›Endlich hat er es begriffen‹-Tonfall zu verleihen.

Kleinhirn sieht die Falle zuschnappen und scheint seinen Triumpf nun voll auskosten zu wollen. »Nun, wir hatten in den letzten Tagen eine Montage im Osten gehabt und ich habe unseren Monteur einen Umweg machen lassen … zum Kunden Cartier!«

Er lässt die Worte richtig einwirken, um die Reaktion darauf auskosten zu können – selbst die Hassblitze, die Groß nun auf ihn abschießt. Auch Krabbe und Horst beugen sich nun vor: Es kündigt sich eine tolle Enthüllung an! In Gedanken höre ich schon den Trommelwirbel.

»Und? Nun sagen Sie schon!«, unterbricht Krabbe als Erster Kleinschmidts Kunstpause.

Kleinschmidt fixiert Groß mit unverhohlener Schadenfreude, bevor er loslegt: »Als unser Monteur bei Cartier ankam, sagte man ihm, die Küche sei bereits als Ausstellungsküche verkauft worden!«

Groß atmet durch. »Na also, dann hat sich diese Investition auch schon wieder bezahlt gemacht!«
Der wirkliche Grund für Groß' Erleichterung ist wohl eher die Tatsache, dass mit dem Verschwinden der Küche auch das Nachforschen über die Korrektheit des Preises erschwert wird.
Doch Kleinschmidt sieht nicht so aus, als ob er deswegen geknickt wäre, im Gegenteil: Er hat seine ganze Strategie auf den nun kommenden Punkt aufgebaut. Und so holt er denn auch zum – wie er hofft – K. O. für Groß aus.
»So wäre es wohl, wenn es wirklich eine Ausstellungsküche gewesen wäre, die für diesen Kunden gefertigt und von ihm verkauft worden wäre!«
Jetzt herrscht tatsächlich absolute Stille und alle hängen an Kleinhirns Lippen. Jetzt kommt also der große Paukenschlag! Selbst mir laufen in Erwartung einer tollen Enthüllung die Ohren heiß.
Und Kleinhirn macht mit seiner unsäglichen Show weiter: »Doch ich habe unseren Monteur durch die Ausstellung des Kunden geschickt, und das Ergebnis ist …«
Wieder eine Kunstpause. Das ist ja schlimmer als bei der Verkündung von ›Deutschland sucht den Superstar‹!
Herr Horst empfindet offenbar ebenso, denn er wendet sich mit gefährlich leiser Stimme an unseren Showmaster: »Herr Kleinschmidt! Wir sind hier nicht bei Edgar Wallace! Wenn ich also bitten dürfte …«
Mit einem Nicken und enttäuscht über die Abwürgung seiner gewaltigen Inszenierung, lässt Kleinschmidt jetzt die Faxen und schwenkt zurück zum Staatsanwalt-Gehabe. »Das Ergebnis ist, dass es in der ganzen Ausstellung nicht einen Platz gegeben hätte, wo diese große Küche hingepasst hätte. Das heißt, dass diese niemals bei dem Kunden war oder angekommen ist! Vielleicht hat Herr Groß sie ja für seine persönlichen Zwecke zu einem Dumping-Preis eingesackt?«
Kleinschmidt, du altes Frettchen! Da holt er in bester Anwalts-Manier noch ganz zum Schluss ein Kaninchen aus dem Zylinder und schockt die Gegenseite!
Der Erfolg seiner Bühnenshow gibt Kleinschmidt Recht und nötigt mir ungewollt Respekt ab. Das war schon großes Kino!
Das sehen die Anwesenden wohl auch so. Alle sind völlig baff und schauen geradezu entsetzt auf Groß. Sollte sich der Kollege tatsächlich einen solchen Fauxpas geleistet haben?

Groß muss unter den Blicken sichtlich schlucken und versucht einen verzweifelten Konter. »Das ist doch Unsinn! Die werden nach dem Verkauf der Küche die Trennwände umgestellt haben, um dann sogar drei verschiedene Küchen zeigen zu können! Also verschonen Sie uns bitte mit Ihren abenteuerlichen Recherchen und Schlussfolgerungen, Herr Kleinschmidt, das braucht hier niemand!«

Doch Groß' Argumentation kommt wohl nicht bei allen an. Anja schaut weiterhin betreten auf ihre Fingernägel und sagt gar nix. Der erste weise Entschluss von ihr seit langem, wenn man mich fragt! Aber mich fragt ja keiner.

Herr Krabbe und Herr Horst schauen sich an, ohne dass man erkennen könnte, ob sie Groß' Erklärung glaubhaft finden oder nicht; Zustimmung sieht jedoch anders aus.

Kleinhirn macht natürlich weiter auf Konfrontation, vielleicht weil er glaubt, dass sich Herr Groß in der Hitze des Gefechtes selbst verrät. »Wer soll Ihnen denn so etwas glauben, Herr Groß? Wir alle hier sind vernunftbegabte Menschen, die sehr wohl zwei und zwei zusammenzählen können!«

Bevor Groß darauf antworten kann, schießt das Frettchen noch einen hinterher: »Man muss sich ernsthaft überlegen, wie man mit einem solchen Sachverhalt umzugehen hat, wenn man sich überlegt, dass wir schon Mitarbeiter wegen des Diebstahls von Toilettenrollen gekündigt haben!«

Groß bleibt die Antwort im Halse stecken.

Nun hat Kleinschmidt sich allerdings sehr weit vorgewagt, indem er diese Geschichte a) mit Diebstahl gleichstellt, b) eine Bestrafung fordert, obwohl der Sachverhalt ja doch nicht zu hundert Prozent geklärt ist, und schließlich c) als Bestrafung quasi eine Kündigung vorschlägt. Da hat sich Kleinhirn wohl ein wenig von seiner eigenen Genialität mitreißen lassen.

Das sehen Krabbe und Horst wohl auch so, denn bevor Groß nun losbrausen kann – er ist mit hochrotem Kopf aufgestanden und droht schon mit dem Finger in Kleinschmidts Richtung –, ergreift Krabbe entschlossen das Wort.

»Meine Herren, es hat jetzt keinen Sinn, übereinander herzufallen! Herr Horst und ich werden eine Nacht über die Sachlage schlafen, uns besprechen und Sie dann informieren.«

Kleinschmidt will schon enttäuscht aufbegehren, wird jedoch von Krabbes mahnendem Finger davon abgehalten.
»Hiermit ist diese Runde aufgelöst! Wir setzen Sie dann von unserer Entscheidung in Kenntnis.«
Als endgültiges Zeichen, dass es das nun war für heute, steht Krabbe demonstrativ auf und packt seine Unterlagen zusammen. Herr Horst tut es ihm gleich.
Die anderen folgen zeitversetzt, wobei man Kleinschmidt ansieht, dass er seine Detektivarbeit gerne noch einmal vor der Geschäftsleitung ausgebreitet hätte. Doch als er Groß' mörderischen Blick auffängt, beeilt er sich, sein Zeug zusammenzupacken und vor Groß den Konferenzraum zu verlassen. Wie er nun so hurtig von dannen wieselt, wird mir klar, woher er seinen zweiten Spitznamen ›Frettchen‹ hat.
Groß hat sich mit versteinerter Miene ebenfalls aufgemacht, den Raum zu verlassen, gefolgt von Anja, die ein sehr nachdenkliches Gesicht macht. Ihr ist wohl klar geworden, wie schnell man von einem höher Gestellten geopfert wird, wenn es hart auf hart kommt. Vielleicht überdenkt sie ja auch endlich mal ihre Stellung unter der Schirmherrschaft des Juniors, und dass es eben doch nicht reicht, unter dem Protektorat zu stehen, sondern dass man auch mal Leistung zeigen muss. Aber vielleicht ist das auch etwas viel verlangt …
Ich will mich nun auch endlich aus meinem Versteck trollen, als ich wieder Krabbes Stimme höre. Sie kommt näher; offenbar wollen die Häuptlinge noch einen Kaffee trinken. Am besten wäre es jetzt wohl, schnell die Biege zu machen, solange ich noch unentdeckt bin, doch die Neugierde und ein unbestimmtes Gefühl, sonst etwas Wichtiges zu verpassen, lassen mich verharren.
Krabbe geht im Konferenzraum hin und her. »Was meinen Sie zu der Sache, Herr Horst?«
Hä?! Ist das die ›Erst mal eine Nacht drüber schlafen und dann beraten‹-Taktik, von der eben gesprochen wurde? Ganz so innig scheint ja wohl doch nicht beraten und abgewogen zu werden!
»Ich weiß nicht so recht«, kommt die Antwort von Herrn Horst, der die Thermoskanne öffnet und nachschenken will. »Oh, schon leer! Lassen Sie uns in die Küche gehen, da ist noch eine Kanne.«
Oops! Ich husche zur Küchentür und höre schon die näher kommenden Stimmen der Chefs.

Jetzt noch vorsichtig durch die Küchentür auf den Gang gespäht und weg!
Verdammt!
Fünf Meter entfernt von der Tür stehen Groß und Anja auf dem Gang und diskutieren leise, aber lebhaft, die ›Verhandlung‹ von eben. Wenn ich jetzt hier rausgehe und sie mich sehen, werden sie meine Rolle als ungebetenen Hörgast sofort durchschauen! Vielleicht käme das Groß gerade recht, um ein wenig von seinem Prozess abzulenken. Und wenn Kleinschmidt davon erfährt, fragt er sich vielleicht, ob ich wohl sein geheimer Informant sein könnte!
Verdammt, verdammt, das darf nicht sein!
Die Schritte aus dem Konferenzraum kommen immer näher. Hektisch schaue ich mich um. Es ist genau wie in diesen Krimis, wo der Held von allen Seiten eingekreist wird, ihm aber dann trotzdem – o wundersame Wendung! – die Flucht gelingt.
Bloß: Dies ist kein Krimi, und ich bin kein Held!
Ein Schweißtropfen rinnt mir die Schläfe hinab. Wohin, wohin? Mein Herz hämmert nun auch noch wie verrückt und mir ist wahnsinnig heiß. Ich höre Krabbes Stimme – jeden Moment kommen die beiden in die Küche!
Da fällt mein gehetzter Blick auf die Abstellkammer mit den Kaffee-Vorräten. Für einen erwachsenen Menschen eigentlich viel zu klein. Egal! Rein da!
Die Kammer ist tatsächlich winzig, und zu allem Überfluss laufen auch noch irgendwelche heißen Rohre an der einen Wand entlang. Wie nicht anders zu erwarten, verbrenne ich mich sofort an einem dieser Dinger und stecke mir schnell eine Kaffeetüte zwischen die Zähne, um nicht laut aufzuschreien. In diesem Kabuff ist die Hitze schon recht ordentlich, sodass ich mich bald wie ein Schnellkochtopf fühle. Der Schweiß rinnt mir über das Gesicht, auch bedingt durch die verkrampfte Falt-Haltung, die ich in diesem Umzugskarton einnehmen muss. Ruhig, Jockel, ruhig! Atemfrequenz runterfahren!
»… nicht ganz sicher, was ich von der Geschichte halten soll«, gibt Krabbe gerade zum Besten, als sie die Küche betreten. »Eigentlich kenne ich Herrn Groß als integren Mitarbeiter, doch auf der anderen Seite ist mir auch Frau Brettschneider bekannt. Die hat früher in der alten Firma meines Golf-Kumpels gearbeitet, und der sagte, dass sie ordentliche Arbeit macht!« *Wenn* sie mal arbeitet, denke ich so bei mir.

»Kannte sie sich eigentlich schon vorher mit Küchen aus?«, wagt Herr Horst zu fragen. Damals nicht, und heute immer noch nicht, antworte ich in Gedanken.

»Nein, muss sie auch nicht«, kommt die lapidare Antwort.

Damit ist das Thema Sachkompetenz für Krabbe beendet. Herr Horst schaut zwar ein wenig irritiert, ist sich aber offensichtlich seiner Machtlosigkeit bewusst und zuckt mit den Schultern.

»Wie wollen wir denn jetzt in dieser Angelegenheit verfahren?«

»Nun, eigentlich sehe ich das ähnlich wie Herr Kleinschmidt. Ich mag diesen Kerl ja nicht sonderlich, aber er hat in gewisser Weise schon Recht: Man kann solch eine Geschichte nicht einfach durchgehen lassen! Vor allem nicht, wenn er mir damit in die Tasche greift, da bin ich sehr empfindlich! Groß hat zwar im Prinzip nicht persönlich gestohlen, aber er hat da eindeutig in seine eigene Tasche gewirtschaftet. Die Geschichte mit den Ausstellungsküchen nehme ich ihm nicht ab. Wenn ich so etwas jetzt durchgehen lassen würde, tanzen mir bald alle hier auf dem Kopf herum!«

Krabbe tröpfelt sich etwas Milch in seinen Kaffee und schaut Herrn Horst dann fragend an. Der schüttelt den Kopf. »Können wir ihn kündigen?«

Einen Moment herrscht Stille. Horsts Rädchen scheinen sich wie wild zu drehen.

»Kündigen wäre problematisch, wir haben trotz allem keinen eindeutigen Beweis. Da würde Groß sicherlich vors Arbeitsgericht ziehen! Dann gäbe es langes Theater, ungewollte Publicity und wahrscheinlich eine dicke Abfindung.«

»Was schlagen Sie also vor?«

»Nun, wir könnten bluffen. Wir stellen ihn einfach vor die Wahl: Entweder er kündigt von selbst, bekommt ein vernünftiges Zeugnis und kann sich in der Branche einen neuen Job suchen, oder wir sagen, dass wir sonst Anzeige erstatten. Selbst wenn er gewinnen würde, wirbelt das so viel Staub auf, dass er für die Küchenbranche gestorben ist. Damit, was ganz Neues anzufangen, würde er sich sicherlich schwer tun.«

Nach einigen Sekunden des Nachdenkens hat Krabbe seine Entscheidung getroffen und verkündet emotionslos: »Gut, so machen wir es.«

Nach kurzem Zögern setzt er allerdings noch einmal an. »Was mich in dieser Geschichte allerdings auch noch stutzig macht, ist die Rolle von Beck!«

Mir fällt fast die angesabberte Kaffeetüte aus dem Mund. Was kommt denn nun?! Ahnt er was?

»Frau Brettschneider hat mir gegenüber erwähnt, dass Beck (*Herr* Beck, bitte!) sie regelrecht dazu gezwungen hat, die Rechnung gegenzuzeichnen. So, als wenn er über die eventuelle Bedeutung dieser Unterschrift Bescheid wusste! Was ist das für ein Typ, dieser Beck? Schon bei dieser Telefonseminar-Geschichte hatte ich das Gefühl, dass der irgendwie die Hände dort im Spiel hatte und die Leute beeinflusst hat!«

»Na ja, so ganz koscher ist der mir auch nicht«, schießt sich Herr Horst gleich auf Krabbes Linie ein. »Er scheint ein cleverer Bursche zu sein und hat seine eigene Meinung. Er kennt seine Rechte und ist im Betriebsrat.«

»Ha! Da haben wir's!« Dass Krabbe bei dem Wort ›Betriebsrat‹ nicht zurückschreckt wie der Vampir vor der Knoblauchzehe, ist alles!

Ich habe ein richtig ungutes Gefühl. Wenn mein Körper noch irgendwelche Restflüssigkeit hätte, würde ich wahrscheinlich noch etwas mehr schwitzen, aber ich fühle mich schon wie eine drei Jahre alte Dattel. Verdammt, was braut sich da zusammen?

»Sollte mich wundern, wenn der seine Einladung zu unserer Anhörung tatsächlich für sich behält und nicht seine Schlüsse daraus zieht«, nörgelt Krabbe weiter.

Was soll das? Der kennt mich doch gar nicht! Nur, weil ich meine Meinung sage, bin ich doch nicht automatisch ein Quertreiber! Wäre es den Chefs vielleicht lieber, man würde gar nichts sagen, wenn man Schwachstellen entdeckt? Vielleicht ist das tatsächlich so, denn Verbesserungsvorschläge und Fehlermeldungen verlaufen permanent im Sande. Und dann wundert man sich, dass die Mitarbeiter irgendwann auch keine Lust mehr haben und gar nichts mehr sagen …

Inzwischen übt sich Herr Horst weiterhin in seiner neuen Einschleim-Taktik: immer schön Herrn Krabbe nach dem Mund reden.

»Ich fand es auch eigenartig, wie merkwürdig er den Groß und Frau Brettschneider angelächelt hat, als er gegangen ist. Es sollte mich nicht wundern, wenn der irgendwie in dieser Sache die Finger mit drin hat!«

Und dann folgt der Hammer: »Für mich wäre es kein Verlust, wenn der nicht mehr für uns arbeiten würde!«
Mir wird heiß und kalt. Was passiert hier? Wird hier mal gerade bei einer Kaffeepause über das Schicksal von drei Menschen – Familien nicht mitgerechnet – diskutiert und nach Sympathie abgestimmt? Als ob es sich um einen abschreibungsfähigen Firmenwagen handelt?
Ich muss schwer schlucken.
Jetzt fühle ich mich tatsächlich wie bei einem Prozess, nur mit dem kleinen Unterschied, dass *ich* keine Aussage zu meinem Fall machen darf. Mein Schicksal ist fremdbestimmt und hängt von der Tageslaune zweier Personen ab!
»Gibt es denn eine Möglichkeit, wie wir das ändern können?«
Die Kaltblütigkeit, mit der Krabbe Herrn Horst animiert, nach Kündigungsgründen zu suchen, macht mich wütend! So ein Arsch, dem Papa das Feld geebnet hat, der auf der tollsten Uni war und meint, alles über die Firma und die Wirtschaft im Allgemeinen zu wissen, ist genau das, was ich jetzt brauche!
Ich kann mich kaum zurückhalten, doch wenn ich jetzt durchdrehe, bin ich sofort weg vom Fenster.
»Na ja, seine Arbeit macht er gut und gewissenhaft, da kann man nichts dran rütteln. Aber ich denke, dass sich trotzdem irgendwo etwas finden lässt – Fehler macht jeder! Am Ende des Monats habe ich eine kurze Besprechung mit ihm, da werde ich ihm sagen, dass er gekündigt wird. Ich habe da schon eine Idee …«
»Gut, dann wäre das ja geklärt.«
Halb betäubt höre ich die letzten Gesprächsfetzen von Krabbe: »Habe ich Ihnen eigentlich schon meine neue Tapete gezeigt? Ich habe die Farbe nach der Haarfarbe meiner Frau ausgewählt!«
Offensichlich auf Horsts fragenden Blick erklärt er genauer: »Ich habe eine Haarsträhne meiner Frau dem Innenarchitekten gegeben, der damit ein genaues Farbmuster erstellt hat. Und mit dem haben wir dann den passenden Farbton zusammengemischt.«
Offenbar will Herr Horst auf gar keinen Fall die Verbrüderungsatmosphäre aufs Spiel setzen, denn er versucht sich an einem lahmen Witz: »Na, da kann man ja nur hoffen, dass sie sich nicht noch ein paar Strähnchen macht, haha!«
Pause – dann stimmt Krabbe aber doch in Horsts Lachen ein.

»Mensch, Sie haben ja tatsächlich Humor! Kaum zu glauben! So, und jetzt schauen wir uns das mal an!«
Die Stimmen entfernen sich und ich stehe wie festgefroren in der Abstellkammer. Zeuge der eigenen – zukünftigen! – Kündigung zu werden, ist eine Erfahrung, auf die ich gern verzichtet hätte!
So langsam komme ich wieder zu mir und mache mich auf den Weg in mein Büro. Auf dem Weg dorthin kommen mir einige Kollegen entgegen, die ich auch grüße, aber wirklich wahrnehmen tue ich sie nicht.
Jetzt ist es also so weit: Die Jagdsaison auf mich ist eröffnet!

David gegen Goliath

Seit meinem Lauschangriff überlege ich fieberhaft, was Herr Horst wohl für Ideen haben könnte, mich rauszuschmeißen.

Ich stempele jetzt noch ordentlicher ein und aus, halte die Pausenzeiten auf die Sekunde genau ein und bemühe mich krampfhaft, bloß keinen Fehler zu machen. Natürlich führt das dazu, dass ich unruhig werde und erst recht Fehler mache, die ich dann hibbelig wieder korrigiere.

Meine Nervosität bleibt auch Tiger und Jaques nicht verborgen.

»Was ist denn mit dir los, Alter? Du machst ja gar keine Scherze mehr und sprichst kaum!«, haut Jaques mich an.

»Midlife Crisis!«, versuche ich, das Ganze ins Lächerliche zu ziehen.

»Echt? Nix anderes?«

Was soll ich sagen? Ich kann niemandem diese Geschichte erzählen. Selbst wenn jemand mir glauben würde, gäbe es doch keine Möglichkeit, irgendetwas zu beweisen! Wie denn auch: Es gibt kein Gesetz, das dem Chef einer Firma verbietet, sich darüber zu unterhalten, wen sie als Nächstes gerne rauskicken würden! Davon abgesehen kann ich auch von niemandem erwarten, dass er sich meinetwegen mit den Chefs anlegt. Solche Helden gibt es nur im Kino und sie behalten auch nur dort ihren Job.

Die einzige Möglichkeit gegenzusteuern habe ich selbst, indem ich mich so vorbildlich wie möglich verhalte. Wenn ich nicht gerade klaue, dürfte es schwer werden, ein Betriebsratsmitglied zu feuern.

Klauen! Die Erkenntnis durchzuckt mich wie ein Blitz! *Das* ist es, was Herr Horst versuchen wird: der immer wieder gern rezitierte Diebstahl des silbernen Löffels – dann hat er mich!

Hektisch greife ich zu meinem Köfferchen.

»Hey! Erde an Jockel! Mehr ist wirklich nicht?«

Über meine Gedanken habe ich Jaques und seine Frage ganz vergessen. Jetzt schaut er mich besorgt an, und auch Tiger hat seine Arbeit bei meiner nervösen Koffer-Fingerei unterbrochen.

»Nein, nein, schon gut! Habe nur meine Tage! Das wird schon wieder!«
Jaques grinst. »Da fällt mir ein Witz ein … den ich vielleicht ein anderes Mal erzähle«, bricht er nach einem beschwörenden Blick von Tiger ab.
Ja, so ist der Tiger: zwar meist recht ruhig, aber mit guter Antenne für die Kollegen.
Ich habe schon wieder auf meinen Verfolgungswahn-Modus umgeschaltet und durchforste hektisch meinen Koffer. Das Ergebnis beruhigt mich ein wenig: Nichts, was der Firma gehört, ist auf wundersame Weise in meinen Koffer gelangt. Ich atme durch und mein Blick fällt … auf meine Jacke!
Ich hüpfe zum Stuhl, an dem meine Jacke hängt, und durchsuche alle Taschen. Nichts!
»Hast du was verloren?«, versucht es Tiger diesmal. »Du siehst ja aus, als wenn du die Batterien für deinen Herzschrittmacher nicht wiederfindest!«
Hey, Tiger macht einen Witz, das kommt echt selten vor und zeigt seine Besorgnis. Das bringt mich wieder ein wenig zum Lächeln, und das Ergebnis meiner Suche lässt mich auch kurz durchatmen.
»Nee, nee, ist schon alles okay. Für einen Moment dachte ich nur … ach, egal. Alles pretty, keine Bange!«
Tiger schaut mich zweifelnd an, zuckt die Schultern und arbeitet schließlich weiter.
Langsam komme ich wieder runter.
Wie soll das jetzt weitergehen? Soll ich jetzt jeden Tag meine Sachen absuchen, wenn ich das Büro mal verlassen habe? Darf ich meinen Kollegen vielleicht auch nicht mehr trauen? Soll ich jetzt nur noch im Hemd und mit Fressbeutel zur Arbeit kommen?
Es sind nur noch vier Tage bis zu meinem Gesprächstermin mit Herrn Horst. Eigentlich sollte es nur um eine Fahrtkosten-Rückerstattung gehen, doch jetzt weiß ich: Das wird meine Hinrichtung!

Am nächsten Morgen darf ich erfahren, was Herr Horst so alles an Ideen für mich auf Lager hat – und er trifft mich völlig unvorbereitet. Morgens um zehn klopft es einmal kurz an die Bürotür. Ohne ein »Herein!« abzuwarten, treten Herr Horst und Anja auch schon in unser Büro, fast wie ein Überfall-Kommando.

Herr Horst nimmt sofort das Heft in die Hand. »Guten Morgen, meine Herren! Wie mir zu Ohren gekommen ist, erhalten Mitarbeiter dieser Firma unerlaubt persönliche Mails und schicken diese auch weiter. Unser internes Netzwerk wird so einem Virenangriff ausgesetzt, der das ganze System zum Absturz bringen und immensen Schaden hervorrufen kann. Wie Ihnen bekannt sein sollte, ist die private Nutzung der Mails verboten und ein Kündigungsgrund!«
Scheiße! Der Pirelli-Kalender!
Uns dreien steht der Schreck ins Gesicht geschrieben und jeder schaut unwillkürlich auf seinen Rechner. Jetzt hat er mich, der alte Sack!
»Daher werden wir jetzt im Hause einige Stichproben vornehmen. Ich bitte Sie, von Ihren Rechnern zurückzutreten! Frau Brettschneider wird Ihre Mails nun prüfen!«
Herr Horst fixiert mich und kann sich ein Grinsen nicht verkneifen.
Diese Mistgurke! Eines Tages … nanu?!
Mein Blick fällt noch einmal auf meinen Bildschirm, und ich sehe unten rechts die beiden Bildschirm-Symbole, die dort flackern. Normalerweise ist eins rot, als Zeichen, dass der Benutzer eingeloggt ist, und das andere grün, als Zeichen, dass niemand sonst auf dem Rechner eingeloggt ist.
Doch diesmal sind beide Symbole rot: Jemand hat sich eingeloggt! Im nächsten Moment sehe ich, wie sich der Cursor wie von Geisterhand über den Bildschirm bewegt und mein Mail-Programm öffnet!
Was passiert da?!
Horsts Stimme holt mich wieder zurück. »Frau Brettschneider, fangen Sie einfach mal an bei … Herrn Beck!«
Was für ein Zufall!
»Einen Moment!« Ich stelle mich Anja entgegen, und zwar so, dass niemand meinen Bildschirm einsehen kann. Ich weiß immer noch nicht genau, was sich dort auf meinem Rechner abspielt, aber ich erkenne aus der Entfernung, dass meine Mails markiert werden und dann verschwinden! Sooo schlecht kann das für mich nicht sein, und ich habe auch einen vagen Verdacht, wer da seine Finger im Spiel haben könnte …
Jetzt heißt es vor allem: Zeit gewinnen!
»Soviel ich weiß, sind solche Aktionen nur rechtens, wenn sie vom Betriebsrat vorher genehmigt worden sind. Haben Sie eine solche Genehmigung – und zwar schriftlich?«

Anja ist verwirrt und stoppt. Dann schaut sie Herrn Horst fragend an. Dieser verfärbt sich in Sekundenbruchteilen und fängt an zu schreien.
»Reden Sie keinen Unsinn, Herr Beck! Das ist *meine* Firma, und in der kann ich machen, was ich will! Da brauche ich keine Genehmigung vom Betriebsrat oder sonst irgendjemanden! Also gehen Sie zur Seite und lassen Frau Brettschneider an Ihren PC!«
Doch ich bleibe standhaft und baue mich mit verschränkten Armen vor den beiden auf; mit dem bösesten Blick, den ich habe.
Und ich gucke nicht nur böse, ich *bin* böse!
»*Ihre* Firma? Na, ganz so weit ist es ja wohl noch nicht, aber ich bin sicher, Herr Krabbe wird sich sehr für Ihre Interpretation der Besitzverhältnisse interessieren!«
Treffer! Horst zuckt zusammen, sowohl von meiner mündlichen Watsch'n als auch von meinem energischen Auftreten: Auf massiven körperlichen Widerstand ist er nicht vorbereitet! Er ahnt wohl, dass er kurz davor ist, sich eine einzufangen.
Trotzdem versucht er es erneut, allerdings, wie ich meine, schon mit etwas brüchiger Stimme.
»Nun gehen Sie endlich aus dem Weg, Herr Beck, sonst muss ich annehmen, dass Sie was zu verbergen haben!«
Doch ich mucke mich nach wie vor nicht, und damit kann Herr Horst nicht umgehen. Er ist ein Feigling! Er hat nicht die Eier, jemandem persönlich gegenüberzutreten, dafür schickt er für gewöhnlich seine Lakaien. Doch Anja kann er schlecht gegen mich ins Feld schicken.
Während er also weiterhin droht – »Herr Beck, ich sage es Ihnen nicht noch einmal!« –, erwacht Tiger zum Leben.
»Das sind ja Methoden hier wie bei der Stasi! So etwas ist auf gar keinen Fall erlaubt!«, tobt er. »Da muss mindestens eine Person vom Betriebsrat mit dabei sein!«
Herr Horst wird aufgrund des Zwei-Fronten-Krieges langsam fuchtig. »Herr Beck *ist* doch im Betriebsrat!«
»Nee, nee, nee!«, schreit Tiger, »der gilt nicht! Ich ruf jetzt den Betriebsrat an, dann werden wir ja sehen!«
Tiger geht zu seinem Telefon und wird ebenso von Herrn Horst bedroht: »Wenn Sie sich da jetzt auch noch mit hereinziehen lassen wollen …«

Ich blinzele unauffällig auf meinen Bildschirm: keine Aktivität jeglicher Art. Nur mein Postausgangs-Fach ist geöffnet: leer!
Zeit, die Situation zu entspannen, bevor Tiger noch Schaden erleidet!
»Lass gut sein, Tiger. Wenn Herr Horst unbedingt bei mir eine Kontrolle machen möchte und sein Seelenheil davon abhängt, dann möchte ich ihn nicht abhalten. Und erst recht möchte ich nicht, dass du da mit reingezogen wirst!« Ich lächele Tiger an. »Aber ich weiß das zu schätzen, da kannst du sicher sein!«
Tiger fixiert mich blinzelnd. Dass ich so plötzlich einknicke, nachdem ich mich vorher wie ein Türsteher aufgebaut habe, kommt ihm spanisch vor. Anja wohl auch, denn obwohl ich nun mit zwei Schritten den Weg zu meinem Bildschirm freigebe, setzt sie sich nicht in Bewegung und stiert mich misstrauisch an. Erst als Herr Horst ein »Nun machen Sie schon!« hören lässt, tapert sie zu meinem Arbeitsplatz und lässt sich vor dem Bildschirm nieder.
Dann ergreift sie die Maus und öffnet meinen Posteingang.
Ich halte die Luft an und das Herz klopft mir bis zum Hals.
Anja studiert einige Sekunden meine Mails und schaut Herrn Horst dann verlegen an.
»Nun?«, fragt er ungeduldig.
»Nichts«, kommt die tonlose Antwort.
Herr Horst ist von den Socken. »Wie, nichts! Was bedeutet das?«
Anja ist sichtlich unwohl in ihrer Haut. »Das bedeutet, dass sämtliche Mails im Posteingang firmeninterne Post sind oder Mails von Kunden. Keine privaten.«
»Und bei den gesendeten oder gelöschten?«
Wieder hantiert Anja mit der Maus. Wenigstens das kann sie! »Die sind beide … komplett leer!«
»Komplett leer?! Wie kann das denn?!« Herr Horst tobt jetzt regelrecht. »Niemand hat doch seine gesendeten und gelöschten Mails komplett leer!«
»Ich schon«, verkünde ich mit neuem Selbstvertrauen, »ich habe neulich eine Info von der EDV bekommen, dass die gelöschten und gesendeten Mails zu viel Speicherplatz wegnehmen – ich glaube, es war Mail Nummer 38 an diesem Tag –, und da habe ich alles gelöscht! War das etwa nicht in Ordnung?« Mit meinen unschuldigen Augen schaue ich Herrn Horst treudoof an.

Der sieht aus, als wenn er jeden Moment in seine Krawatte beißen möchte. »Also, Frau Brettschneider?«
Sie schluckt noch einmal. »Wirklich kein Befund festzustellen!«
Herr Horst muss diese Antwort erst noch ein paar Sekunden einwirken lassen. Dann dreht er sich abrupt zur Tür und stelzt heraus. »Dann machen wir mit den Stichproben jetzt woanders weiter! Kommen Sie, Frau Brettschneider!«
Anja hoppelt schnellstmöglich hinter ihrem Häuptling her.
Für einen Moment stehen wir alle still; dann springen Jaques und Tiger an ihre Tastaturen und löschen schnellstmöglich ihre Privat-Mails.
Als das geschafft ist, schaut Jaques mich mit großen Augen an. »Was war das denn gerade, Alter?«
Ich grinse ihn an. »Das, Alter, war gerade der erste Punktsieg von David gegen Goliath!«

Nach diesem Schrecken genehmige ich mir erst mal ein Käffchen in unserer Küche. Vorher haben wir natürlich alle Kollegen bezüglich dieser Spontan-Kontrolle gewarnt, doch wie sich herausstellte, hat ein höchst stinkiger Herr Horst seine Stichproben gleich nach unserem Büro abgebrochen.
Während ich da so angelehnt stehe und das Geschehene noch einmal an mir vorüberziehen lasse – meine Hände zittern noch ein wenig –, kommt flötend Zombie in die Küche. »Moin, Moin! Ist noch ein Käffchen für mich da?«
»So viel du willst! Zucker hier, Milch im Kühlschrank!«
»Ah, so was brauch ich nicht Ich brauch ’nen richtigen Wachmacher, unverdünnt!«, grinst er und bekräftigt seine Aussage durch seine dunklen Augenringe.
»Hab gehört, Horsti hat heute Stichproben wegen böser Mails bei euch gemacht?«
»Jau! Woher hast du diese Information denn schon wieder?«
»Ach, ich war zufällig in der Küche unten, als er sich mit Anja darüber unterhalten hat und losgetapert ist.«
Küchen sind was Wunderbares!
»Tatsächlich? Na, so was!«
»Und? Wie isses gelaufen?«
»Sagen wir mal so: Als Anja meinen Rechner durchsucht hat, befan-

den sich keine verbotenen Mails darauf!« Inzwischen kann ich mir ein Grinsen nicht mehr verkneifen.
»Na, dann ist die Geschichte wohl nicht ganz so gelaufen, wie er sich das vorgestellt hat?«
»Wohl nicht wirklich …«
»Wie ich außerdem gehört habe, soll er seine Kontroll-Aktion danach komplett abgebrochen haben! Da war er wohl vom ersten Ergebnis sehr enttäuscht, oder die ganze Geschichte galt nur einer einzigen Person?« Zombie schaut mich fragend an.
»Tja, wohl von beidem etwas«, entgegne ich.
Zombie schaut auf seinen Kaffee und hebt die Brauen. »Oi, oi, dann mal good luck, hombre! Ich muss weiter!«
Er dreht sich zum Ausgang um, doch ich halte ihn noch einmal zurück. »Zombie?«
»Jau?«
»Vielen Dank!«
Er grinst mich breit an. »Keine Ahnung, wovon du redest!«
Ich nicke. »Wenn es irgendetwas gibt …«
»Mann, du hast von dem Seminar noch was bei mir gut, also lass gut sein! Obwohl …«
»Sag.«
»Ich habe demnächst ’ne absolut wichtige LAN-Party anstehen, ziemlich lange Geschichte. Wenn du Hannes vielleicht überreden könntest, mir noch einmal etwas von diesem Zeug zu überlassen ?«

Am nächsten Tag wird das nächste Geschütz aufgefahren. Anja steht vor mir. Sie ist wohl als Vollstreckerin auserkoren worden – oder sie muss ihre Rolle in der Unterschriften-Affäre wieder gutmachen.
»Michael ist ja jetzt im Urlaub, und da sollst du seine Arbeit mit übernehmen. Das sind alles dringende Terminsachen! Und dann kontrollierst du auch bitte die Arbeiten von Rosa und Fatma, das ist ebenfalls dringend!«
»Und meine eigenen Sachen, wer macht die?«, frage ich wütend.
»Na du, wer sonst?«
Bevor ich die passende Antwort geben kann, ist sie aus dem Büro verschwunden.
Jaques blickt auf die Stapel auf meinen Schreibtisch und schaut mich dann skeptisch an.

»Kann es sein, dass du dich irgendwo so richtig unbeliebt gemacht hast?«
Ich kann nur wortlos auf die Stapel starren.
»Dachte ich mir«, meint Jaques mitfühlend.
»Du musst jetzt sofort melden, dass du diese Arbeit allein nicht schaffen kannst, sonst hat er dich an den Eiern!«, meldet sich nun Tiger zu Wort. »Solange du das bekannt gibst – am besten per Mail! –, können sie dir nix, falls dir die Termine weglaufen!«
Auf dem Rückweg vom Brötchen-Automaten bekomme ich einen erneuten Beweis dafür, wie inbrünstig man an meinem Ableben in dieser Firma arbeitet. Während der Arbeitsausstoß aller übrigen Mitarbeiter der Abteilung in die Ablage wandert, sehe ich per Zufall, dass mein Pensum komplett auf einem anderen Schreibtisch landet, wo es nach möglichen Fehlern durchforstet wird.
Herzlichen Glückwunsch! So ist es ja nur eine Frage der Zeit …
Nicht mit mir! Als Erstes wir die Kontrolle meiner Arbeit durch den Betriebsrat eingestellt: Entweder werden *alle* kontrolliert oder keiner! Da eine Kontrolle aller Mitarbeiter in solch einem Umfang völlig unmöglich ist, wird diese Schikane bald eingestampft. Aber immerhin hat es gereicht, mich zu ärgern! Als Gegenleistung beschwere ich mich über meine alleinige Mail-Stichprobe und drohe mit rechtlichen Schritten im Wiederholungsfall. Das gibt ein wenig Schreibkram mit Terminen zur Stellungnahme.
Ich brauche einfach mehr Zeit! Das Gespräch mit Herrn Horst ist übermorgen! Wer weiß, was sie bis dahin ausgegraben oder konstruiert haben?
Frustriert komme ich ins Büro und schmeiße mein Portemonnaie auf den Schreibtisch, worauf eine Naht reißt und sich der Inhalt mit allen Scheckkarten und sonstigem Gedöns munter verteilt. War ja klar, dass das jetzt noch passieren musste!
Da fällt mein Blick auf einen Gegenstand aus meiner Brieftasche – und zum zweiten Mal in letzter Zeit durchfährt mich ein Geistesblitz.

Großer Auftritt

Heute ist *der* Tag! Um 11.00 Uhr ist mein Termin bei Herrn Horst … Gestern habe ich wie ein Bekloppter gearbeitet und sofort – so wie Tiger es gesagt hat – eine Mail abgeschossen, dass ich das Arbeitspensum allein nicht schaffen kann. Zur Sicherheit habe ich noch den Betriebsrat zur Begutachtung meiner neuen Aufgaben hinzugezogen. Von daher bin ich also abgesichert!

Abends war ich dermaßen fertig, dass ich nur noch futtern konnte, und dann ins Bett. Wenn ich so weiterarbeiten würde, wäre ich entweder bald ein Fall für die Klapse, würde mit der Pumpgun durch die Räume jagen oder 'nen Herzfresser kriegen!

Tja, vielleicht ist das ja der Gedanke hinter dem Rentensystem …

Doch mit dem heutigen Tage endet das alles, so oder so!

Jaques und Tiger sind still und beklommen, denn natürlich haben auch sie mitgekriegt, was für eine Hetzjagd hier abläuft und was heute für ein Tag ist. Überhaupt ist die Stimmung in der Abteilung auf dem Nullpunkt. Es sind erste Gerüchte aufgekommen, dass Herr Groß die Firma verlassen möchte; über die Gründe wird wild spekuliert.

Gleichzeitig mehren sich Gerüchte, die besagen, dass Anja eine höhere Position bekleiden soll – eventuell sogar die von Groß! Für alle, die über ein wenig Erfahrung in Bezug auf unsere Abteilung und die Fähigkeiten von Anja besitzen, wäre diese Entwicklung natürlich der absolute Super-GAU.

Die Gerüchteküche hierüber brodelt wie bei der Schwangerschaft einer Auszubildenden, und plötzlich fühlen sich alle möglichen Leute dazu berufen, bei ihren Vorgesetzten ihre außergewöhnlichen Fähigkeiten anzupreisen und so vielleicht selbst eine Stufe auf der Hierarchieleiter heraufzufallen.

Zu dieser merkwürdigen Atmosphäre kommt nach wie vor der permanente Personalmangel: Die Produktivität leidet, weil die Leute sich an zu vielen Fronten aufreiben müssen. Gut, dass es in solchen Zeiten den Herrn Beck gibt, der mal eben die Arbeit für drei macht!

Die Nachrichten spucken gerade den neuesten Mist aus und wechseln zu Wetter und Verkehr. Tiger will gerade den Sender wechseln, um – wie er es nennt – ›Good old Rock 'n' Roll‹ reinzukriegen, als ich ihn anherrsche. »Nicht verstellen! Das muss ich hören!«
Tiger glotzt mich verschreckt an. »Mann, komm runter und entspann dich!«
»Tut mit leid, war nicht so gemeint! Die letzten Tage waren wohl ein bisschen zu heftig für mich! Ich bin nur ein wenig nervös, und ich muss das hören!«
»Bleib locker, Brauner, alles wird gut.«
»Psst!«, flüstere ich und sauge mein Ohr förmlich an den Radio-Lautsprecher an.
»… zwei Kilometer Stau auf der A 30 wegen eines Unfalles. Auf der A 33 …«
»Scheiße, Scheiße, Scheiße!«
Die Kollegen beäugen mich entsetzt. Wahrscheinlich halten sie mich jetzt für total bekloppt.
Ich kriege kaum noch einen vernünftigen Gedanken auf die Reihe. Mein Handy muckt sich auch nicht. Es sieht alles danach aus, als wenn es das gewesen ist: Mein letzter Rettungsanker scheint nicht zu funktionieren.
Dann klingelt das Telefon!
Im Display sehe ich: Herr Horst!
Zehn Minuten zu früh!
»Oh, fuck!« Panisch blicke ich meine Kollegen an, die in ihrem Display ja ebenfalls den ›Absender‹ erkennen können.
»Einer von euch beiden muss jetzt rangehen! Ich bin nicht da, ihr wisst auch nicht, wo ich bin, ich komme aber gleich wieder und werde zurückrufen!«
Jaques und Tiger schauen sich mit großen Augen an, während das Telefon weiterläutet.
Zweimal, dreimal.
»Ich übernehme!« Tiger atmet noch einmal kurz durch und hebt dann entschlossen ab.
»Trulsen hier, guten Morgen! … Nein, der ist momentan nicht am Platz … Weiß ich nicht, kann aber nicht so lange dauern. Soll er Sie zurückrufen? Okay, Wiedersehen!«
»Und?«, frage ich aufgeregt.

»Du bräuchtest nicht zurückrufen, du wüsstest schon, worum es geht, und du sollst schnellstmöglich zu ihm runterkommen!«
Verdammt! Was nun? Ich brauche Zeit!!
Gehetzt blicke ich durch den Raum. Welche Möglichkeiten habe ich noch?
»Also, falls er sich noch einmal meldet: Ich habe Darmprobleme und sitze auf der Toilette! Doch ich komme auf jeden Fall!«
Wieder große Augen bei meinen Kollegen. »Was immer du meinst, Alter!«

Jetzt sitze ich schon ewige Minuten auf dem Pott, und mindestens acht Leute haben schon fluchend an der Tür geruckelt, manche wahrscheinlich mehrfach. Vielleicht war ja auch der Salben-Besitzer darunter und hat diese Toilette verwünscht.
Langsam dämmert in mir die Erkenntnis: Es hat keinen Sinn mehr! Bevor es hier zu schweren Tumulten wegen der blockierten Toilette kommt, muss ich runter zu dem Kerl. Mein Herz schlägt und ich mache noch einen kurzen Abstecher ins Büro.
»Da bist du ja!«, empfängt mich Jaques, »warst du inzwischen schon unten?«
Ich schüttele nur deprimiert den Kopf.
»Oh, Mann, dann wird's aber Zeit, der hat schon zweimal wieder angerufen! Wenn er vorher noch nicht stinkig war, jetzt ist er's!«
Na super! Aber vielleicht habe ich ja doch noch eine kleine Chance! Wenn ich nur mehr Zeit …
»Da sind Sie ja, Herr Beck!«
Herr Horst steht in der Bürotür und lächelt mich an. Sein Lächeln ist so falsch, wie ein Lächeln nur sein kann, und lässt mir einen kalten Schauer den Rücken herunterrieseln.
»Ich habe Sie schon überall gesucht – bis auf der Toilette natürlich, ha, ha! Wir haben einen Termin, schon vergessen?«
»Nein, nein, mir war eben nur ein wenig übel, da musste ich …«
Im Hintergrund höre ich verschwommen das Radio: »… nach wie vor stockender Verkehr auf der A 30 …«
»Können wir dann?«, fragt mich Herr Horst lächelnd und hält mir die Tür auf.
»Ja, natürlich.«

Ich setze mich schleppend in Bewegung und werfe den Kollegen noch einen ›Adieu, es war schön mit euch‹-Blick zu.
Auf zur Schlachtbank!
Als wir Herrn Horsts Büro betreten, sehe ich schon einen riesigen Stapel aller von mir geleisteten Arbeiten der letzten Tage wie Klein-Manhattan auf dem Schreibtisch thronen. Daneben ein wesentlich kleinerer Packen: wahrscheinlich alle Vorgänge, die man im Entferntesten noch als fragwürdig oder fehlerhaft hat einstufen können.
»Schließen Sie doch bitte die Tür, Herr Beck!«, sagt Herr Horst putzmunter und betrachtet interessiert die Stapel.
Während ich die Tür schließe, höre ich ein brummendes Geräusch. Erst denke ich, das ist das Tür-Scharnier, doch dann bemerke ich, dass das Geräusch von draußen kommt: eine LKW-Hupe.
Herr Horst hat das Geräusch auch gehört und schließt verärgert das Fenster. Er will wohl meine Kündigung in perfektem Dolby Surround ohne Störgeräusche genießen!
»Setzen Sie sich doch bitte!«
Jetzt will der Sack sich seinen Braten wohl nach allen Regeln der Kunst zurechtlegen. Aber ich werde auf jeden Fall meinen Stolz wahren, so viel ist sicher!
»Wie lange sind Sie nun schon in unserer Firma?«
Ach! Jetzt ist es mit einem Male wieder *unsere* Firma? Neulich gehörte sie ihm doch schon alleine!
Ich überlege kurz. »Knapp über zehn Jahre, würde ich sagen. Gibt es da eigentlich einen Blumenstrauß oder eine Armbanduhr?«
Horsts Lächeln gefriert. So hat er sich das Gespräch wohl nicht vorgestellt. Sorry, aber den weinerlichen Bittsteller wirst du von mir nicht bekommen!
»Nein! Es gibt erst was bei fünfundzwanzig Jahren«, entgegnet er stinkig. »Aber wenn ich ehrlich bin, Herr Beck, glaube ich nicht, dass Sie Ihr 25-Jähriges hier noch erleben werden.«
Peng! Da ist es ja ruckartig vorbei mit dem Vorgeplänkel!
»Ach?«, ist das Einzige, was mir auf diesen Frontal-Angriff einfällt. Coolness ist in der Praxis eben doch etwas anderes als in der Kneipen-Theorie, wo jeder den anderen mit seinen ›Ich würde ihm ganz klar Folgendes an den Kopf werfen‹-Geschichten toppen will.

Horst genießt natürlich den Eindruck, den seine nette Eröffnung auf mich gemacht hat.
»Ja, allerdings, Herr Beck. Erkennen Sie diese Papiere?« Dabei zeigt er auf die von mir bearbeiteten Vorgänge.
»Ja, natürlich, steht ja überall meine Unterschrift drauf.«
Herr Horst scheint ein wenig irritiert und schwenkt dann über ins Verärgerte, da seine so dramatisch gestellte Frage nicht so eine tolle Wirkung hatte wie erwartet.
»Ganz recht! Und dieser kleine Stapel hier …«, er patscht mit der flachen Hand auf den kleinen Stapel, »sind alles Vorgänge, die Sie fehlerhaft bearbeitet haben! Und das sind nur die Vorgänge der letzten Tage! Umgerechnet auf die Gesamtzahl sind das …«
Der Rest des Satzes geht in dem Dröhnen einer LKW-Fanfare unter. Herr Horst schaut verärgert zum Fenster, wo gerade ein chromblitzender Truck vorbeifährt.
»Ich habe Sie nicht verstanden, Herr Horst! *Was* sagten Sie gerade?«
Herr Horst gewinnt langsam wieder an Temperatur. Wenn das man nichts Chronisches wird …
»Ich sagte soeben, dass der prozentuale Anteil …«
Wieder dröhnt eine LKW-Hupe und macht jegliche Unterhaltung unmöglich.
»Was, zum Teufel, ist denn hier los?« Wütend stürzt Herr Horst ans Fenster – und prallt zurück: Ein chromblitzender Großtransporter hat sich quer hinter die Autos der Geschäftsleitung gestellt und sie komplett zugeparkt! Dahinter stellt sich gerade ein weiterer Truck quer.
Herr Horst wirft die Tür zum Vorraum der Sekretärin auf und prallt erneut zurück: Die Verbindungstür zum Gang ist auch schon geöffnet und gibt den Blick auf eine Furcht erregende Silhouette frei.
»Joey! Hier steckst du also!«
Ich erhebe mich von meinem Stuhl und erblicke über Herrn Horsts schockgefrorener Skulptur den guten alten Eddy. Oder sollte ich besser sagen: ›Smelly Eddy‹? Denn er macht seinem Spitznamen wieder alle Ehre!
Herrn Horst, der nur drei Meter von Eddy entfernt steht, trifft offenbar die volle Knoblauch-Ausdünstung, denn er taumelt zurück.
»Eddy! Wenn das keine Überraschung ist!«, jubele ich und eile ihm entgegen, nicht ohne vorher auf Mund-Atmung umzustellen.

Wir klatschen uns kumpelhaft an, und Eddy zwinkert mir versteckt zu. Dieser Teufelskerl!
Inzwischen hat sich Herr Horst von der ersten Kontaminierung erholt und bemüht sich, Autorität zu zeigen. »Wer sind Sie und was wollen Sie hier? Verlassen Sie sofort mein Büro!«
Hinter Eddy zwängen sich drei weitere Trucker in das Büro: ein Schwarzer mit Armen wie Oberschenkel, ein Glatzkopf mit Sonnenbrille und Vollbart und ein Langhaariger mit Jeans-Weste und ›Hells Angels‹-T-Shirt. Die drei lassen mit ihren Körpermassen den Raum mit einem Mal erstaunlich klein erscheinen.
Der Schwarze geht mit einem Schritt auf Herrn Horst zu und fixiert ihn mit einem verärgerten Stirnrunzeln. Dann sagt er mit der tiefsten Stimme, die ich je gehört habe, nur einen Satz: »Ball flach halten, Bruder!«
Herr Horst weicht erst einmal drei Schritte zurück. Ich kann förmlich sehen, wie ihm die Erwiderung »Ich bin nicht Ihr Bruder!« auf den Lippen brennt, doch offensichtlich ist er sich nicht sicher, ob solch eine Erwiderung seine Lage nicht noch verschlimmern könnte. Sein Blick wandert unentschlossen zu dem Glatzkopf, doch als er sieht, dass der an der Tür lehnt und sich ein wie hingezaubertes Wasserrohr ohne sichtliche Regung mit einem ›Plonk‹-Geräusch wieder und wieder an den Schädel schlägt, entscheidet er sich augenblicklich fürs Stillhalten. Zumal gerade seine letzte stille Hoffnung ins Büro geschoben wird: seine Sekretärin.
»Die sind einfach so durchgegangen, ich konnte die nicht mehr anmelden, Herr Horst!«, bringt Andrea zitternd heraus. Untergehakt wird sie von einem Typen, der auf jedem Psychopathen-Steckbrief eine glaubhafte Figur abgeben würde.
»Uns anmelden? Huaha!«, grölt der Psychopath. »Das kann ich ja noch kurz übernehmen, wenn de willst! Also: Smelly Eddy kennste ja. Die Bowlingkugel da vorn ist ›Bonebreaker‹«, Bonebreaker knurrt zur Begrüßung wie der Hund von Baskerville und schlägt sich das Eisenrohr an den Schädel, »den Messerstecher von den ›Angels‹ nennen wir ›Drei-Finger-Jason‹, und unser schwatter Freund hier ist ›Klu-Klux-Kurt‹, der mag keine Weißen! Und ich heiße einfach nur Freddy, falls du damit was anfangen kannst. Stets zu Diensten, meine Teuerste!«
»Ich konnte doch wirklich nicht …«, setzt Andrea noch einmal

schuldbewusst an, doch Herr Horst bedeutet ihr, dass alles gut ist und sie nur ruhig bleiben soll.
Denn jetzt gehört die Bühne Eddy!
»Tut mit leid, dass wir etwas spät sind, Joey, aber wir wurden noch kurz bei Freddys Bruder aufgehalten. Dessen Boss glaubte, ihn wie ein Stück Scheiße behandeln zu können!« Eddy schaut seine Kumpane an. »Na, ob der das wohl noch mal probiert? Was meint ihr, Jungs?«
Drei-Finger-Jason antwortet für alle: »Wohl kaum, so wie der am Ende aussah. Aber du kannst ihn ja fragen, wenn er wieder sprechen kann.«
Das Gegröle von mehreren Bären füllt das Büro.
»Na, ist ja auch egal«, brummt Eddy. »Weißt du überhaupt, wieso wir hier sind, Joey?«
Ich kann mich nicht entsinnen, mit Eddy noch eine weitere Geschichte abgesprochen zu haben. Will er jetzt ein wenig improvisieren? Wenn das man gut geht! Am besten, ich halte mich mit der Antwort ein wenig bedeckt. »Öööh …«
Eddy dreht sich zu Jason, der irgendjemandem hinter der Verbindungstür zuruft: »Los, her damit!«
Irgendetwas wird Jason zugeworfen, was dieser sogleich an Eddy weiterwirft. Als Eddy es gefangen hat und vor mir ausbreitet, trifft mich der Schlag: eine Kutte!
Voller Stolz hält mir Eddy ein wahres Schmuckstück vor die Nase. Offensichtlich einmal durch Öl gezogen, mit Nieten an fast allen Nähten und mit reichlich Aufnähern, sieht die Weste echt Sahne aus! Ich bin ehrlich gerührt.
»Ich weiß gar nicht … ich meine, wieso …«
»Also, Joey!«, ergreift Eddy erneut das Wort. Inzwischen hat sich durch den Lärm und der Mittagspause eine beträchtliche Kollegentraube gebildet, die durch die Verbindungstür spechtet (reinzugehen traut sich niemand) und möglichst viel von der Szene mitbekommen möchte.
Eddy, der die Aufmerksamkeit sichtlich genießt, tut so, als würde er mich gleich zum Ritter schlagen. Demonstrativ rollt er einen Spickzettel für seine Rede aus, bevor er in salbungsvollem Tonfall beginnt: »Aufgrund deiner besonderen Verdienste – die besonders ich zu würdigen wusste –, ernenne ich dich hiermit zum Mitglied der ›Road-Truckers‹ ehrenhalber!«
Die Trucker dröhnen voll auf, und ich meine, sogar einige Jubelschreie

meiner Kollegen gehört zu haben. Feierlich tritt Eddy auf mich zu und hält mir die Kutte hin.
Ich bin tatsächlich gerührt und schlüpfe stolz hinein. Wieder brandet wilder Jubel mit geballten Fäusten von den Road-Truckers auf.
»Hiermit gehörst du nun offiziell zu den Road-Truckers und unterliegst unserem Wahlspruch: *Einer für alle, alle für einen!*«
Na, der kommt mir doch bekannt vor? Aber egal, die besten Ideen sind sowieso meistens geklaut!
Inzwischen macht Eddy mit seiner Rede weiter. Ganz durch die Blume steckt er unserem Herrn Horst, was er zu erwarten hat, falls es mit mir noch einmal Disharmonien geben sollte: »Das heißt, wenn einer von uns Probleme hat, einfach anrufen, und die anderen kommen sofort!«
Und Herr Horst? Der steht sprachlos auf einem halben Quadratmeter zusammengekauert in seinem eigenen Büro und kann nicht begreifen, was hier gerade vor sich geht. Eines hat er jedoch begriffen: Er hat erst einmal Sendepause und wartet am besten, bis sich der Sturm gelegt hat. Wenn diese ganze Geschichte etwas Gutes hat, dann, dass Herr Krabbe nicht im Hause ist und mit etwas Glück auch nur eine sehr oberflächliche Version dieses Vorkommnisses zu hören bekommen wird. Also begnügt Herr Horst sich vorerst mit der reinen Beobachtung der Feierlichkeiten.
Und die steuern dank Eddy auf einen neuen Höhepunkt zu.
»Tja, Joey, damit wäre wohl alles gesagt! Das Einzige, was jetzt noch fehlt, ist das Branding!«
Ich glaube, mich verhört zu haben! Das kann doch jetzt nicht Eddys Ernst sein?
»War 'n Witz!«, grölt Eddy auch schon los, und sowohl die Trucker-Kumpel als auch die Arbeitskollegen kriegen sich nicht mehr ein. Nachdem mein Herzschlag wieder eingesetzt hat, stimme ich in das Gelächter ein.
»Na, geht's wieder, Joey? Oder soll ich lieber Jockel sagen?« Eddy grinst mich vielsagend an.
»Äääh, ja, geht schon besser!«
Eddy schaut mich erstaunt an. »Schon besser? Mehr nicht? Was ist denn noch los?«
»Ich weiß nicht … Ich glaube, Herr Horst wollte noch irgendetwas von mir …«

Plötzlich ist es still und alle Augen richten sich auf Herrn Horst, dem diese Publicity sichtlich ungelegen kommt. Die Trucker blitzen ihn böse an, und einige stoßen drohende Grunzlaute aus, Bonebreaker allen voran. Er hört sogar mit seinem Headbanging auf und geht von der relaxten in eine angespannte Haltung über.
Herr Horst weiß gar nicht, wo er hinschauen soll, und macht einen extrem unglücklichen Eindruck. Schließlich findet er die Sprache wieder. »Ich denke, es handelte sich hier nur um ein dummes Missverständnis«, bringt er so mühevoll wie beschwichtigend heraus. »Also, wenn Sie nicht noch etwas zu dieser Angelegenheit sagen möchten, Herr Beck, dann können wir das Ganze eigentlich auch als erledigt betrachten, meinen Sie nicht?« Er sieht mich fragend an, fast schon flehentlich.
Habe ich noch etwas zu sagen?
Klar, ohne Ende, aber nicht jetzt.
»Nein, ich habe im Moment nichts mehr zu sagen«, ich sehe aus den Augenwinkeln, wie Herr Horst aufatmet, »außer …«
Herr Horst hält erschreckt den Atem an. Ein bisschen zappeln lassen wird wohl erlaubt sein!
Ich grübele und schaue auf die Uhr.
»… Mittagspause! Mahlzeit! Ich gebe einen aus!«
Eddy und die anderen Trucker jubeln. Herr Horst will noch etwas sagen, besinnt sich dann aber eines Besseren, winkt erschöpft ab und setzt sich auf seinen Stuhl.

Der Weg durch den Korridor zum Ausgang gleicht einem Triumphzug. Auf der Treppe sehe ich plötzlich Zombies und Hannes' Charakterbirnen zu mir runterjubeln, hoch entspannt und mit ordentlichen Tränensäcken! Ich zeige grinsend auf sie: »Mitkommen, sonst werde ich böse!«
Das lassen sich die beiden nicht zweimal sagen und schlittern das Geländer herunter.
Kurz vor dem Ausgang springt mir noch ein Gesicht ins Auge: Heidi!
»Cooles Outfit! Und so geruchsecht!« Sie kichert und schüttelt den Kopf.
»Das ist der herbe Männerduft der Freiheit«, entgegne ich grinsend.
»Eher der Geruch einer türkischen Kantine!«, lacht Heidi zurück und hält ihre Hand zum Abklatschen hoch.

»Hey, nichts gegen Türken, ja?«, höre ich im Getümmel noch Fatmas Protest.
Bei Heidi angekommen, habe ich kurz Gelegenheit für ein paar Worte, bevor meine Trucker-Kumpel mich zum Ausgeben weiterschleifen. »Kannst du nicht mit?«, frage ich enttäuscht.
»Geht gerade nicht! Kommt aber bestimmt noch!«
»Ist das ein Versprechen?«
»Worauf du dich verlassen kannst! Und jetzt hau ab, Joey!«
Lachend klatsche ich sie ab – und spüre etwas zwischen meinen Fingern!
Verstohlen blicke ich hinunter und entdecke – einen Zettel mit Handy-Nummer!
Strahlend drehe ich mich noch einmal zu ihr um und kann gerade noch erkennen, wie sie mir aus dem Gewühl zuzwinkert. Dann ist sie verschwunden.
Yes!!!

Erst abends zu Hause komme ich langsam wieder runter. Irgendwie sollte ich ja richtig Party machen, aber im Moment bin ich nicht ganz in Stimmung; wahrscheinlich weil der Stress der letzten Tage so langsam seine Wirkung zeigt und mich müde macht.
Und eigentlich müsste ich aufgrund meiner neuen Situation Luftsprünge machen, weil ich gleich drei Leuten, die ich nicht leiden kann, kräftig vor den Koffer geschissen habe! Vor denen habe ich erst mal Ruhe.
Und so, wie es aussieht, scheint sich das mit Heidi auch ganz prächtig zu entwickeln!
Ich müsste also voll zufrieden sein. Und wisst ihr was: Das bin ich auch. Das Leben ist schön, und nichts kann mich kippen!

Doch natürlich schlägt das Imperium zurück. Es fletscht seine Zähne und bietet einen neuen Widerling auf, um mich zur Strecke zu bringen. Und einige andere Dinge laufen auch komplett anders als erhofft!
Ob ich mich dagegen behaupten kann?
Ich wäre nicht Jockel, wenn nicht!
Aber das ist eine andere Geschichte.

Danksagung

Wie verfasst man eine Danksagung? Ich war mir nicht sicher. Und was macht man, wenn man unsicher ist? Man schaut mal bei den anderen! Da gibt es runtergeratterte Danksagungen wie bei der Oscar-Verleihung, aber auch wahre Kunstwerke wie bei Sebastian Fitzek. Schließlich habe ich mich entschlossen »der Reihe nach« zu danken, quasi nach dem Prinzip: wer zuerst da war, dem wird auch zuerst gedankt!

Zuerst waren da die Menschen, bei denen ich irgendwann einmal dachte: Mensch, diese Person ist so originell, die könnte auch glatt eine Romanfigur sein! So gaben mir solche Menschen den ersten Denkanstoß zum Schreiben dieses Romans: vielen Dank!

Das nächste Dankeschön geht an meine Frau, die bei meinen ersten heimlichen Schreibversuchen zu Hause sofort zweifelte, dass es sich um »Sachen« für die Arbeit handelte (ich hätte dabei nicht grinsen dürfen). Sie gab interessante Ratschläge und hielt mir den Rücken frei von etlichen Alltagsgeschäften, sodass ich frei grübeln konnte. Meine Nachbarn haben in dieser Zeit sicher gedacht, dass ich wohl eine ziemlich faule Sau sein muss: hängt auf seiner Gartenliege ab, während die Frau den Rasen mähen darf! Inzwischen wissen die Nachbarn Bescheid, und ich hoffe, dass dieses Wissen mein ramponiertes Image wieder aufpolieren wird.

Ein dickes Danke auch an meine Tochter, die mir beim Tippen half und um kritische Kommentare nie verlegen war,

und natürlich auch meinem Sohn, der mir mit seinen jungen Jahren schon den Rang des Computer-»Experten« in der Familie abgelaufen hat und mir wesentlich bei der Covergestaltung half. Allen noch einmal vielen, vielen Dank!!

Bei der Suche nach einem Verlag stellte ich schnell fest: kein leichtes Unterfangen! Ich schrieb etliche an und bekam Verträge in allen Farben und Formen. Einige 20 Seiten lang, andere eher kurz. Der eine beinhaltete dies, der andere das. Die Summen variierten wie Fatmas Stimmungen. Also was tun? Ab zum Profi! Mein alter Schulkollege und jetziger Anwalt Franz half mir im Vertragsdschungel weiter und traf eine Vorauswahl, die mir half, mich schließlich für meinen

jetzigen Verlag, den Books on Demand, Norderstedt, zu entscheiden. Also: ein dickes Danke an Franz und natürlich gleichzeitig auch an BoD!
Schließlich war ich auch bei der Suche nach einer Lektorin erfolgreich: Andrea Stangl. Frau Stangl zeigte mir erst einmal, wie die Uhren für einen Roman-Frischling zu ticken haben. Das war extrem hilfreich und ich habe viel dazugelernt. Mit meinen Last-Minute-Änderungen habe ich sicherlich ihren Puls ein wenig ansteigen lassen, aber so etwas kann bei mir schon mal vorkommen: sonst wäre es ja auch langweilig. Als meine Lektorin hat sie ganze Arbeit geleistet, auch wenn ich entsetzt war, mit wie vielen Zeichen und Symbolen mein Erst-Entwurf nach der ersten Korrektur farblich aufgepeppt war. Ich bin sicher: Mit Frau Stangls PR wird mein Roman sicherlich seinen Triumphzug über den Globus antreten.
Ein ganz dickes Danke also an Frau Stangl!
So, jetzt seid Ihr die Nächsten, liebe Leser! Ihr seid ja am Ende der Roman-Kette, aber gleichzeitig natürlich am wichtigsten. Bei jedem Einzelnen, der dieses Buch in der Hand hält, bedanke ich mich ganz herzlich: Ihr habt einem Jung-Autor durch den Kauf dieses Buches (Ihr habt es doch nicht etwa nur geliehen, oder?) Mut gemacht weiterzumachen. Schreiben macht mir Spaß und ich hoffe, dass Ihr genauso viel Spaß beim Lesen habt wie ich beim Schreiben! Für Anregungen, Kommentare und natürlich auch Kritik bin ich immer dankbar.
Zu erreichen bin ich unter meiner Mail-Adresse:
J.buecker@osnanet.de

Ein Riesen-Danke an Euch!!

Bis dann also,
Jürgen Bücker